rowohlt
BERLIN

Werner Biermann, Ulrike Brincker,
Marcel Kolvenbach, Petra Nagel, Florian von Stetten,
Annette Zinkant

Liebe an der Macht

Paare, die Geschichte schrieben

Das Buch zur ARD-Fernsehserie

Rowohlt · Berlin

Begleitbuch zur gleichnamigen
dreiteiligen ARD-Serie
Verantwortliche Redakteure beim WDR:
Petra Nagel, Beate Schlanstein,
Jürgen Thebrath

1. Auflage Januar 2005

Lektorat Jens Dehning
Fotoredaktion Bernd Klöckener
Satz Galliard PostScript, QuarkXPress 4.1
bei KCS GmbH, Buchholz/Hamburg
Druck und Bindung Clausen & Bosse, Leck
Printed in Germany
ISBN 3 87134 528 8

INHALT

6 HILLARY UND BILL CLINTON

Marcel Kolvenbach

Liebe mit aller Macht

HILLARY UND BILL CLINTON

«Bill und Hillary fahren durch Hillarys Heimatstadt und treffen einen Tankwart, den Hillary aus der Highschool kennt. Grinsend fragt Bill sie: ‹Bist du mit dem früher ausgegangen?! Stell dir vor, was das für ein Leben wäre, wenn du ihn geheiratet hättest!› Hillary blickt Bill an und zuckt mit den Schultern: ‹Dann würdest du jetzt an der Tankstelle stehen, und er wäre Präsident.›»

Diesen Witz erzählt man sich in Washington, D. C., wo viele Mrs. Clinton schon immer für allzu machtgierig, allzu intelligent und rebellisch hielten und Bill Clinton für einen triebgesteuerten Kommunisten. Kein anderes politisches Paar in Amerika hat die Nation so entzweit, in Hasser und Verehrer. Und kaum je, seit Kennedy, verkörperte ein Präsidentenpaar so sehr den Aufbruch in eine neue Zeit.

«Das erste Mal sah ich Bill Clinton in der Bibliothek von Yale, diesem wunderschönen gotischen Gebäude. Er war umringt von Studenten und hörte ihnen höflich zu, aber die ganze Zeit schaute er mich an. Ich saß an einem langen Tisch und lernte, dann wurde es mir zu bunt ...», so beschreibt Hillary ihre erste Begegnung. Und Bill fährt fort: «Sie legte das Buch weg, kam auf mich zu und sagte: ‹Wenn wir uns weiter so anstarren, sollten wir uns zumindest vorstellen – ich bin Hillary Rodham.›» – «Und ich», unterbricht sie Bill,

Begegnung in politischen Zeiten – Bill liebte ihr arrogantes Auftreten, Hillary erkannte in ihrem «bärtigen Wikinger» eine Naturgewalt, die sie bezwingen wollte.

«ich hatte meinen Namen vergessen!» – «Er sah umwerfend aus, er war lustig und hat mich immer herausgefordert und glücklich gemacht. Bill ist einfach einzigartig.»

Auf diesem Dialog basiert die Legende ihrer großen Liebe. Er stammt aus einem Wahlkampffilm von Linda Bloodworth-Thomason, der Frau des Produzenten Harry Thomason, Clintons PR-Berater. Vielleicht hat es sich so zugetragen. Vielleicht aber ist diese Geschichte frei erfunden, von irgendeinem Hollywood-Ghostwriter. Man möchte sie trotzdem glauben, und wenn das Strahlen auf den Gesichtern der beiden, die diese Geschichte erzählen, nicht echte Liebe ist, dann müssen sie verdammt gute Schauspieler sein.

Als sie sich Anfang der siebziger Jahre begegnen, gilt er als rotbärtiger Revolutionär aus den Südstaaten und sie als emanzipierte Vorzeigestudentin mit Brillengläsern aus Panzerglas. Will man verstehen, warum Hillary später, auch nach den größten Demütigungen, immer wieder zu Bill gehalten hat, dann muss man die Zeitumstände begreifen, unter denen sich die beiden kennen lernten. Es war ein Epoche, die das Land bis heute teilt, eine Zeit, die Bill und Hillary in ihrem politischen Kampf für ein anderes Amerika unzertrennlich machte.

Hillary Diane Rodham, geboren am 26. Oktober 1947 in Chicago, stammt aus einer konservativen, bürgerlichen Familie. In Park Ridge, Illinois, verbrachte sie eine unbeschwerte Kindheit, als gläubige Methodistin engagierte sie sich in ihrer Gemeinde. Nachdem Präsident Kennedy Anfang der sechziger Jahre den Wettlauf zum Mond eröffnet hatte, entschloss sich Hillary, Astronautin zu werden. Sie schrieb eine leidenschaftliche Bewerbung an die NASA, erhielt aber sofort eine Absage – nicht weil sie fast noch ein Kind war, sondern mit der Begründung, die NASA akzeptiere keine weiblichen Astronauten. Diese Ablehnung empfand sie als schwere Demütigung, und vielleicht war es ein Ansporn für den Kampf, den sie einst für sich selber und andere Frauen führen sollte.

Später besuchte sie das Wellesley College in Massachusetts, ein reines Frauencollege, das zu den Eliteschulen des Landes zählt. Für den Abschlussjahrgang 1969 durfte zum ersten Mal eine Studentin die Abschlussrede halten. Die Wahl fiel auf die beste Absolventin, es war Hillary Rodham. In ihrer flammenden Rede forderte sie ihre Mitstudentinnen auf, sich endlich die Positionen in Politik, Gesellschaft und Wirtschaft zu erkämpfen, die bisher Männern vorbehalten waren. Hillary änderte dabei spontan ihren Redetext, um ihren Vorredner, Senator Brooke, scharf anzugreifen und den Vietnamkrieg zu verdammen.

Amerika erlebte eine Kulturrevolution. Man kämpfte für die Emanzipation der Frau und die Überwindung der Armut, man kritisierte die imperialistische US-Außenpolitik und engagierte sich für die Gleichberechtigung der schwarzen Bevölkerung. Als Schülerin hatte Hillary eine Lesung des Bürgerrechtlers Martin Luther King besucht, kurz vor dessen Ermordung. Etwa gleichzeitig wurde Bill Clinton als Schulsprecher zu einer Veranstaltung mit John F. Kennedy ins Weiße Haus geladen und schüttelte dem Präsidenten die Hand. Bills Mutter, Virginia Clinton Kelly, erinnert sich noch heute daran, wie selig ihr Sohn damals war: «Er kam von der Klassenfahrt zurück. Mit dem Foto von ihm und John Kennedy – händeschüttelnd. Ich hab noch nie so einen Ausdruck im Gesicht eines Mannes gesehen. Er war so stolz.

Seltene Schönheit – Hillary wusste, dass «Beauty» ihr keinen Respekt einbringen würde, darum versteckte sie sich in Zukunft hinter dicken Hornbrillen.

Historischer Handschlag mit Präsident Kennedy – als Bill voller Stolz mit diesem Foto aus Washington zurückkehrte, wusste seine Mutter, dass er in der Politik Karriere machen würde.

Da wurde mir klar, dass er irgendwann in die Politik gehen würde.» – «Das war im Juli 1963», erzählt Bill Clinton später in seinem Wahlkampfvideo; «als Kennedy herauskam, standen wir alle da, in alphabetischer Reihenfolge. Arkansas war also ganz vorne, und ich war der

Größte in meiner Reihe, da gelang es mir, seine Hand zu schütteln. Und ich dachte: Was für ein Land! Dass jemand wie ich, aus einem kleinen Dorf in Arkansas, ohne Geld und Einfluss, den Präsidenten kennen lernen durfte!»

In Yale trafen sich zwei Menschen, die für das gleiche Ziel, ein neues Amerika, kämpften und doch aus denkbar unterschiedlichen Verhältnissen stammten. William Jefferson Blythe wurde am 19. August 1946 in Hope, Arkansas, geboren. Seine Geburt stand unter keinem guten Stern: Der Vater war drei Monate zuvor bei einem Autounfall ums Leben gekommen. 1950 heiratete seine Mutter Roger Clinton. Der Stiefvater war Alkoholiker und schlug Bills Mutter vor dessen Augen.

Den häuslichen Prügeln zu entkommen, der Armut und dem Rassismus der Südstaaten etwas entgegenzusetzen – das prägte Bill Clinton für sein Leben. Hillary dagegen, die junge aufstrebende Frau aus gutem Hause, fühlte sich in den aufgeklärten, intellektuellen Kreisen der Ostküste daheim. Sie bereitete sich akribisch auf jedes Examen vor, besuchte alle Veranstaltungen und bewies einen Ehrgeiz und eine Gründlichkeit, die Bill nie erreichen sollte.

Über Bill gibt es unzählige Anekdoten, wie er sich von Mitstudentinnen die Vorlesungsmitschriften kurz vor der Prüfung auslieh, weil er die meiste Zeit geschwänzt hatte – um dann, zur Überraschung aller, am Ende doch die besten Noten einzuheimsen. Für manche seiner Freunde besteht seine Genialität darin, dass er, auch ohne Kenntnis der Details, aus der Summe der Fakten rasch die wesentlichen Punkte herausfiltern kann und sie rhetorisch brillant zu bündeln weiß. Dieses Talent, verbunden mit der instinktiven Fähigkeit, die unterschiedlichsten Menschen für sich einzunehmen, sollte seine spätere Karriere entscheidend voranbringen. Hillary fiel es lange schwer, so entspannt und selbstbewusst auf Menschen zuzugehen wie er. Sie aber war der intellektuelle Motor seines Aufstiegs.

Im Herbst 1972 ging das junge Paar nach Texas, um die Kampagne des demokratischen Präsidentschaftskandidaten McGovern zu unterstützen. Doch der Republikaner Richard Nixon wurde mit großer Mehrheit wiedergewählt. Mitstudenten der Clintons erinnern sich, wie engagiert beide fortan über die Machtverhältnisse in den Südstaaten und die Bedeutung der Rassenproblematik diskutierten. Ihre Leidenschaft für die Politik war geweckt.

Hillary hatte große Pläne. Ein halbes Jahr nach ihrem Abschluss erhielt sie eine Einladung nach Washington, D. C. Als Juristin sollte sie eine Gruppe von Kongressmitgliedern beim Amtsenthebungsverfahren gegen Präsident Nixon unterstützen. Im Sommer 1972 waren Mitarbeiter von Nixons Wahlkampfkomitee in das Hauptquartier der Demokraten eingebrochen: die «Watergate-Affäre». Enge Vertraute des Präsidenten waren in den Skandal verwickelt. Der Kongress leitete nach den Enthüllungen die Absetzung des Präsidenten ein, und Hillary war an der Vorbereitung des Impeachment beteiligt. Doch Nixon kam dem Verfahren durch seinen Rücktritt im August 1974 zuvor. Dass die spätere First Lady zum Rücktritt Nixons beigetragen hatte, sollten ihr die Republikaner nicht verzeihen.

Für Hillary bedeutete die Arbeit als Juristin in Washington einen Zugang zur Welt der großen Politik. Mit einem glänzenden Abschluss an der Yale Law School 1973 standen ihr und Bill fast alle Türen offen. Doch dann warf sie alles hin und tat etwas, was ihren Mitstudentinnen wie Verrat erschienen sein muss, ein Verrat an den Idealen, für die gerade sie angetreten war: Hillary tauschte überraschend die Karriere in Washington gegen ein Leben mit Bill Clinton in der Provinz ein. Kurz zuvor hatte er für sich beschlossen, nicht an die Wall Street oder zum Obersten Gerichtshof, sondern nach Arkansas zurückzugehen, zunächst an die Uni. Sie hatte sich zu entscheiden.

Bill Clintons Heimat, der Süden, war rückständig, arm und chauvinistisch. Die Rassentrennung war Anfang der siebziger Jahre noch lange nicht überwunden, und es schien keinen Platz zu geben für eine emanzipierte, aufstrebende Frau wie Hillary. Keine ihrer Freundinnen hat damals ihren Entschluss verstanden. Melanne Verveer, Studienfreundin und später Hillarys Stabschefin im Weißen Haus, leitet heute in Washington eine Organisation für Frauenrechte. Wenn man sie auf jene Zeit anspricht, verdreht sie die Augen und muss lachen. Sie kann sich genau daran erinnern, wie lächerlich sie und ihre Mitstudentinnen Hillarys Entscheidung fanden, dem Geliebten in die Provinz zu folgen. Niemand hat Hillary für voll genommen. Alle glaubten, es sei die fixe Idee einer jungen Studentin, die vor Liebe blind war. «Sie gab eine glänzende Zukunft auf, als sie sich nach Arkansas aufmachte. Das war pure Leidenschaft. Sie liebte diesen Typen.» Eine Freundin von Melanne Verveer fuhr Hillary nach Arkansas. Die ganze lange Fahrt über redete sie auf Hillary ein, sie schmeiße ihr Leben weg, ihre Karriere; in Washington habe sie ganz andere Möglichkeiten. Es half alles nichts. Hillary entschied sich für Bill.

Ahnte sie, dass die Zeit noch nicht reif war für eine Frau in Spitzenpositionen? War es Berechnung, und brauchte sie einen Mann wie Bill Clinton, um für das, was ihr wirklich vorschwebte, den Weg zu ebnen?

In Arkansas war Hillary nicht willkommen. Und sie wurde beäugt, vor allem von den Südstaatenfrauen. Auch Bills Mutter war schockiert vom Auftreten der «Ostküsten-Emanze», die sich nicht schminkte, ihre Haare einfach lang und strähnig hängen ließ, Hosen trug und mit diesen dicken Brillengläsern ihr halbes Gesicht verdeckte. Doch während die beiden Studenten noch zwischen Washington, Yale und Arkansas pendelten, machte Bill Nägel mit Köpfen: «Sie kam mich in Arkansas besuchen. Eines Tages fuhren wir an einem wunderschönen alten Haus vorbei, und sie sagte: ‹Was für ein schönes Haus.›» Während ihrer Abwesenheit kaufte Bill das Haus. Bei ihrem nächsten Besuch holte er sie wieder vom Flughafen ab und fragte: «Erinnerst du dich an das Haus, was du so mochtest? Ich habe es gekauft. Du solltest mich also besser heiraten, denn für mich alleine ist es zu groß.» Hillary war überrumpelt und bat um Bedenkzeit.

Am 11. Oktober 1975 schließlich fand die Hochzeit statt. Hillary bestand darauf, ihren Mädchennamen zu behalten, Hillary Rodham. Bill lehrte zunächst Jura an der Universität in Fayetteville, Arkansas. Dann wurde er Justizminister und 1978, mit 32 Jahren, zum jüngsten Gouverneur der Vereinigten Staaten gewählt. Wie viele andere, so war auch der Cartoonist George Fisher von seinem jugendlichen

Elan begeistert. Auf einer von Fishers Karikaturen fährt der neue Gouverneur auf einem Dreirad in den Amtssitz ein.

Hillary Rodham allerdings wollte nicht nur die Frau des Gouverneurs spielen. Max Brantley, ein enger Freund der Clintons und Herausgeber der «Arkansas Times», erinnert sich an die Rivalität im Hause Clinton-Rodham: «Bill und Hillary wollten beide in die Politik. Auch Hillary strebte ein gewähltes Amt an, aber diese Ambitionen stellte sie zurück, weil sie erkannte, dass Bill die besseren Chancen hatte. In den siebziger Jahren hatten Frauen nicht annähernd den Zugang zur Macht wie heute.» Statt in die Politik zu gehen, bewarb sich die Juristin 1977 bei der wichtigsten Anwaltskanzlei der Südstaaten, der Rose Law Firm in der Hauptstadt Little Rock. Bis 1992 war sie dort tätig. Das National Law Journal zählte Mrs. Clinton bald zu den 100 einflussreichsten Anwälten der USA.

Kritiker glauben, das einst sozial engagierte Paar habe sich damals zum machtgierigen Duo gewandelt. Während Bill vom Gouverneurssitz aus das Geschick des Bundesstaates leitete, verdiente Hillary viel Geld, nicht nur als Anwältin. Bald hatten sie ganz Arkansas im Griff. Bill soll Hillary und ihrer Kanzlei so manchen Auftrag zugeschanzt haben.

In den frühen Jahren in Arkansas begannen auch die dubiosen Immobiliengeschäfte, die Bill Clinton später, während seiner Präsidentschaft, als «Whitewater-Skandal» zu schaffen machten: 1978 liehen sich die Clintons gemeinsam mit einem befreundeten Paar, den McDougals, 200 000 Dollar, um ein Grundstück am White River in Arkansas zu erwerben. Sie wollten das Land erschließen, bebauen und dann die Parzellen verkaufen. Kurze Zeit später stieg Hillary mit eintausend Dollar in ein Spekulationsgeschäft ein, bei dem sie innerhalb eines Jahres ihren Einsatz nahezu verhundertfachte. Dieser exorbitante Gewinn nährte Vermutungen, die Clintons hätten andere Anleger um deren Einlagen betrogen. Auch nach jahrelangen Untersuchungen konnte dieser Verdacht nie erhärtet werden.

Sicher ist, dass es eine frühe Arbeitsteilung gab: Bill Clinton knüpfte die nötigen Kontakte, Hillary sorgte dafür, dass am Ende des Monats die Zahlen stimmten. Zugleich aber war sie auch seine wichtigste politische Beraterin. «Als Hillary nach Little Rock kam, gab es noch keine weiblichen Teilhaber in den Anwaltskanzleien. Sie war eine der ersten. Die beiden haben pragmatisch entschieden, dass seine Karriere vorgeht, aber sie war seine engste Vertraute und Partnerin. Viele politische Entscheidungen traf er vor allem auch, weil sie ihm dazu riet», erinnert sich Max Brantley.

Bill wird der jüngste Gouverneur der USA, und Hillary will viel Geld verdienen – im Gouverneurssitz in Little Rock, Arkansas.

Für die Südstaatenwähler passte Hillary nicht ins Bild einer standesgemäßen Gouverneursfrau. Vielleicht aber war der Gouverneur einfach zu jung für das konservative Arkansas. Clinton verlor 1980 die Wahlen. Im gleichen Jahr war Tochter Chelsea zur Welt gekommen, die junge Familie hatte sich gerade im Gouverneurssitz in Little Rock eingerichtet. Für die nächste Wahl musste man sich etwas einfallen lassen.

Hillary vollzog ihre erste äußerliche Verwandlung. Nach einem Urlaub kehrte sie völlig verändert nach Little Rock zurück. Freundinnen erkannten sie kaum wieder. Aus der widerspenstigen Ostküsten-Emanze war eine Vorzeigedame geworden. Sie legte ihre Brille ab, ließ sich das Haar toupieren, begann sich zu schminken und – was für viele Südstaatenwähler noch wichtiger war – nahm nun offiziell den Nachnamen ihres Mannes an.

Mit Frau und Tochter an seiner Seite konnte Bill Clinton zwei Jahre später wieder in die Governor's Mansion in der Hauptstadt Little Rock einziehen. Dort sollte er in den kommenden zehn Jahren residieren.

Jetzt lernte das Paar zu regieren, die eigene Position zu behaupten und die Gegner auszuspielen. Es entstand ein komplexes Netz politischer und wirtschaftlicher Verflechtungen, Kontakte, die ihnen bei der Verwirklichung des Jugendtraums von Bill helfen sollten, auf den er seit dem Tag, an dem er J. F. Kennedy die Hand schüttelte, hingearbeitet hatte: als Präsident ins Weiße Haus zu ziehen.

1992 rückte dieser Traum in greifbare Nähe. Die Demokratische Partei nominierte Bill Clinton zum Präsidentschaftskandidaten und Herausforderer des Amtsinhabers George Bush. Das Land war verschuldet, die Wirtschaft stagnierte, viele Menschen hatten weder Arbeit, noch waren sie gegen Krankheit versichert. Und zwei junge Paare, die für ein anderes Amerika warben, fuhren mit einem Bus durchs Land, bis in den letzten Winkel: Al Gore und Bill Clinton mit ihren Frauen. «Putting People First», «Die Menschen zuerst» – das war ihr Wahlkampfmotto. Sie suchten den direkten Kontakt zu den Wählern. Ihre Schlachtrufe waren «Raus aus der Schuldenfalle» und «Arbeit für alle». Manchmal stand Bill fast unbeteiligt am Rand, wenn Hillary zu den Menschen sprach und ihnen den zukünftigen Präsidenten ankündigte, bis dieser endlich zum Mikrophon griff. Bill wusste aus seiner Regierungszeit in Arkansas genau, wie man auf Menschen zugeht, ihre Sorgen ernst nimmt. Hillary aber zeigte den entscheidenden Willen und beschwor das neue Amerika: «Wir bleiben die ganze Woche hier, und wir wollen jeden einzelnen Wähler erreichen, damit klar wird: In diesem Wahlkampf geht es um mehr als Bill Clinton, mehr als seine Kandidatur. Er ist der Botschafter für den Wechsel, für die Reformen, die wir brauchen. Er ist der nächste Präsident!» Bill Clinton versprach den Wählern eine Präsidentschaft im Doppelpack: «Buy One, Get One Free» – «Kaufen Sie einen, den zweiten gibt es gratis dazu». «Die Idee war: Wählt mich, und Hillary ist dabei, sie ist ein fähiger Kopf», kommentiert Clintons Biograph Stephen Hess.

Genau diese Strategie, mit der die Clintons vor allem weibliche Wähler gewinnen wollten, wurde zu einer schweren Belastung der Kampagne. Die politischen Gegner schossen sich auf Hillary ein – nicht nur die Konservativen. Auch unter den Demokraten hatte Clinton Widersacher. Im Vorwahlkampf kam es fast zu einem Handgemenge zwischen ihm und seinem demokratischen Herausforderer Jerry Brown, als dieser in einem Fernsehduell auf die dubiosen Verstrickungen der Gouverneursfamilie aus Arkansas anspielte. Auf den Vorwurf, er lasse Steuergelder in die Anwaltsfirma seiner Frau fließen, reagierte Bill Clinton aggressiv und fuhr seinem Gegner über den Mund: «Schämen Sie sich, lassen Sie meine Frau aus dem Spiel!» Im Publikum verfolgte Hillary aufgeregt das Geschehen, und als sich die Reporter auf sie stürzten, fauchte sie ihnen ins Mikrophon: «Ich hätte auch zu Hause bleiben können, Plätzchen backen und Tee trinken. Ich habe mich aber für meinen Beruf entschieden. Den hatte ich schon, bevor mein Mann in der Politik war. Und ich habe mich immer bemüht, korrekt zu sein.»

Das Wort war draußen. Die Medien machten aus Hillarys Rechtfertigung schnell einen militant-feministischen Angriff auf die amerikanische Hausfrau. «Im Laufe des Tages verkürzte sich das Interview auf den Satz ‹ich hätte ja auch in der Küche bleiben können und Plätzchen backen›, und das wirkte wie eine Ohrfeige für alle Hausfrauen und Mütter Amerikas», erinnert sich Melanne Verveer.

Aber auch Bill wurde nicht von der Presse verschont. Die Clintons hatten einen Wahlsong für die Kampagne 92, «Don't stop thinking about tomorrow, yesterday is gone» – «Denke immer nur an morgen, gestern ist vorbei». Der Fleetwood-Mac-Hit von 1977 sollte auf eine neue Präsidentschaft einstimmen, die in die Zukunft wies. Die politischen Gegner verstanden den Refrain aber offenbar als Aufforderung, das Gegenteil zu tun: Sie wühlten in der Vergangenheit des Präsidentschaftskandidaten und wurden fündig. Gerüchte erreichten das Wahlkampfteam, Bill Clinton habe eine Geliebte gehabt – sie drohe, vor der Presse auszusagen. Hillary befand sich zu diesem Zeitpunkt auf Wahlkampftour in Atlanta. Sie erfuhr von ihrem Mann am Telefon, dass es Schlagzeilen geben würde.

Am nächsten Tag platzte der Skandal: Bill habe seit zwölf Jahren eine Affäre mit Gennifer Flowers, einer ehemaligen Reporterin aus Little Rock. Sie machte detaillierte Angaben über die Art ihrer Beziehung, und irgendwie spürten die Menschen, dass an der Geschichte etwas dran sein musste. Die Clintons hatten keine Wahl. Sie mussten an die Öffentlichkeit gehen. Freunde rieten ihnen, im populären Politmagazin «60 Minutes» aufzutreten – gemeinsam, um die Gerüchte zu zerstreuen. Starreporter Steve Kroft begrüßte die Clintons mit den Worten: «Für die meisten Amerikaner ist es bewundernswert, dass Sie zusammengeblieben sind, Ihre Probleme verarbeitet und eine Art Übereinkunft und Abmachung getroffen haben.» Das war eine Steilvorlage für Bill Clinton, der nicht mehr auf die Vorwürfe eingehen musste, sondern sich empören konnte: «Moment mal, Sie sehen hier zwei Menschen, die sich lieben. Das ist keine Übereinkunft oder Abmachung. Das ist eine Ehe, das ist was ganz anderes.» Und als ihm die Worte ausgingen und er etwas hilflos zu seiner Frau blickte, die dicht neben ihm saß, übernahm sie die Führung und sprach die historischen Worte, die – wie viele Wahlbeobachter glauben – ihm die Wahl gerettet haben: «Ich sitze hier doch nicht als Frauchen, das zu seinem Mann steht wie in dem Lied ‹Stand by your man›. Ich liebe ihn, respektiere und achte ihn. Wenn das den Leuten nicht reicht, dann sollen sie ihn verdammt nochmal nicht wählen.» Ja, es stimme, sie beide hätten schwere Zeiten durchgemacht, wie sie in jeder Ehe vorkämen, aber das sei ihre Privatsache und längst überwunden. Die Yale-Studentin, die erfolgreiche Anwältin, auch sie war am Ende nur eine Ehefrau, die zu ihrem Mann hielt – ohne dabei ihr Gesicht zu verlieren. Das gefiel den Amerikanerinnen, jetzt war sie eine von ihnen.

Die amerikanischen Wähler wollten eine glückliche Präsidentenfamilie sehen. Bill Clinton präsentierte sie auf dem Parteitag der Demokraten im New Yorker Madison Square Garden. Tochter Chelsea hatte ihren ersten Auftritt auf der politischen Bühne und übernahm die Rolle des Musterkindes. Das «Familienidyll» im Gouverneurssitz in Little Rock hat Linda Bloodworth-Thomason in einer vierzehnminütigen Dokumentation in Szene gesetzt. Der Titel des Films, der auf dem Parteitag der Demokraten seine Premiere feierte, «The Man From Hope», spielte mit dem Namen der kleinen Provinzstadt, in der Bill Clinton aufwuchs: Der Mann aus Hope war die Hoffnung für Amerika. Es ist derselbe Film, in dem die erste Begegnung zwischen Hillary und Bill in Yale verewigt ist und sich Mutter Clinton an den Jungen erinnert, der stolz mit dem Bild vom Händeschütteln mit Kennedy nach Hause kam. Bill, der geliebte Sohn, der liebende Ehemann und der perfekte Vater.

Wenn es um die Präsidentschaft geht, muss auf der Bühne und im Film auch die Tochter als Kronzeugin herhalten: «Amerika soll wissen, dass meine Eltern tolle Leute sind und gute Eltern. Mir brachten sie bei, dass man andere behandeln soll, wie man selbst behandelt werden will, das ist eine goldene Regel.» Um die Soap-Opera zu einem Happy End zu bringen, schloss der Präsidentschaftskandidat, oben auf der Tribüne, vor Tausenden ihm zujubelnden Anhängern: «Wollen Sie wissen, warum mir die Kinder und die Zukunft so wichtig sind? Das alles hat mit Hillary angefangen.» Und dann, nach einer kleinen Pause, so leise, dass man es in der Madison Square Garden Arena gerade noch vernehmen konnte, mit einem Blick zu Hillary, hingehaucht, als sei es nur für die eine bestimmt und stünde nicht im Drehbuch: «Ich liebe dich.»

Zu den bunten Bildern des Parteitages und den Großeinstellungen des Kandidaten, seiner Frau und der perfekten Tochter – untermalt vom Klatschen und Jubeln derer, die sich vom Sieg der Demokraten ein neues, modernes Amerika erhofften – schepperte aus den Fernsehlautsprechern der Wahlkampfsong: «Don't stop thinking about tomorrow, yesterday is gone ...»

Am 20. Januar 1993 wurde William Jefferson Clinton vereidigt. Es war ein klarer, trockener Januartag, den der neue Präsident joggend begann. Am Abend gab es eine Riesenparty, zu der alle Freunde aus Arkansas geladen waren. Präsident Clinton griff mehrmals zum Saxophon und tanzte die ganze Nacht mit Hillary.

«Er und die First Lady waren sehr glücklich», erinnert sich Harry Thomason, der hinter Clintons Wahlkampf, den Medienauftritten und den Strategien im Umgang mit den Affären steckte und den Präsidenten auch in Zukunft beraten sollte. «Der lange Albtraum des Wahlkampfes war vorüber, nun sollte es vorangehen. Sie ahnten ja nicht, was sie erwartete.» Und in seinen Worten scheint ein bisschen Wehmut mitzuklingen – auch Thomason sollte nicht ungeschoren davonkommen.

In Washington ticken die Uhren anders als in Little Rock. Selbst Präsidenten haben sich einzufügen, schließlich sind sie nur Gäste auf Zeit im Weißen Haus. Das wurde der frisch gebackenen First Lady schon in der ersten Nacht klar: «Hier waren wir also – nach nur wenigen Stunden Schlaf, weil wir natürlich auf allen Bällen getanzt hatten –, in diesem großen Schlafzimmer, das die Bushs erst die Nacht zuvor geräumt hatten. Um 5 Uhr morgens klopfte plötzlich jemand an die Tür und kam einfach hereinspaziert. Bill und ich schreckten auf: O mein Gott! So erfuhren wir, dass die Bushs Frühaufsteher waren und der Butler ihnen zu dieser Stunde immer Kaffee auf einem Silbertablett servierte. Das Erste, was dieser arme Mann vom neuen Präsidenten hörte, war: ‹Was machen Sie hier?! – Raus!›», erzählte Hillary später dem britischen Journalisten Trevor McDonald.

Bill und Hillary Clinton nach dem Sieg bei den Vorwahlen in New York, 1992.

Die amerikanischen Wähler hatten große Hoffnungen in ihren neuen Präsidenten gesetzt, und die Clintons hatten große Pläne. Das wichtigste Projekt war die Gesundheitsreform. Nur fünf Tage nach seiner Vereidigung betraute Präsident Clinton seine Frau Hillary mit der Aufgabe, es umzusetzen: «Ich bin dankbar, dass Hillary die Kommission leiten und gemeinsam mit mir den zu erwartenden Sturm durchstehen wird. Die Amerikaner werden in den kommenden Monaten sehen, dass die First Lady viele Talente hat. Sie bringt die Menschen an einen Tisch, bearbeitet komplexe Themen und findet Lösungen, die konsensfähig sind.» Hillary erhielt ein Büro im Westflügel des Weißen Hauses. Zum ersten Mal in der amerikanischen Geschichte bekleidete eine First Lady ein offizielles Amt in der Administration ihres Mannes. In den politischen Zirkeln und bei den Beratern im Weißen Haus herrschte Alarmstimmung – wer regierte eigentlich, der Präsident oder seine Frau?

Doch die First Lady ignorierte die wachsende Kritik. Schnell stand sie mit der Presse auf Kriegsfuß, schottete sich ab und versuchte das durchzusetzen, was sie für richtig hielt. «Sie war leidenschaftlich davon überzeugt, dass jedes Kind in Amerika versichert sein sollte, und sie gab ihr Bestes, um das zu ermöglichen. Aber dagegen standen die Interessen vieler in Washington, vor allem die Lobby der privaten Versicherungswirtschaft und das andere politische Lager – sie entfachten einen Feuersturm», erinnert sich Harry Thomason. Als ihre Gegner spürten, dass die Clintons mit den Sozialreformen Erfolg haben könnten, suchten sie verzweifelt nach Möglichkeiten, das Duo an der Macht zu demontieren. Man durchleuchtete die Vergangenheit des Präsidentenpaares. Nach wenigen Wochen im Amt holte die Clintons jenes alte Immobiliengeschäft wieder ein: Whitewater. «Whitewater wurde zum Schlagwort für alle Clinton-Skandale. Clintons Gegner gaben 70 Millionen Dollar aus, hetzten über 6000 Ermittler raus, um krumme Geschäfte zu entlar-

Die erste Amtshandlung – Bill Clinton überträgt seiner Frau die Leitung der Arbeitsgruppe zur Gesundheitsreform.

ven – Dinge, die zehn Jahre zuvor passiert waren», empört sich Thomason rückblickend.

Thomason gehörte zu all jenen Freunden der Clintons, die gleich zu Beginn der Amtszeit mit Aufträgen versorgt wurden. Nach der erfolgreichen Wahlkampagne sollte er jetzt Medienberater des Präsidenten werden. Doch obwohl die Clintons alte Vertraute und Mitstreiter mit ins Weiße Haus brachten, bekamen sie den Machtapparat nicht unter Kontrolle. Im Gegenteil, schnell wurde der Vorwurf der Vetternwirtschaft laut.

Auch Vince Foster stand im Blickpunkt der Kritiker. In Little Rock war er ein enger Mitarbeiter von Hillary in der Rose-Anwaltskanzlei gewesen. Präsident Clinton hatte den Juristen zum stellvertretenden Berater ernannt und damit beauftragt, sich um die rechtlichen Angelegenheiten von Hillary zu kümmern – einschließlich der Whitewater-Affäre. Ein halbes Jahr später, am 20. Juli 1993, fand man Foster tot im Fort Mercy Park in Virginia, einem Waldstück bei Washington. Nach seinem Tod stand sein Büro unter Verschluss, was den Verdacht bestärkte, er habe Dokumente, die in Zusammenhang mit dem Whitewater-Skandal standen, verschwinden lassen, um Hillary zu decken. «Es gab alle möglichen üblen Gerüchte, die von politischen Gegnern in die Welt gesetzt wurden – Hillary und Vince Foster hätten ein Verhältnis gehabt und das Weiße Haus habe Vince Foster ermorden lassen», erinnert sich Anwalt Joe Purvis. Die Gerüchte um die angebliche Affäre zwischen Hillary und Vince hält er für böswillige Verleumdung. Als völlig absurd aber verwirft er die Mordszenarien. «Es war ein Schock für Bill, einen so engen Freund zu verlieren. Die beiden wuchsen zusammen auf, waren Nachbarn seit Bills viertem Lebensjahr.» Vince Foster hinterließ den Clintons einen Abschiedsbrief: «Ich bin», schrieb er vor seinem Freitod, «nicht geschaffen für die Arbeit in Washington, im Rampenlicht der Öffentlichkeit. Hier gilt es als Sport, Menschen zu zerstören.»

Der Tod des engen Freundes war ein schwerer Verlust für die Clintons. Der Kreis der Leute, denen sie wirklich vertrauen konnten, wurde immer kleiner. Nach zwei Jahren im Amt waren sie stark angeschlagen. Zwar erholte sich die Wirtschaft und Bill Clinton konnte das Haushaltsdefizit abbauen, doch sein größtes Vorhaben scheiterte: die Gesundheitsreform. Dabei spielten die Konservativen die Verdächtigungen gegen Hillary im Whitewater-Immobiliengeschäft gegen die Gesundheitsreform aus: «Wollen Sie dieser Frau Ihr Geld für die Gesundheitsreform anvertrauen?»

Präsident Clinton war gezwungen, die Details des alten Immobiliengeschäfts seiner Frau offen zu legen. Er hoffte, damit sei die Angelegenheit schnell beendet. Er konnte nicht ahnen, dass sie ihn bis ans Ende seiner Amtszeit begleiten würde.

Bei den Zwischenwahlen 1994 verloren die Demokraten den Kongress, ein Desaster für Clinton. Jetzt war er der konservativen Mehrheit ausgeliefert. Deren Führer Newt Gingrich erklärte den Clintons den Krieg, spielte perfide die Gerüchte über sexuelle Ausschweifungen des Präsidenten aus, nannte die First Lady hinter vorgehaltener Hand «Nutte». Die Konservativen stoppten die Gesundheitsreform und den sozialen Umbau. Die First Lady musste die politische Bühne verlassen. «Die Zeitungen, das Fernsehen, alle gaben ihr die Schuld für die Wahlschlappe», erinnert sich Melanne Verveer.

Schon nach zwei Jahren war die Doppelpräsidentschaft der Clintons endgültig gescheitert. Hillary musste sich neue Aufgaben suchen. Sie entfloh den Attacken der politischen Presse in Washington und reiste mit Tochter Chelsea um die Welt, als Botschafterin für Frauenrechte. Doch mit dem Abschied seiner wichtigsten Beraterin in Fragen der Tagespolitik fühlte sich der Präsident mehr und mehr isoliert. Er war politisch auf dem Tiefpunkt, als eine Frau das Weiße Haus betrat, die die Schlagzeilen in der zweiten Amtszeit beherrschen sollte: Monica Lewinsky.

Ende 1995 kam es bei den Verhandlungen um den Bundeshaushalt zu einem Kräftemessen zwischen dem Kongress und dem Präsidenten. Clinton legte sein Veto ein. Aber ohne verabschiedeten Haushalt gab es kein Geld mehr für die Bundesbeamten. Eine zweite Haushaltssperre im Dezember dauerte bis zum 5. Januar 1996, der längste «shutdown» in der US-Geschichte. Die meisten Angestellten im Weißen Haus blieben zu Hause, und so übernahmen die Praktikanten die Büroarbeit. In diesen Tagen hatte Monica Lewinsky zum ersten Mal allein Zutritt zum Oval Office. Der Anlass war ganz profan – sie sollte dem Präsidenten eine Pizza bringen. Was dann geschah, mussten beide ein paar Jahre später unter Eid aussagen.

Dass von Bill Clinton eine besondere Anziehung auf Frauen ausging, war ebenso bekannt wie die Tatsache, dass er sich immer wieder auf sexuelle Abenteuer einließ, trotzdem gab es Indizien dafür, dass das Zusammentreffen mit Monica möglicherweise kein Zufall war. In einer kurzen Passage des später veröffentlichten Untersuchungsberichts heißt es, Präsident Clinton habe Monica Lewinsky im März 1997 gewarnt, dass ein ausländischer Geheimdienst seine Telefone abzapfe. Seitdem gab es zahlreiche Spekulationen, ob Monica selber auf den Präsidenten angesetzt war, um ihn mit einer Sex-Affäre erpressbar zu machen. Der britische Journalist und Autor Gordon Thompson entwickelte in seinem Buch «Gideon's Spies» die These, der Mossad habe Bill Clinton mit abgehörten Telefongesprächen zwischen ihm und Monica Lewinsky erpresst, noch bevor der Sex-Skandal publik wurde. In seiner Autobiographie deutete Boris Jelzin an, im Vorfeld des Skandals Geheimdienstinformationen über eine bevorstehende Sex-Affäre des amerikanischen Präsidenten erhalten zu haben.

Von alldem erfuhr die Öffentlichkeit zunächst nichts. Die Blockadestrategie der «Republikanischen Revolution» unter Newt Gingrich zahlte sich für die Konservativen nicht aus. Im November 1996 bestätigten die Wähler Bill Clinton in seinem Amt. Der Präsident beherrschte wieder die Bühne, allein und mit einem neuen Konzept. Seine Frau blieb jetzt im Hintergrund, und er verabschiedete sich von den sozialen Reformprojekten, mit denen beide einmal angetreten waren.

Es gibt ein eindrucksvolles Filmdokument, in dem das ganze Drama der zweiten Amtszeit bereits festgehalten ist. Es stammt vom Tag nach der Wiederwahl: Am 6. November 1996 kehrten die Clintons ins Weiße Haus zurück. Der neue, alte Präsident und die First Lady schritten die geschwungene Treppe herab, dazu spielte eine

Blaskapelle. Das Paar wollte sich bei den Parteifreunden, den Angestellten vom Weißen Haus und den freiwilligen Wahlkampfhelfern für deren Einsatz bedanken. Am Rande des Geschehens spielte sich eine kurze, unscheinbare Szene ab, die in den kommenden Monaten wieder und wieder über die amerikanischen Bildschirme flackern sollte, von der am 6. November aber niemand Notiz nahm, außer einer einsamen Kamera, die pflichtbewusst jeder Bewegung des Präsidenten folgte und auch den besagten Augenblick ganz mechanisch einfing: eine kurze Umarmung – mehr nicht. Die Frau aber, die Clinton dort zwischen all den anderen Wahlhelfern in die Arme schloss, war keine andere als Monica Lewinsky. Sie rief ihm etwas zu, und er schien ihr noch zu antworten, während er schon anderen Leuten die Hände schüttelte.

Doch Bill wollte sich nicht mehr an das Vergangene erinnern. Langsam kehrte Normalität in das Leben des Präsidentenpaares ein. Auf einer gemeinsamen Reise nach Afrika fand das Paar politisch und privat wieder zusammen. Hillary konnte nun Bill die Orte zeigen, die sie in den vergangenen Jahren bereist hatte. Sie besuchten mit Nelson Mandela die Gefängnisinsel Robben Island und genossen die Tage unter afrikanischer Sonne, weit weg von der täglichen Pressemeute. Hillary erinnerte sich später an diesen Moment: «Damals wünschte ich mir, dieser Tag möge nie enden, denn das Scheinwerferlicht in Washington war weniger sanft.»

In der zweiten Amtszeit entdeckte Clinton die Außenpolitik für sich, vielleicht auch, um sich einen Platz in den Geschichtsbüchern zu sichern. Im Nahen Osten wollte er den Friedensprozess voranbringen. Mit William Cohen holte er einen Republikaner als Verteidigungsminister in sein Kabinett, und mit Madeleine Albright berief er erstmals in der amerikanischen Geschichte eine Frau in das Amt des Außenministers. Die Entscheidung für Madeleine Albright war nicht zuletzt Hillarys Eingebung zu verdanken. Mit ihr verband sie in der zweiten Präsidentschaft eine enge Freundschaft, immerhin hatten beide, wenn auch mit einem gehörigen Abstand, das Wellesley College besucht.

Doch hinter den Kulissen tickte die Zeitbombe. Clinton war mitten in Gesprächen mit Israels Premierminister Benjamin Netanjahu über den Friedensplan für Nahost, als die Welt am 20. Januar 1998 von einer Affäre mit der Praktikantin Monica Lewinsky erfuhr. Der Präsident, der einen Auftritt in Jim Lehrers «NewsHour» auf PBS hatte, um über die «Lage der Nation» zu sprechen, konnte den Fragen nach dem Sex-Skandal nicht ausweichen und erwiderte: «Es gibt keine unangemessene Beziehung.» Sofort stürzten sich alle Journalisten auf die Tatsache, dass er in der Gegenwartsform geantwortet hatte. Hillary war in diesem Augenblick unterwegs und hielt am Goucher College einen Vortrag. Von den Reportern zu den Anschuldigungen gegen ihren Mann befragt, erwiderte sie: «Natürlich

Begegnung mit Monica – eine naive Praktikantin oder ein Lockvogel der Geheimdienste?

glaube ich, dass die Vorwürfe falsch sind – absolut. Es ist immer schwer und schmerzhaft, wenn jemand, den man liebt und bewundert, so angegriffen und mit solchen unglaublichen Vorwürfen konfrontiert wird.»

Amerikanische Journalisten sind eitel. Es gibt pro Tag immer nur eine ganz große Geschichte, und wer in den US-Medien etwas zu sagen hat, will genau im richtigen Moment am richtigen Ort sein. Im Januar 1998 war der Papstbesuch auf Kuba die ganz große Story. Jeder, der etwas auf sich hielt, war auf das feindliche Eiland geflogen worden, mit Satellitenschüssel und Maskenbildnerin. Am Abend des 21. Januar saß CBS-Nachrichtenstar Dan Rather nervös und genervt auf Castros Insel, als sich die Nachrichten in Sachen Monica überschlugen. Sofort packten alle Kamerateams ihre Sachen, ließen Papst und Castro zurück und flogen an die Heimatfront. Für die CBS-Abendnachrichten aber war es zu spät. Rather, perfekt ausgeleuchtet vor einem romantischen Abendpanorama in Havanna, fluchte so laut, dass es die benachbarten Fernsehcrews deutlich hören konnten, um dann in gewohnter Professionalität die vielleicht ungewöhnlichste Moderation seines Lebens zu präsentieren: «Jetzt gleich mehr über den historischen Besuch des Papstes in Kuba. Doch zunächst die rasanten Entwicklungen aus Washington. Präsident Clinton stritt heute Nacht ab, über seine Affäre mit der ehemaligen Praktikantin Monica Lewinsky gelogen zu haben.» So begann eine bis dahin selbst in den USA beispiellose Medienkampagne, die am Ende zur Einleitung eines Amtsenthebungsverfahrens gegen den Präsidenten führte, das erst ein Jahr später, im Februar 1999, mit einem Freispruch Clintons durch den Senat endete.

Politische Berichterstattung fand in dieser Zeit praktisch nicht mehr statt. Für die US-Medien gab es nur noch Monica. Einer der beschämendsten Momente war ein Treffen zwischen Clinton und Jassir Arafat. Neben ihnen aufgereiht saßen mit ernster Miene der Nationale Sicherheitsberater Sandy Berger, Außenministerin Albright und Vizepräsident Gore. Kein US-Reporter schien sich für den Nahen Osten zu interessieren, stattdessen wurde der Präsident mit Fragen nach seinem Sexleben traktiert. Fragen, die so dumm waren, dass sich Arafats Dolmetscher weigerte, sie zu übersetzen.

Um endlich wieder Politik machen zu können, musste Clinton eine klare Botschaft verbreiten. Seinem Berater Harry Thomason erklärte er, es sei nichts gelaufen mit Monica. Für Thomason hatte Clintons Leugnen nicht besonders überzeugend geklungen, und deshalb riet er dem Präsidenten: «Wenn wirklich nichts war, solltest du das mit mehr Nachdruck sagen.» Der Legende nach gab Thomason ihm dann den «Fingerzeig» als Regieanweisung mit auf den Weg. Der Anlass: eine Pressekonferenz am 26. Januar 1998, bei der es eigentlich um Bildungspolitik ging.

Der kleine Pressesaal war überfüllt, irgendwie hatte es sich herumgesprochen, dass der Präsident sich zu seiner Sex-Affäre äußern würde. Hillary, die zuerst sprach, konnte sich den ironischen Kommentar nicht verkneifen, dass es sie freue zu sehen, wie groß das Interesse der Medien an der Bildungspolitik sei. Dann ging der Präsident ans Pult und hob mahnend den Finger, um dem folgenden Satz besonderen Nachdruck zu geben: «Hören Sie mir genau zu. Ich sage es nur einmal. Ich hatte keine sexuelle Beziehung zu dieser Frau – Monica Lewinsky. Ich habe niemandem befohlen zu lügen, nicht ein einziges Mal. Diese Vorwürfe sind falsch. Und jetzt muss ich zurück an die Arbeit.» Hinter ihm stand Hillary. Sie war ernst, wie versteinert. Wusste sie damals schon, dass es eine Lüge war?

«Die Leute sagten: Wie konntest du ihm nur glauben? Aber zu diesem Zeitpunkt war ich selbst bereits das Opfer zahlreicher falscher Anschuldigungen geworden. Von der rechten Klatschpresse, vom Radio und von den vielen Kabelsendern bin ich attackiert worden für alles Mögliche. Ich fand es nicht ungewöhnlich, dass er nun Zielscheibe einer weiteren Anschuldigung war, und glaubte ihm, bis er mich eines Besseren belehrte», erklärte Hillary später.

Die Clintons hatten wenig Zeit für Befindlichkeiten: Bombenanschläge auf die amerikanischen Botschaften in Kenia und Tansania am 7. August, für die Osama Bin Laden verantwortlich sein sollte, kündigten eine neue Ära an. Während der Gedenkzeremonie für die US-Opfer des Anschlags erlebten die Amerikaner eine trauernde

First Lady, in Schwarz gekleidet, stumm und mit Tränen in den Augen, neben ihrem Mann, dem Präsidenten. Die Naheinstellung der leidenden Hillary wurde von den amerikanischen Medien zum Sinnbild ihrer privaten Verletzlichkeit verklärt und in den folgenden Tagen immer wieder in die Berichte um die Lewinsky-Affäre geschnitten. Dieses Bild veränderte den Blick der Fernsehnation auf Hillary. Es ersetzte das Image der arroganten, herrschsüchtigen First Lady durch das einer sensiblen, verletzbaren Frau.

Amerikanische Medienwissenschaftler haben jenen Moment genau untersucht und behaupten, der Augenblick der tiefsten Demütigung sei zugleich die Geburt der neuen Hillary gewesen. Ob es nur das zufällige Zusammentreffen der Anschläge mit dem Geständnis von Bill Clinton war oder die Medien das Bild der trauernden Hillary benutzten – es hat sich bei den Amerikanern eingebrannt.

Hillarys Disziplin wurde bald darauf noch härter auf die Probe gestellt. Monica Lewinsky bezeugte die Sex-Affäre unter Eid. Und auch der Präsident musste nun die Wahrheit bekennen. Am 17. August sollte er vor der Grand Jury, dem Untersuchungsausschuss in Sachen Lewinsky, unter Eid aussagen. Eines Morgens, wenige Tage vor diesem Termin, gestand er seiner Frau, dass er mit Monica Lewinsky eine Affäre hatte. Dass er sie belogen hatte, angeblich um sie und Chelsea und seine Präsidentschaft zu schützen. «Ich bebte vor Wut, und es brach mir das Herz, ich war zornig und stand völlig neben mir, weil ich ihm geglaubt hatte, weil ich ihm glauben wollte, mich dazu entschlossen hatte – aber dann wurde mir gesagt, dass ich belogen worden war, wie alle anderen.»

Schlimmer noch als die Sex-Affäre muss für Hillary die Lüge gewesen sein. Dass ihr Mann kein Heiliger war, wusste sie seit den Jahren in Arkansas. Und offensichtlich hatten die beiden in der Vergangenheit stets ein Arrangement gefunden. Dass sie diesmal von ihrem engsten Vertrauten hinters Licht geführt worden war, dürfte eine tiefe Verletzung und einen Bruch in der Beziehung hinterlassen haben. Doch niemand wird wirklich hinter die Fassade blicken können. Ein Rest Geheimnis wird bleiben und das Recht auf Privatheit, trotz Untersuchungsausschuss und Pressefreiheit.

Am Abend desselben Tages, an dem er von der Jury vernommen wurde, gestand Bill Clinton seine sexuelle Affäre vor der gesamten Nation, live im Weißen Haus. «Heute Nachmittag, in diesem Raum, habe ich vor dem unabhängigen Ermittler und der Anklagejury ausgesagt. Ich habe ihre Fragen wahrheitsgemäß beantwortet, auch Fragen über mein Privatleben. Ich weiß, dass meine öffentlichen Äußerungen und mein Schweigen in dieser Angelegenheit einen falschen Eindruck erweckt haben. Ich habe Leute getäuscht, sogar meine Frau. Jetzt ist es eine Sache zwischen mir und den beiden Menschen, die ich am meisten liebe, meine Frau und meine Tochter, und unserem Gott. Ich muss es wieder gutmachen, und ich bin bereit, alles Nötige dafür zu tun. Nichts ist mir persönlich wichtiger. Aber es ist meine Privatsache. Es geht nur uns etwas an. Sogar Präsidenten haben ein Privatleben.»

Am nächsten Tag verließ die First Family das Weiße Haus für ein Wochenende auf Martha's Vineyard. Der Freund der Familie, Pastor Vic Nixon, der das Paar getraut hatte, erinnert sich an diesen Moment, den die ganze Nation verfolgte: «Nachdem der Präsident die Beziehung zu Monica Lewinsky zugegeben hatte, verließen sie gemeinsam das Weiße Haus, mit Chelsea und ihrem Hund, und stiegen in den Hubschrauber. Es war ein unglaublich spannender Moment, sie zu beobachten, als sie gingen, den Blick auf das Gras gerichtet, aber: Hände haltend. Weil das bedeutete, dass sie versuchten wegzugehen, um einen Heilungsprozess zu beginnen.»

Bei der Ankunft auf Martha's Vineyard wurde deutlich, dass etwas zerrissen war zwischen den beiden. Unentschlossen, etwas verloren wartet Bill darauf, dass Hillary nachkommt. Ein kurzer Gruß in die Menge, dann dreht er sich um, will Hillary abholen, doch sie folgt ihm nur zögernd. «Ich selber wusste nicht, ob die Ehe das überleben würde, und ich war mir nicht sicher, ob ich das wollte. Ich brauchte viel Zeit und musste tief in mich gehen, um herauszufinden, ob das etwas war, was ich fortsetzen wollte. Aber abgesehen von dem, was er uns angetan hatte und dass ich meinen Mann am liebsten erwürgt hätte, abgesehen davon war er auch mein Präsident.»

Wenn Hillary über die Zeit im Weißen Haus spricht, dann hat

man stets den Eindruck, ihre Persönlichkeit sei gespalten. Gerade noch hört man der Ehefrau zu, mit ihren ganz normalen Gefühlen, dann plötzlich spricht die Staatsfrau, die ihre Verpflichtungen erfüllen muss, die nicht über eine Ehe, sondern eine Präsidentschaft zu entscheiden hat. In dieser Fähigkeit, sich der eigenen Rolle ständig bewusst zu sein und die Pflicht über die Gefühle zu stellen, mag vielleicht das Geheimnis des Erfolgs der Clinton-Präsidentschaft, und auch von Hillarys Karriere, liegen.

Nach nur drei Tagen Familienurlaub machte der Präsident der Vereinigten Staaten von Amerika – noch von seinem Feriendomizil

Ruhe vor dem Sturm – der wieder gewählte Präsident ahnt noch nicht, dass ihn in ein paar Monaten die Affäre mit Monica einholen wird, und Hillary steht voll hinter ihm.

aus – deutlich, wer der mächtigste Mann der mächtigsten Nation der Welt ist. Es sollte nicht das letzte Mal sein, dass Clinton genau dann militärische Stärke demonstrierte, als seine Position als Präsident ins Wanken geriet. Am 20. August gab er als Oberbefehlshaber der US-Streitkräfte den Befehl, Raketen auf Ziele im Sudan und in Afghanistan zu schießen. In einer provisorischen Pressekonferenz in einer Grundschule auf Martha's Vineyard bezeichnete er seine Entscheidung als Vergeltungsmaßnahme für die Bombenanschläge auf die US-Botschaften. Sogleich kehrte er, ohne Frau und Tochter, begleitet nur von seinem Hund, zurück nach Washington. Unterdessen bereiteten die Republikaner im US-Repräsentantenhaus ein Amtsenthebungsverfahren vor.

Während Clinton noch immer die Absetzung drohte, konnte er außenpolitisch endlich Erfolge vorweisen. Am 23. Oktober unterzeichneten Benjamin Netanjahu und Jassir Arafat eine Vereinbarung, die den Rückzug israelischer Truppen von der Westbank vorsah und umfassende Sicherheitsgarantien für die Palästinenser. Zu verdanken hatte Bill Clinton diesen Verhandlungserfolg auch dem unermüdlichen Einsatz seiner Außenministerin und Hillarys Freundin, Madeleine Albright.

Überhaupt war Bill Clintons Karriere immer wieder von starken Frauen begleitet. Geprägt vom Respekt vor seiner Mutter hat er in allen Phasen Frauen um sich geschart, die ihm bei der Bewältigung der Regierungsgeschäfte halfen. Später begleitete ihn Hillary als engste Beraterin in die Präsidentschaft. Als Präsident legte er in der zweiten Amtszeit die Außenpolitik in die Hände der resoluten Madeleine Albright. Alle Frauen, die mit Bill Clinton gearbeitet haben, heben seine Fähigkeit hervor, ihnen zuzuhören, ihrem Rat zu folgen und ihnen weitgehende Befugnisse einzuräumen. Irgendwie wollte es Clintons Schicksal, dass es am Ende erneut seine Frau sein sollte, die seinen Kopf rettete.

Ende 1998 drohte immer noch das Impeachment. Unmittelbar vor der Abstimmung des Kongresses am 16. Dezember, die über ein Amtsenthebungsverfahren entscheiden sollte, beschloss Bill Clinton eine dreitägige Bombardierung gegen den Irak, angeblich als Vergeltung für Saddam Husseins Weigerung, UN-Waffeninspektoren ins Land zu lassen. Die Republikaner waren empört und warfen dem Präsidenten vor, durch einen Krieg seiner Amtsenthebung entgehen zu wollen. Mit eintägiger Verspätung kam es dann zur Abstimmung. Hillarys Stabschefin erinnert sich an diesen historischen Moment: «Am Morgen der Abstimmung im Repräsentantenhaus bat der Sprecher der Demokraten Hillary, zum Kapitol zu kommen und mit den Abgeordneten seiner Partei zu sprechen. Und sie kam. Ihr Wagen fuhr in die Tiefgarage. Sie betrat den Raum, in dem die Demokraten versammelt waren. Mit sehr persönlichen Worten sprach sie die Hoffnung aus, dass die Abgeordneten geschlossen für ihren Mann stimmen würden. ‹Er ist unser aller Präsident. Ihr Präsident, der Präsident der Nation und deshalb so wichtig für das Land.›»

Der Frau des Präsidenten gelang es, die Demokraten erneut zu einen. Ihr beeindruckender Auftritt war ein durchschlagender Erfolg, obwohl es den Republikanern zunächst gelang, das Amtsenthebungsverfahren in die Wege zu leiten. Nach der Abstimmung trafen sich die Demokraten vor dem Weißen Haus, um ihre Solidarität mit dem Präsidenten zu zeigen. Der Präsident und die First Lady wurden mit anhaltendem Applaus empfangen. «Dass Hillary voll und ganz zu ihrem Mann gestanden hat, war unglaublich wichtig. Sie hätte ihm auch den Rücken kehren können, aber sie tat es nicht», urteilt der Politologe Stephen Hess. Sie habe ihm damit nicht nur seine Präsidentschaft gerettet, sondern auch den Grundstein für ihre Kandidatur als Senatorin gelegt. Hillary hatte an diesem Tag bewiesen, dass sie ihr persönliches Empfinden den Interessen der Partei und der Nation unterordnen kann. Sie handelte nicht als Ehefrau, sondern als Frau des Präsidenten. Die Einzige, die das Recht hat, Bill Clinton seines Amtes zu entheben, ist seine Ehefrau – so sahen es die meisten Amerikaner. Dass gerade Hillary sich so entschieden hinter ihren Mann stellte, verschaffte ihr große Sympathien.

Am 12. Februar 1999 scheiterte die Amtsenthebung im Senat. Gleich am Tag darauf traf sich Hillary Clinton mit Berater Harold Ickes, um einen Strategieplan für eine Kandidatur für den New Yorker Senat zu entwickeln. Erst ein Jahr später gab die First Lady ihre

Ambitionen offiziell bekannt; zunächst kehrte Ruhe ein im turbulenten Leben der Clintons. Die Tage im Weißen Haus waren gezählt, aber Hillary hatte eine neue Perspektive. Die NATO begann, Serbien zu bombardieren, und Clinton verhandelte weiter in Sachen Nahost. In der Columbine High School in Littletown, Colorado, töteten zwei Teenager zwölf Mitstudenten – in Amerika herrschte wieder «business as usual».

Nach sechs Jahren Ermittlungen, die den amerikanischen Steuerzahler mehr als 50 Millionen Dollar gekostet hatten, wurde am 20. September 2000 auch die Akte «Whitewater» geschlossen. Der unabhängige Ermittler Robert Ray erklärte, dass es keine ausreichenden Beweise gegen den Präsidenten und die First Lady gebe, um Strafanzeige zu erheben. Jetzt, am Ende der Präsidentschaft, war die Affäre für die Gegner der Clintons ohnehin wertlos geworden.

Es ist üblich, dass der scheidende Präsident der Öffentlichkeit etwas Besonderes bietet. In dem kurzen Video «Final Days» bewiesen die Clintons, dass sie nicht nur über schauspielerisches Talent verfügen, sondern auch über sich selber lachen können. Das Weiße Haus ist verlassen, der Präsident läuft ziemlich vereinsamt durch die vielen Räume und muss sich um alles selber kümmern. Ob Wäsche-, Autowaschen oder Rasenmähen, Bill erlebt einen kleinen Vorgeschmack auf die Zeit ohne Angestellte und Personal, und ohne Hillary. Die steigt gerade in die vorgefahrene Limousine und lässt den Zuschauer wissen: «Ich wünschte, ich wäre öfter hier, aber ich bin sicher, Bill hat alles unter Kontrolle.» Und Bill läuft der davonbrausenden First Lady winkend hinterher, mit einer braunen Tüte in der Hand: «Hey, warte! Dein Mittagessen!»

Während Bill im Weißen Haus die Koffer packte, kandidierte Hillary im Staat New York für das Amt der Senatorin und gewann mit überwältigender Mehrheit. Zum ersten Mal in der Geschichte der USA wurde eine First Lady in ein politisches Amt gewählt. Und zum ersten Mal erfüllte sich für Hillary der Traum von der eigenen politischen Karriere, nachdem sie in all den Jahren Bill den Vortritt gelassen hatte.

Am 3. Januar 2001 nahm Vizepräsident Al Gore ihr den Eid ab. Seitdem hat Hillary große Erfolge, erntet sogar Respekt von konservativen Amtskollegen. Und mit der Publikation ihrer Autobiographie wurden die Stimmen lauter, die Hillary als zukünftige Präsidentin sehen. Dass sie Mitglied im Verteidigungsausschuss wurde, mag ihre Ambitionen unterstreichen. Wenn ihre Popularität anhält, dann wächst die Chance für eine neue Clinton-Präsidentschaft. Die Freunde der Clintons halten das nicht für abwegig und können sich sogar Bill Clinton als First Husband vorstellen. «Bill Clinton wäre ein großartiger Präsidentengatte», meint Harry Thomason. «Er hätte jede Menge guter Ratschläge für seine Frau, die Präsidentin, und sie würde nur die beherzigen, die ihr gefallen.» Doch würde Hillary, die jetzt wieder ihren Mädchennamen Rodham vor den gemeinsamen Nachnamen Clinton stellt, ihren Mann dann noch brauchen? Und würde sie ihn mitnehmen ins Weiße Haus?

Wie es um die Ehe der Clintons steht, darüber wird viel spekuliert. Gemeinsame Auftritte sind selten. Pastor Nixon, der alte Freund des Paares, fasst zusammen, was die Beziehung der Clintons auszeichnet: «Dies sind zwei unabhängige Menschen, die ihr eigenes Leben und ihren eigenen Beruf haben und eigentlich auch ohne den anderen funktionieren könnten. Aber sie haben sich füreinander entschieden.»

Bill und Hillary leben seit ihrem Auszug aus dem Weißen Haus in einem kleinen Ort, etwa eine Stunde von New York entfernt. Von hier aus pendelt Hillary in den Senat nach Washington. Um der Welt noch einmal ein gemeinsames Bild von den «privaten» Clintons zu präsentieren, luden beide kurz nach dem Umzug die Presse ein. Entspannt und in scheinbar alter Verbundenheit spazierten sie den Weg vom Haus hinab bis vor die wartenden Kameras und Mikrophone. «Wir sind angekommen. Wir sind überglücklich, hier zu sein, und mögen dieses Haus sehr – immerhin haben wir alle Kisten hergeschafft. Es ist unser erstes richtiges Zuhause seit siebzehn Jahren, als wir im Januar 1983 in den Gouverneurssitz in Little Rock einzogen.» Und nach Bills Monolog hatte Hillary das letzte Wort: «Es ist einfach wunderbar.»

38 MARIANNE UND FRANZ JOSEF STRAUSS

Werner Biermann

Die Familie als Bollwerk

MARIANNE UND FRANZ JOSEF STRAUSS

Der venezianische Troubadour lächelt glücklich. Inmitten der tanzenden Paare auf dem Maskenball hält er seine Partnerin fest, als wolle er sie nie wieder loslassen. Er neigt zur Fülle, muss deshalb immer mal den Schweiß aus der Stirn tupfen, bewegt sich aber flink und geschmeidig. Es ist der 4. März 1957, Rosenmontag, und der Maskenball im Foyer des Deutschen Theaters in München steht dieses Mal unter dem Motto «Kulissenzauber». Vor einigen Wochen sah man das Gesicht des Mannes auf dem Titel eines Hamburger Nachrichtenmagazins, und auch da lächelte er, sympathisch und siegesgewiss unter einem bayerischen Seppl-Hut, der sich gerade in einen Stahlhelm verwandelt. Es ist der Verteidigungsminister der Bundesrepublik Deutschland, Franz Josef Strauß, 41 Jahre alt. Nie wieder wird ihn der «Spiegel» so sympathisch zeigen.

Die junge Frau in seinen Armen ist groß, ein bisschen größer als er, mit schlanker Taille und ausdrucksstarken Augen. Ihr Gesicht drückt nicht weniger Selbstbewusstsein und Siegessicherheit aus als das Gesicht ihres Tanzpartners. Sie heißt Marianne Zwicknagl, ist knapp 27 Jahre alt, eine Volkswirtschaftlerin aus Rott am Inn, die ihre Diplome in Cambridge und an der Sorbonne erworben hat. Keine Frau, die erst einen Mann fragen muss, wenn sie eine Meinung äußern will. Ihre Familie ist reich, und der Vater, Dr. Max

Das Ehepaar Strauß (1960) in der Wohnung im Kloster zu Rott am Inn, dem so genannten «Prälatenstock».

Zwicknagl, ist der lokale Fürst in Rott, als Arbeitgeber, CSU-Politiker, Land- und Immobilienbesitzer. Die junge Frau, sein «Mariandl», träumt von einer eigenen Karriere, in einer der europäischen Institutionen vielleicht, die gerade entstehen.

Von diesen Träumen wird sich keiner erfüllen. Denn in den Tagen und Wochen nach dem Münchner «Kulissenzauber» wird sie, wie sie sagt, «in die zweite Reihe» zurücktreten, hinter ihren künftigen Mann, der gerade seine Laufbahn als einer der profiliertesten und umstrittensten Politiker der Nachkriegszeit beginnt. Was sie ihm zu geben bereit ist, wird für ihn so einzigartig wie unverzichtbar sein: ihre uneingeschränkte Loyalität. Sie wird auf ihre eigene Karriere verzichten, und später wird sie ihre Träume sogar verleugnen: «Ich bin nicht der Ansicht, dass eine Frau das Abziehbild eines Mannes darstellen soll.»

Ein Bonner Korrespondent hatte über Strauß geschrieben: «Er ist wie ein Panzer, der aus dem Unterholz hervorbricht und alles, was sich ihm in den Weg stellt, überrollt.» Das war aber nur das eine Gesicht. Strauß hatte auch sehr liebenswürdige Züge, er hatte Charme, Bildung, ein jungenhaftes Lächeln – und eine verführerische, mitreißende Redekunst. 1952, nach drei Jahren Hinterbänklerei im Bundestag, hatte seine erste große Rede ihn «aus dem Nichts» (wie die «Zeit» schrieb) gleich in die vorderste Reihe der Politik befördert.

Denn Konrad Adenauer, der Kanzler, hatte an jenem 7. Februar 1952 einen ausgesprochen schlechten Tag, stand müde und endlos lange in seinen Zetteln kramend am Rednerpult. Dabei hätte er gerade an diesem Tag besonders überzeugend sein müssen, denn bei der ersten großen Wehrdebatte ging es darum, einer immer noch kriegsmüden Bevölkerung die deutsche Wiederbewaffnung schmackhaft zu machen. Adenauers matte Lustlosigkeit löste bei seinen eigenen Leuten Entsetzen aus. Ein beinahe peinlicher Abgang in eisigem Schweigen.

Doch dann kam Strauß. Es wurde seine Stunde, die Geburtsstunde eines großen Redners. Sachlich fing er an, mit Zahlen und Fakten, aber nicht ohne Humor, dann steigerte er sich in die Emotion und riss seine Zuhörer mit. Das hatte der Altphilologe Strauß bei den alten Lateinern gelernt. Besorgt rief SPD-Chef Kurt Schumacher dazwischen: «Strauß, das dröhnende Nichts!» Aber nach siebzig Minuten erhoben sich die Abgeordneten der Regierungskoalition wie im Taumel und spendeten minutenlang frenetischen Beifall. Und der CSU-Abgeordnete Bruno Heck sagte: «Jetzt wirst du Minister.»

Genau das geschah, wenn auch nicht sofort. Aber Adenauer hatte erkannt, dass dieser bullige CSU-Abgeordnete «die Schallmauer des Widerstands durchbrechen kann, die wir im Parlament und in der Öffentlichkeit haben». Nur Strauß habe «die nötige Rücksichtslosigkeit». Denn er habe verstanden, um was es gehe: um «Sklaverei oder Freiheit». Man müsse stark genug sein, tönte Strauß, um notfalls «das Reich der Sowjetunion von der Landkarte verschwinden zu lassen». Eine Zeitung schrieb höhnisch, «Strauß rasselt mit einem Säbel, den er nicht besitzt». Richtig, aber genau den wollte er ja haben: nämlich Atomwaffen.

Im Oktober 1956 machte Adenauer diesen Mann, den er persönlich gar nicht mochte, zum Verteidigungsminister. Strauß, der Junge aus dem Schwabinger Metzgerladen, war auf seinem Weg nach oben ein großes Stück vorangekommen. Und jetzt halfen ihm auch noch die Liebe und die Loyalität einer starken Frau, die ihm ebenbürtig war – und die sich ihm und seinen hochfliegenden Zielen trotzdem unterordnete. Für ihn die Traumfrau.

Nur fünf Tage nach der Münchner Ballnacht, am Samstag, 9. März 1957, hatte Franz Josef Strauß eine zweite Begegnung, die für sein Leben von schicksalhafter Bedeutung werden sollte, er traf Rudolf Augstein. Der junge «Spiegel»-Chef wollte den aufsteigenden Politiker aus Bayern, der seit einigen Monaten Verteidigungsminister war, näher kennen lernen. In Augsteins Haus am Hamburger Maienweg, der ehemaligen Villa von Max Schmeling, war alles vorbereitet für eine lange trink- und diskussionsfreudige Nacht, einschließlich eines Brathendls im Eisschrank für den Fall, dass Strauß tief in der Nacht Hunger bekäme. Strauß, der Frischverliebte, hatte zunächst gar keine Lust zu politisieren, aber dann brach die Streitlust doch hervor.

Und er vergaß auch, was Adenauer ihm neulich erst geraten hatte: ab ein Uhr nachts nichts mehr zu trinken.

Es wurde laut im Hause Augstein. Die «Spiegel»-Leute wollten wissen, wie ernst es Strauß mit seiner Forderung nach Atomwaffen meinte. Sie selbst waren absolut dagegen, sie glaubten, der Besitz solcher Waffen solle allein auf die Supermächte beschränkt bleiben. Und da legte Strauß los, er verglich die Führer der Sowjetunion mit «Sittlichkeitsverbrechern, die man ja auch nicht frei herumlaufen lässt». Das war vielleicht an bayerischen Stammtischen zulässig, aber aus dem Munde eines Spitzenpolitikers, der für die Sicherheit des Landes verantwortlich war, doch eine ziemliche Entgleisung. Schon Reinhold Maier, der Altliberale, hatte über Strauß gesagt: «Wer so redet, der schießt auch.» Auch Augstein glaubte jetzt, Strauß sei nicht nur charakterlich unzuverlässig, sondern auch völlig unberechenbar. Und grenzenlos machtbesessen.

Als der Hamburger Sonntagmorgen graute, hatte der Publizist Rudolf Augstein sein Lebensthema gefunden. Es hieß Franz Josef Strauß. Augstein und sein «Spiegel» sollten alles tun, um zu verhindern, dass Franz Josef Strauß jemals Bundeskanzler würde. Die halbe Republik folgte Augstein, Montag für Montag, auf diesem Weg, der aus Franz Josef Strauß für viele Jahre die Inkarnation des Bösen in der Politik machte, während umgekehrt Strauß, mit einer wachsenden Anhängerschar, sich als Opfer sah und das Hamburger Magazin als «die Gestapo unserer Tage» bezeichnete. Augstein und Strauß waren füreinander wie Geschenke des Himmels.

Während sich der hart arbeitende Minister um Ostern 1957 ein paar freie Tage gönnte, um sich in Rom mit Marianne Zwicknagl zu verloben, saß der Physiker Carl Friedrich von Weizsäcker an einem Text, den er auch im Namen von 17 anderen Wissenschaftlern entwarf. Es wurde die «Göttinger Erklärung», ein Aufschrei der Experten, ein ernsthafter und dringlicher Einwand der deutschen Atomfachleute gegen die Absicht von Adenauer und Strauß, die gerade entstehende Bundeswehr mit Atomwaffen auszurüsten. Sie verlangten den definitiven Verzicht Deutschlands auf solche Waffen. Zu den Unterzeichnern gehörten die Nobelpreisträger Otto Hahn, Max von

Laue, Max Born und Werner Heisenberg. Der Text wurde am Karfreitag 1957 den Agenturen übergeben, und er verdarb Franz Josef Strauß und Marianne Zwicknagl doch ein wenig ihr römisches Glück. Marianne begriff, dass es einen wirklichen Urlaub von der Politik niemals mehr geben würde. «Ein alter Trottel», schimpfte Strauß in privater Runde über Otto Hahn, «der die Tränen nicht halten kann, wenn er an Hiroshima denkt.» Es ist eine der vielen Entgleisungen, die ein schonungsloses Licht auf Strauß werfen – er wird später dieses Zitat, wie viele andere auch, gerichtlich verbieten lassen. Öffentlich ließ er erklären, die unterzeichneten Wissenschaftler «verfügen nicht über eine ausreichende Kenntnis der politischen und militärischen Zusammenhänge», um sich in derlei Dinge einzumischen. Basta. Doch jetzt geriet der Protest auch auf die Straße, es gab Demonstrationen, Fackelzüge, Transparente mit der Aufschrift: «Stoppt Strauß!» Die Karriere des großen Polarisierers, der dabei war, für die einen ein Dämon zu werden, für die anderen ein Heiliger, konnte beginnen.

Knapp drei Monate nach dem Faschingsball, am 4. Juni 1957, heiratete Franz Josef Strauß seine Marianne. Die ältere Generation in Rott am Inn erinnert sich bis heute dieser Traumhochzeit, bei der sogar der Alte höchstselbst mitfeierte, Konrad Adenauer. Und mit ihm die halbe Regierung.

Es war allerdings ein bisschen enttäuschend, dass man den Franz Josef damals nicht richtig kennen lernen konnte, denn am Vorabend, beim Polterabend, als das halbe Dorf in Zwicknagls Gasthof «Zur Post» versammelt war, bei Freibier aus Zwicknagls Brauerei, da hatte man den Bräutigam weggerufen. Nachmittags waren fünfzehn junge Soldaten in der Iller ertrunken, die sie zwecks Mutprobe bei reißendem Hochwasser durchqueren sollten. Und Franz Josef Strauß, als zuständiger Minister, war sofort aufgebrochen, zusammen mit Dr. Zwicknagl in dessen Auto, so erinnert man sich, und er kam erst am nächsten Morgen, gerade noch rechtzeitig zur Trauung, zurück, sichtlich erschöpft und bedrückt.

Es wird auch erzählt, Marianne habe die Nacht ebenfalls durchwacht, weinend auf ihrem Zimmer, mit einer Freundin. Die Politik, das zeigte sich, konnte jederzeit ihr Recht einfordern, dem sie sich ein Leben lang als Ehefrau unterzuordnen hatte. Auf dem alten Schwarzweißfilm, der am nächsten Tag gedreht wurde, sehen Braut

Marianne Strauß geb. Zwicknagl und Franz Josef Strauß am Tag ihrer Hochzeit, dem 4. Juni 1957, im Gasthof «Zur Post» in Rott am Inn. Der damalige Bundeskanzler, Konrad Adenauer, war einer der Trauzeugen.

und Bräutigam stolz und glücklich, aber auch mitgenommen aus, in der Kirche während der Zeremonie durch den Bischof, Josef Kardinal Wendel, und beim Gang durchs Dorf.

«Ich habe gut geheiratet», schrieb Strauß alsbald einem politischen Gefährten, «nicht sehr gut, aber gut.» Die Zwicknagls waren sehr reich. Was Strauß aber viel mehr beeindruckte als dieser Reichtum, das war ihr Stil: das Leben inmitten der barocken Schönheit des Klostergebäudes, das eigene jahrhundertealte Chorgestühl auf der Empore der Klosterkirche, zugänglich direkt aus der Wohnung (der ehemaligen Wohnung der Prälaten), die uralte ererbte Hochachtung der Leute im Dorf gegenüber den Zwicknagls, die unanfechtbare Selbstsicherheit einer Familie, die seit vielen Generationen vollkommen selbstverständlich über Bildung, Geld und Macht verfügte. Für den auf Zeit eingesetzten Minister Strauß war die Eheschließung mit Marianne Zwicknagl ein gesellschaftlicher Aufstieg.

Er wollte immer dem Hinterhof entkommen, seinem Milieu entwachsen. Deshalb musste er immer der Erste sein, der Beste, von klein auf, in der Lateinstunde wie beim Radrennen, das war sein Mittel, aufzusteigen. Ein Sieger-Typ. Natürlich hungerte er nach Anerkennung, nach Bewunderung. Die Münchener Schellingstraße damals, in seiner Kindheit, das war das Schwabing der kleinen Leute, der Arbeiter und Handwerker. Der Vater hatte sich 1904 selbständig gemacht mit einem Metzgerladen, die Mutter war Magd gewesen, 1907 kam das erste Kind, Maria, dann 1915 der Sohn, Franz Josef. «In all den Jahren haben meine Eltern nie einen Tag Urlaub gehabt», erzählte er später. Das Geschäft lag vorn an der Straße, die Wohnung im Hinterhof, die Wohnküche, das Schlafzimmer für Eltern und Sohn gemeinsam, eine Kammer für Maria, Außenklo auf halber Treppe.

Zwischen den Arbeitern und Handwerkern lebten die Künstler und andere verdächtige Gestalten. Schräg gegenüber, im Schellingsalon, spielte der junge Bert Brecht Billard. Thomas Mann verkehrte oft im Café Altschwabing. Ein Stück weiter, in der «Osteria», dem Stammlokal von Oskar Maria Graf, saß man gut und aß billig italienische Küche. Vater Strauß hielt von allen diesen Leuten wenig.

Aber noch weniger hielt er von denen, die genau gegenüber, im Atelier des Fotografen Heinrich Hoffmann, ein und aus gingen: die ersten Mitglieder der NSDAP. Himmler holte sich oft beim Strauß Würschte oder frischen Leberkäs, Hitler natürlich nicht, der war Vegetarier. Manchmal schickten sie auch ihre junge Laborantin, Eva Braun.

Vater Strauß war politisch hellsichtig. Nicht nur würden diese Leute, wenn man sie ließe, den katholischen Glauben untergraben, sie würden auch einen neuen Krieg anzetteln.

Franz Josef, der Sohn, begann eines Tages als Ministrant die lateinischen Texte der Priester mitzumurmeln. Das fiel auf, und einer der Priester sorgte dafür, dass Franz Josef aufs Maximilians-Gymnasium gehen durfte, das berühmte und elitäre «Max». Er wurde Primus und blieb es bis zum Abitur, das er im April 1935 als Bester seines Jahrgangs in ganz Bayern machte – ein Freifahrschein in die bürgerliche Welt.

Er genierte sich, seine Klassenkameraden, Kinder der feineren Leute, mit nach Hause zu nehmen, hatte niemals vertraute Freunde, nur Kameraden. Schulkameraden, Sportkameraden. Seit er 13 war, fuhr er Rennrad (Marke «Mercedes»). Auch hier: der ganze ungebremste Ehrgeiz. Die Großglocknerstraße hoch, ohne abzusitzen, bis alles schmerzt. 1934 wurde er süddeutscher Straßenmeister, sein Verein war der RC Amor – wo sich noch ein paar alte Kameraden an ihn erinnern: «Der Franz Josef, das war ein Spurter, ein Sprinter», sagt Hans Christoph voll Bewunderung, 70 Jahre später. Es wundert kaum noch, dass der Rennfahrer Strauß auch die Lehramtsprüfung bestand – mit der seit 1919 nicht mehr erreichten Note 1,10. Seine Doktorarbeit wäre zweifellos glänzend geworden, wären nicht sämtliche Unterlagen in einer Bombennacht 1943 samt dem Haus verbrannt.

Im Krieg war er in Russland, in der Kesselschlacht von Charkow und ähnlichen Gegenden, wo er gut dem Soldaten Augstein hätte begegnen können. Wegen Erfrierungen der Füße wurde Strauß gegen Ende des Krieges ins bayerische Schongau versetzt, in eine Kaserne, die heute seinen Namen trägt. Oberleutnant Strauß war unter anderem für die Personalpapiere zuständig. In Absprache mit seinem Chef stellte er im Frühjahr 1945, wenige Tage bevor die Amerikaner kamen, Hunderten von verblüfften jungen Soldaten ihre Entlassungspapiere aus, schickte sie einfach nach Hause, um einen sinnlosen «Endkampf» zu vermeiden. Das ist belegt, und belegt ist auch, dass er einem jungen Mann, Martin Westermair, das Leben rettete: Ein SS-Kommando wollte ihn als angeblich Fahnenflüchtigen liquidieren, und Strauß hatte im letzten Moment die Courage, dazwischenzugehen – mit Erfolg.

Ein Agent der US-Army, Ernest Hauser, stellte ihm das vielleicht wichtigste Empfehlungsschreiben seines Lebens aus («He speaks English passably well»), und es wurde für Franz Josef Strauß die Eintrittskarte ins politische Leben (er wird sich bei Hauser später mit einem unglaublichen Empfehlungsschreiben revanchieren). Eine Hand wäscht die andere, das ist seine grundlegende Erfahrung: Alles hängt davon ab, die richtigen Männer zu kennen, die richtigen «Freunde» zu haben. Man ernannte ihn zum stellvertretenden Landrat, und er war auch einer der Mitbegründer der Schongauer CSU. Schließlich wurde er ordentlicher Landrat, blieb aber zugleich Beamter, man weiß ja nie, Regierungsrat im bayerischen Kultusministerium.

Als einer der jüngsten Abgeordneten zog Franz Josef Strauß 1949 in den ersten deutschen Bundestag ein. Freitags im Zug, wenn er von Bonn nach München zurückfuhr, zählte er stolz seine Spesen, die er sich damals bar auszahlen ließ – neben den Abgeordnetendiäten von 2000 Mark. Viel Geld damals. Nachholen, aufholen, vorwärts kommen: Das war die Mentalität der jungen Kriegsgeneration, die viel zu viel Zeit verloren hatte, Lebenszeit. Damals, zwischen Schongau und Bonn, verabschiedete sich Strauß von seinem bisherigen Lebensziel: Nicht mehr der stille Gelehrte wollte er werden, der sich über seine alten Texte beugt, sondern er wollte ganz nach oben gelangen, ins Zentrum der politischen Macht. Mächtig wollte er werden, unangreifbar und reich. «Die Politik war wie eine Infektion, von der wir nicht mehr loskamen», sagt sein Gefährte Friedrich Zimmermann rückblickend.

Nie wurde ein Politiker so anhaltend und gründlich durchleuchtet wie Strauß. Wo immer der junge Verteidigungsminister Strauß von jetzt an hinkam – die Leute vom «Spiegel» waren schon da, eine ganze Redaktionsbrigade.

Zuerst kamen dabei Geschichten heraus, die nur den Charakter des Ministers verdeutlichten – allerdings schonungslos. Strauß, durchaus schon ein bedeutender Mann, entpuppte sich in diesen «Spiegel»-Geschichten als jemand, der sich seiner eigenen Bedeutung nicht wirklich sicher ist und sie deshalb immer am Verhalten der anderen ablesen will. Die führenden Generäle des Landes zitterten, wenn sie zu ihm bestellt wurden.

Aber manchmal gab es freche Kerle, wie z. B. den jungen Bonner Verkehrspolizisten Siegfried Hahlbohm, der tatsächlich das Auto des Ministers stoppen wollte: wegen Falschfahrens. Strauß befahl seinem Fahrer Leonhard Kaiser weiterzufahren. Nach der fälligen Anzeige beschwerte sich Strauß beim Bonner Polizeipräsidenten («Man behandelt mich wie irgendein Marktweib!») und verlangte Hahlbohms Entlassung.

Die Prozesse (nicht etwa gegen Strauß, sondern gegen Hahlbohm) zogen sich jahrelang hin und endeten mit dem Freispruch des jungen Polizisten, der ernstlich davon überzeugt war, vor der StVO seien alle Fahrer gleich. Hahlbohm wurde ein Volksheld, berühmt bis ins ferne New York als ein Beweis für die beginnende Demokratisierung, und wochenlang brachte man ihm Blumen an seine Kreuzung vor dem Bundeskanzleramt.

Schlimmer allerdings als diese Charakterstudien des FJS waren die Geld- und Korruptions-Affären, die der «Spiegel» binnen weniger Jahre recherchierte und veröffentlichte. Untersucht man sie genau, findet man zwar nirgendwo auch nur den geringsten Beweis dafür, dass Strauß sich persönlich auf unzulässige Weise bereichert hat. Sie beweisen aber, dass Strauß eine recht eigenwillige (vielleicht uralt-archaische) Vorstellung von Freundschaft hatte, sozusagen sizilianisch: Familie und Freunde stehen dabei über dem Gesetz. Das fing an mit dem Strauß-Freund Peter Deeg, einem Rechtsanwalt, der seinerseits mit dem italienischen Granaten-Produzenten Simmel befreundet war. Und deshalb durfte Simmel für 22 Millionen Mark Haubitzenmunition an die Bundeswehr liefern, sodass *amigo* Deeg die fällige Provision von 80 000 Mark einstreichen konnte. Das wurde jetzt das Muster bei vielen Entscheidungen des Ministers, der beim Aufbau und der Bewaffnung der Bundeswehr unvorstellbar viel Geld zur Verfügung hatte, das er schnell ausgeben musste.

Kein Freund, sondern Strauß zunächst gänzlich unbekannt war der verarmte Ex-Unternehmer Dr. Aloys Brandenstein. Aber, mein Gott, er war ein alter Freund von Dr. Zwicknagl, von Mariannes Vater also, der «Onkel Aloys». Irgendjemand (Strauß behauptet: er nicht!) fädelte ein Treffen zwischen Brandenstein und Oberst Becker ein, jenem Mann also, der im Ministerium für die «Beschaffung» zuständig war. Von diesem Treffen kehrte «Onkel Aloys» als Rüstungslobbyist heim: für belgische, portugiesische und deutsche Rüstungsfirmen. Der verarmte Brandenstein wurde so richtig reich, und er erzählte auch, wem er das zu verdanken hatte: dem «Mariandl».

Ein sehr guter Freund, vielleicht sein bester aus alten Schongauer Tagen, war der Deutschamerikaner Ernest F. Hauser, der ihn im Frühling 1945 sozusagen entdeckt und in die Politik geholt hatte. Viele Jahre später, im Sommer 1961, als die ersten 66 «Starfighter» aus amerikanischer Produktion an die Bundeswehr geliefert wurden, hing Freund Hauser geschäftlich gerade ein bisschen durch. Aber als neuer Großkunde konnte Strauß schon mal ein bisschen Einfluss nehmen bei Lockheed. Er schrieb an die beiden Lockheed-Bosse, und er schaffte es, dass Hauser der offizielle Deutschlandrepräsentant von Lockheed wurde – und jetzt ließ Strauß den alten Ernest so richtig verdienen: Er erhöhte die Bestellung bei Lockheed auf 900 Maschinen. An allem verdiente Hauser 1,75 Prozent Provision, viele Millionen Mark.

Im Ministerium auf der Hardthöhe gingen zeitweilig die dubiosesten Gestalten ein und aus. Selbst der alte Strauß-Gefährte Zimmermann sagt: «Unter seinen engsten Freunden waren Leute, die ich niemals – oder nur in Anwesenheit eines Anwalts – in meine Wohnung gelassen hätte.» Da war z. B. der Münchner Architekt Lothar Schloß,

USAF

der davon gehört hatte, die US-Army in Deutschland wolle für ihre Truppen ein gigantisches Bauprogramm durchziehen: 5500 Wohnungen im Wert von ungefähr 300 Millionen Mark. Was für ein schönes Geschäft das doch wäre, da mitmachen zu können! Aber wie kommt man ran an diesen Auftrag?

Schloß und ein paar Kumpels gründeten die «Finanzbau Aktiengesellschaft» (FIBAG) und reservierten dem Passauer Verleger Johann Baptist Kapfinger 25 Prozent des Grundkapitals (500 000 Mark) als Gratisaktien, ein schönes Geschenk also, falls Kapfinger es schaffen sollte ... Kapfinger schaffte es, nämlich von Strauß – unter seinem offiziellen Briefkopf als Verteidigungsminister – ein Empfehlungsschreiben zu bekommen, in dem der Minister seinen US-amerikanischen Amtskollegen, Thomas S. Gates, bittet, sich für die FIBAG einzusetzen.

Hätte man ähnliche Verwicklungen damals bei jedem anderen Politiker mit vergleichbaren Aufgaben finden können – wenn man ähnlich gründlich gesucht hätte? War Strauß symptomatisch für eine ganze Epoche? Strauß jedenfalls fühlte sich ungerecht behandelt und gekränkt, und es entstand in jener Zeit eine Art Komplex, der ihn später nicht davor zurückschrecken ließ, sich selbst als Opfer zu stilisieren und seine eigene «Verfolgung» mit dem Schicksal der Juden in Deutschland zu vergleichen.

Marianne litt unter den «Verleumdungen», ihr Mann, der «meistverleumdete Politiker des Landes», stehe dauernd in der «Schusslinie». Zeitweilig könne man nicht ins Kino gehen, in kein Gasthaus. Und sie machte eine subtile Beobachtung: «Das ist wie mit dem Lärm. Man hört ihn gar nicht mehr, aber nach einiger Zeit wird man krank davon.» Ihre ganze Familie hat jahre-, jahrzehntelang mit diesem «Lärm» gelebt. Welche Art von Krankheit ist da entstanden?

Franz Josef Strauß als Verteidigungsminister im Jahr nach seiner Eheschließung, 1958. Auf seinem Schreibtisch das Modell eines «Starfighters». Bei 220 Abstürzen von «Starfighter»-Maschinen verloren 120 Piloten ihr Leben.

Im Herbst 1962 schlug Franz Josef Strauß zurück. Am 26. Oktober besetzte die Polizei die Räume des «Spiegel», beschlagnahmte tonnenweise Material, versiegelte die Redaktionsräume. Vorwand war ein «Spiegel»-Artikel vom September («Bedingt abwehrbereit»), in dem angeblich militärische Geheimnisse veröffentlicht worden waren. Augstein musste für hundert Tage in Untersuchungshaft. Sein Redakteur Conrad Ahlers wurde an seinem Urlaubsort Torremolinos – nach einem Ersuchen durch Strauß – von der franquistischen Polizei festgenommen. Strauß erklärte öffentlich, er habe mit der ganzen Sache nichts, «im Wortsinne nichts» zu tun. Erst recht sei es kein Racheakt. In der über drei Tage sich hinziehenden Debatte des Bundestages verstrickte er sich in immer mehr Widersprüche.

Adenauer versuchte, ihn zu schützen, er rief der Opposition zu: «Sie schädigen die deutsche Sache!» Und er behauptete auch, man habe hier «einen Abgrund von Landesverrat» vor sich, aus niedrigen Motiven begangen durch Augstein, nämlich «um Geld zu verdienen». In vielen Städten protestierten aufgebrachte Menschen gegen die Aktion, sie riefen: «Spiegel tot, Freiheit tot!» Strauß, verstrickt in sein auswegloses Gestrüpp von Lügen, belog am Ende auch das Parlament. Das wurde sein eigentliches Vergehen. Adenauer musste ihn fallen lassen. Ein paar Tage vor Weihnachten wurde der Verteidigungsminister mit einem großen Zapfenstreich der Bundeswehr aus seinem Amt verabschiedet. Adenauer tröstete ihn: «Bittere Stunden formen den Mann.» Der «Spiegel» entkam bei dieser staatlichen Willkür nur ganz knapp dem – von Strauß beabsichtigten – wirtschaftlichen Ruin. Dann aber verdreifachte sich die Auflage des Blattes. Und Augstein stieg auf zu einem der großen Stars der Weltpresse.

Dreißig Jahre später entdeckte man in Adenauers Privatarchiv einen Strauß-Brief vom 19. November 1962. Demnach hat der Kanzler jederzeit alle Details des Vorgehens von Strauß gegen den «Spiegel» gekannt – und gebilligt. Der Brief beweist offensichtlich, dass Franz Josef Strauß im Grunde nur die Spielfigur eines anderen, eines viel Gerisseneren, war: Konrad Adenauer. Im Bundestag aber hatte der den gänzlich Ahnungslosen gespielt. Die beiden Politiker abwechselnd am Rednerpult vor dem Parlament: ein unglaubliches

Duell zweier großer Lügner, eine gigantische Show. Über diese Mitwisserschaft Adenauers, die ihn wenigstens teilweise hätte entlasten können, hat Strauß bis zuletzt geschwiegen.

Der Sturz ist tief. Er ist ja von ganz oben gefallen. «Ich habe ihm bewusst Zeitungen vorenthalten, die hämische Kommentare zu seinem Abschied als Minister geschrieben haben. Denn sein Rücktritt hat ihn viel schwerer getroffen, als er nach außen hin zugeben wollte», gesteht Marianne Strauß später. Jetzt ziehen Franz Josef und Marianne sich dahin zurück, wo Geborgenheit garantiert ist, nach Rott am Inn in das alte Kloster, das Haus der Zwicknagls. Zum ersten Mal beschäftigt er sich ausgiebig mit den drei Kindern, die jetzt ein bis vier Jahre alt sind, mit Max Josef, Franz Georg und Monika. Marianne nimmt ihm das Versprechen ab, dass er immer mindestens einen Sonntag pro Monat für die Familie reserviert, daran hält er sich auch später – «die berühmten Familiensonntage», erinnert sich Mariannes Schwester Brigitte. Das Dorf begegnet ihm mit großem Respekt. Man hätte ihn gern betrachtet wie einen Nachbarn, etwa beim Frühschoppen im «Bräustüberl», aber er bleibt natürlich «der Strauß», ein ganz ungewöhnlicher und auch jetzt noch bedeutender Mann. Freundschaften können bei so viel ehrfürchtigem Respekt nicht entstehen.

Als Ehemann des «Mariandl» gehört er zu den Zwicknagls, der seit hundert Jahren in Rott führenden Familie, der hier beinahe alles gehört. Mariannes Urgroßvater hatte 1850 den riesigen Komplex des säkularisierten Klosters gekauft, das mit der Kirche eindrucksvoll den Ort überragt, samt der Brauerei, dem Gutshof, dem alten Festsaal und den übrigen Wohn- und Dienstgebäuden. Kurz vor Mariannes Geburt übernahm ihr Vater, Dr. Max Zwicknagl, die Geschäftsführung. Damals arbeiteten ungefähr 70 Personen für ihn. Zwicknagl war ein entschiedener Gegner des aufkommenden Nationalsozialismus. Im August 1937 wurde er von der Gestapo verhaftet, wegen «Sabotage» und «weil er die Leute aufhetzt», wie es im Haftbefehl heißt.

Wenige Tage später geschah etwas, von dem das Dorf noch heute mit Schrecken spricht: Das ganze Kloster ging in Flammen auf, an mindestens vier Stellen gleichzeitig war Feuer gelegt worden. Marianne Strauß hat stets erklärt, die Nazis hätten das Feuer gelegt. Das siebenjährige Mariandl, als Kind herzkrank, wurde nachts aus dem riesigen Flammenmeer gerettet und ins Freie getragen – ein unvergessliches Erlebnis. Die Kirche wurde zwar gerettet («Im allerletzten Moment drehte der Wind», sagt man, wie angesichts eines göttlichen Wunders), aber ein großer Teil der Wirtschafts- und Wohngebäude brannte nieder, darunter auch der barocke Festsaal des Klosters mit den kostbaren Wand- und Deckengemälden.

Nach dem Krieg schloss sich Zwicknagl der CSU an, wurde schließlich Mitglied des Bayerischen Landtags. Marianne, fünfzehn, sechzehn Jahre alt, ließ sich nach München fahren, um sich die Sitzungen – damals noch provisorisch in der Universität – anzuschauen. Anders als ihre ein Jahr jüngere Schwester hatte sie wenig Freunde im Ort, man hielt sie für arrogant. Dabei war es vielleicht nur ihr übergroßer Ehrgeiz, der sie von den anderen unterschied. Da sie immer etwas kränklich war, hatte sie als Kind Privatunterricht. Aber jetzt wollte sie weggehen, nach München. Sie hatte sich in den Kopf gesetzt, ihr Abitur am berühmten «Max» zu machen, der traditionellen Knabenschule. Sie rang ihren Eltern die Erlaubnis ab, sich in München ein Zimmer nehmen zu dürfen, allein in der großen Stadt. Und sie setzte es durch, am Maximilian-Gymnasium aufgenommen zu werden. Fünfzehn Jahre nach Franz Josef Strauß machte sie dort ihr Abitur. Anfang der fünfziger Jahre studierte sie, offenbar sehr zielstrebig, in München Volkswirtschaft. Nach dem Abschluss ging sie – sehr ungewöhnlich in den ersten Jahren nach dem Krieg – nach England und später nach Frankreich, wo sie ihre Sprachstudien mit Dolmetscher-Diplomen abschloss.

Strauß genoss es, Mitglied dieser Familie zu sein. Natürlich war er auch immer noch Parteivorsitzender und Abgeordneter des Deutschen Bundestages, aber er begann sich zu langweilen. Er veranstaltete Radrennen (er brauchte den Wettbewerb), er kaufte sich seinen ersten Sportwagen und machte Touren über Land. Er nahm die ersten Flugstunden und erwarb den Pilotenschein. Er belegte «in aller Stille» an der Uni Innsbruck ein paar Ökonomie-Kurse, um sich auf den aktuellen Stand zu bringen – und verblüffte alsbald, im Januar

1964, mit einer Aufsehen erregenden wirtschaftspolitischen Rede. Er arbeitete auch an seinem Image. Seinen CSU-Anhängern erklärte er: «Ich bin weder ein Heiliger noch ein Dämon, nur ein Mensch in seinem Widerspruch.»

Doch er hielt sich jetzt auch für einen Verfolgten, der immer um sein Recht kämpfen muss. Er prozessierte ununterbrochen, hauptsächlich gegen Augstein. Der «Spiegel» schreckte in dieser Auseinan-

Marianne Zwicknagl (26) im Jahr vor ihrer Hochzeit. Nach Beendigung ihres Studiums der Volkswirtschaftslehre leitete sie zeitweilig einen Teil der elterlichen Betriebe, die Kaiser-Brauerei in Rott am Inn.

dersetzung vor beinahe nichts zurück: Strauß auf Sauftour in Manhattan, Strauß als Kunde von Edelprostituierten im Waldorf Astoria, Strauß, der eine Nacht mit Jane Mansfield verbringt, dem «Kurvenstar». Oder war es Marilyn Monroe?

Marianne Strauß konnte über diese Geschichten nicht immer nur lachen. Es gab Anfeindungen, sagte sie, sogar anonyme Anrufe und Drohbriefe. Manchmal durften Nachbarkinder nicht mit den Strauß-Kindern spielen. Der greise Adenauer durchschaute die Dürftigkeit dieser miserabel erfundenen (und für einen Mann wie Augstein erstaunlich spießigen) Beschuldigungen genau und sagte voraus: «Seinem Ruf als Mann wird dat jedenfalls nich' schaden.» Strauß seinerseits, um eine scharfe Replik niemals verlegen, bezeichnete den «Spiegel» als «eine unkontrollierbare Gewalt, die allmählich eine terroristische Herrschaft auszuüben beginnt». Im letztinstanzlichen Urteil (Juli 1965) wird Augstein verurteilt, nicht mehr zu behaupten, Strauß sei ein «der Korruption schuldiger Minister, der während seiner Ministerzeit Geld angenommen habe». Aber das Gericht urteilte auch: «Es kann keinem Zweifel unterliegen, dass ihm (Strauß) der Geruch der Korruption anhaftet.»

Im Herbst 1966 intrigierte eine Menge Leute, darunter auch Strauß, gegen Bundeskanzler Ludwig Erhard. Am Ende beschlossen Christ- und Sozialdemokraten die Große Koalition unter einem neuen Kanzler, Kurt Georg Kiesinger – den Strauß ins Spiel gebracht hatte. Strauß wurde am 1. Dezember als Finanzminister vereidigt. «Wir mussten diese Kröte schlucken», soll Helmut Schmidt gesagt haben. Strauß kehrte also zurück ins Licht – und es wurde seine beste Zeit als Politiker, er wirkte stets kompetent und ausgeglichen, oft sogar vergnügt. Selbst die kleinen Streitereien mit seinem Wirtschaftskollegen Professor Karl Schiller wirkten eher spielerisch als verkrampft. Die Presse begann die beiden zu lieben.

Kein Wunder auch: «Plisch und Plum» erreichten achtprozentige Wachstumsraten, bei Vollbeschäftigung. Es war aber auch die Zeit der APO, der außerparlamentarischen Opposition, die Studenten rebellierten gegen den «Muff von tausend Jahren». Brandt hielt diese

Aufbruchsstimmung für eine gesellschaftliche Chance, Marianne Strauß hielt sie für eine schlimme Gefahr, Strauß für eine ungezogene Frechheit. Die Demonstranten gegen den Vietnamkrieg waren für ihn «verdreckte Vietcong-Anhänger, die öffentlich Geschlechtsverkehr treiben». Er entwickelte ein ganzes Repertoire von Beschimpfungen, die er bei Bedarf, scheinbar ganz spontan, rausschrie: «Wir lassen uns Kritik gern gefallen, aber nicht von Ungewaschenen.» Oder: «Auf Dauer könnt ihr nicht den Kopf durch den Kehlkopf ersetzen.»

Marianne war 1966 nicht wieder mit nach Bonn gegangen, diesen «Männerladen», wie sie sagte. Sie blieb mit den Kindern in Rott. Strauß mietete sich in der Löwenburgstraße, am Rand des Regierungsviertels, ein. Marianne spürte es vielleicht: Etwas war geschehen. Ihr Mann, der so glücklich und jugendlich lächelnde Finanzminister, hatte sich verliebt. Er hatte «Ulli» kennen gelernt, nicht gerade eines dieser frechen und rebellierenden Mädchen, sondern «aus bester Familie». Und 35 Jahre jünger als er. Offensichtlich war er richtig und wahrhaftig verliebt: Er verbrachte jede freie Minute mit Ulli, er half ihr bei den Hausaufgaben, er schenkte ihr zum bestandenen Abitur einen gebrauchten VW. Sein persönlicher Referent und Vertrauter Marcel Hepp hielt alle diese Details in seinem Tagebuch fest.

Ein Mensch also «in seinem Widerspruch»: Strauß hatte drei Kinder, neun, sieben und sechs Jahre alt, die er sehr liebte. Er war seiner Frau Marianne tief verbunden. Und er war Vorsitzender einer christlichen Partei und damit Gefangener von Regeln, die er ein Leben lang selbst verkündet hatte – das «christliche Sittengesetz». Und doch war er beinahe bereit, den Skandal in Kauf zu nehmen, auf alles zu verzichten – um mit Ulli zu leben. «Das hätte seinen politischen Tod bedeutet, davon hätte er sich nicht mehr erholt», sagt 35 Jahre später sein politischer Gefährte Friedrich Zimmermann, der selbst über schmerzhafte Erfahrungen verfügt, wie die CSU auf die Scheidung eines Spitzenpolitikers reagiert.

Und Strauß verzichtete. Marcel Hepp schrieb in sein Tagebuch: «Er weinte bittere Tränen, als er sich von Ulli trennte.» Es ging ja nicht nur um die Frage: Ulli oder die Familie. Es ging auch um Straußens Existenz als Spitzenpolitiker, um den Verbleib im Zentrum der Macht. Doch die Zeit der Union lief ab: Am 21. Oktober 1969 wurde Willy Brandt, nach gewonnener Bundestagswahl, im Bundestag zum neuen Kanzler gewählt. Alle führenden Politiker erhoben sich und gratulierten Brandt. Nur Strauß blieb wie festgenagelt auf seinem Platz sitzen, erstarrt in einer Art von Entsetzen: Ausgerechnet Brandt war dort angekommen, wo Strauß immer hinwollte: auf den Platz des Regierungschefs.

In diesem Moment war nicht nur der Zenit des Franz Josef Strauß überschritten, sondern sein Lebensziel verfehlt. «Strauß ist kein Mann mit Zukunft mehr», schrieb die «Süddeutsche». Es war doppelt schmerzlich: Er hatte auf Ulli verzichtet, um seinen Platz im Zentrum der Macht nicht aufgeben zu müssen. Und jetzt wurde er von hier einfach entfernt.

Noch einmal änderte sich der Grundton des Franz Josef Strauß. Hatte er als Finanzminister durch seine moderate und maßvolle Art seine Gegner verblüfft, so entsetzte er jetzt sogar seine Freunde durch rhetorische Maßlosigkeit. «Wer mich daran hindert, an die Macht zu gelangen, den werde ich umbringen», soll er, allerdings unter Alkoholeinfluss, in kleinem Trinkerkreis gedroht haben. Man weiß nie, ob die kolportierten Äußerungen tatsächlich so fielen. Aber selbst wenn man nur die in Fernsehberichten festgehaltenen Bemerkungen nimmt, pflegte er jetzt zunehmend die verbale Hemmungslosigkeit des Stammtisches.

Andererseits kannte er auch Momente von Entrücktheit. In Passau, wenn er am Aschermittwoch in die Nibelungenhalle einzog, glich die Szene mehr und mehr einer religiösen Veranstaltung: Menschen drängten sich heran, um ihn, mit entrücktem Ausdruck, andächtig zu berühren, eine heilige Handlung. Und wenn die Menge rief: «Franz Josef, erhalt uns frei!», dann brauchte er das wie ein Elixier, aber es füllte ihn trotzdem nie ganz aus. Das Leben in der Opposition, diese endlose Warteschleife, machte ihn ungeduldig. Immerhin stellte er jetzt mit Vergnügen fest, wie bekannt er war, buchstäblich in der ganzen Welt – dank Augstein und Konsorten.

Mit Marianne weite Reisen zu machen, das gönnte er sich jetzt. Hier ein saudischer Prinz, dort eine kambodschanische Prinzessin, der Händedruck des alten Mao Tse-tung, der kaum sonst noch jemanden empfing, der gepflegte Disput mit den Gegnern Moskaus am anderen Ende der Erde, das war Politik in großem Stil. Er schätzte auch die rechten Diktatoren in Portugal, Spanien, Griechenland, sogar in Chile. Strauß war deshalb noch lange nicht, wie manche glaubten, «ein Faschist». Ob Mao oder Pinochet: Er traf ja nur seinesgleichen, fanatische Moskau-Gegner. Pinochet offerierte Strauß 1977 einen Ehrendoktorhut. Und Strauß fuhr nach Santiago, wo er, laut Erich Riedl, der dabei war, Pinochet für die «Rettung Südamerikas vor dem Kommunismus» dankte. Und für eine ferne Zeit, die auch in Chile einmal kommen mochte, diktierte Strauß dem Putschgeneral sogar den Anfang einer Verfassung: «Die Würde des Menschen ist unantastbar.» Eine gespenstische Szene, Pinochet hatte Tausende Menschen foltern und viele von ihnen «verschwinden» lassen.

Im September 1977 wurde Hanns Martin Schleyer ermordet. Im Monat darauf entführte die RAF eine Lufthansa-Maschine, um ihre in Stammheim einsitzenden Führer freizupressen. Es war eine hysterische Zeit, auch wegen der Umstände, unter denen Politiker und Wirtschaftsführer leben mussten. Marianne hatte in einem Hochhaus am Münchner Listseeweg die drei Wohnungen der letzten, der 14. Etage, gekauft. Dort lebte die Strauß-Familie jetzt, dem normalen Leben entrückt. Denn Marianne hatte Angst. Seit sie ihren Mann geheiratet hatte, war sie zwar daran gewöhnt, dass er «verleumdet wird». Aber jetzt ging die Bedrohung viel weiter, jetzt war sein Leben in Gefahr – und vielleicht sogar das der Kinder. Die Sicherheitsmaßnahmen am Listseeweg waren streng, der Aufzug fuhr nur bis ins 13. Stockwerk, wo die Sicherheitsbeamten warteten, um jeden zu kontrollieren. Jedes der Kinder hatte einen eigenen Beschützer. Morgens, wenn die Kinder zur Schule gingen, schaute Marianne ihnen von oben nach, bis sie aus ihrem Blick entschwanden. Später wird man herausfinden, dass sich gegenüber, im Nachbar-Hochhaus, schon RAF-Terroristen eingemietet hatten.

Monika Hohlmeier erzählt sehr eindringlich von dieser Zeit – und was sie in den Seelen der drei Jugendlichen anrichtete. Vielleicht erklärt diese Anspannung wenigstens teilweise einige besonders hysterische Äußerungen des Franz Josef Strauß. In seinem Ärger über den Autor Bernt Engelmann, der ihn mit nicht immer sehr sorgfältigen Büchern verfolgte, beschimpfte er Schriftsteller generell als «Ratten und Schmeißfliegen». Dieser Rückfall in schlimmsten Nazi-Jargon erregte ungeheures Aufsehen und ließ vor allem junge Leute glauben, dieser Strauß sei selbst ein Nazi. «Stoppt Strauß», forderten bald Tausende von Jugendlichen.

Die Straußens waren eine Familie, die dank der tatsächlichen oder vermeintlichen Bedrohung von außen ungeheuer eng zusammengeschweißt war. «Wie Pech und Schwefel», sagt Monika Hohlmeier. Jeder trat für den anderen vollkommen ein, die Frau für den Mann, die Kinder für die Eltern. Die Familie als Bollwerk. Denn draußen, ringsherum in Deutschland, so glaubte Marianne Strauß, gingen die alten Werte zugrunde. Sie analysierte sorgfältig diese gesellschaftlichen Veränderungen, den «Verfall», wie sie meinte: Die Zahl der Scheidungen, der Abtreibungen, der ohne Trauschein lebenden Menschen wuchs. Schuld waren aus ihrer Sicht die Sozialliberalen. Diese Sicht teilte sie mit ihrem Mann. Wenn die Kinder einmal «ins gegnerische Lager» wechseln würden, sagte sie in einem Interview, dann käme das «einer Katastrophe gleich, die Kinder bei den Roten, nein, das kann ich mir nicht vorstellen, eine Welt würde einstürzen». Und wenn das so weiterginge, die Bedrohung und Verfolgung ihres Mannes, die Gefahr für die Kinder, die allgemeine Zerstörung der Werte durch sozialliberale Politik, dann hätte es einmal so weit kommen können, dass sie dieses Land lieber verlassen wollte. So berichtet es die Tochter, Jahre später.

«Wir hielten zusammen wie Pech und Schwefel», sagt Tochter Monika über die Strauß-Familie. Auf dem Sofa (v. l.) Franz Georg, Monika, Franz Josef, Marianne, Max Josef.

Und aus diesem Grund schaffte Marianne Strauß immer wieder sehr viel Geld, als Bargeld in ihrer Handtasche, in die Schweiz. Dort war es vor Terroristen vollkommen sicher. Freilich auch vor den deutschen Finanzbehörden. Sie hatte schon viele Erfahrungen damit gesammelt, wie man Geld vor den Steuerbehörden verbirgt. Viele Jahre nach ihrem Tod erst kamen dafür die Belege an die Öffentlichkeit, durch einen unglaublichen Zufall.

An einem Frühlingstag 1996 beschließt die Siegburger Hausfrau Marita Halft, in das Secondhand-Warenhaus zu gehen, das vom Diakonischen Werk am Ort betrieben wird. Marita Halft hat hier schon so manches schöne Schnäppchen gefunden, auch für ihren Mann, der alte Handschriften sammelt. Diesmal findet die Hausfrau in einer Ecke, unter vielen Büchern, einen Stapel Aktenordner, welche durch Aufschriften wie «CSU» oder «Schatzmeister» oder «FJS» ihr Interesse wecken. Diese elf Ordner, die sie als Altpapier ersteht und an den «Spiegel» weiterverkauft, enthalten die Originalakten des ehemaligen CSU-Schatzmeisters Wolfgang Pohle. Pohle verwaltete die CSU-Finanzen von 1967 bis 1971. Die Akten aus dem «Siegburger Pharaonengrab», wie eine Zeitung schrieb, enthüllen, was viele immer schon ahnten und nie ganz beweisen konnten: einen CSU-Spendenskandal.

Und der «Spiegel», das ehemalige «Sturmgeschütz der Demokratie», schießt mit dieser scharfen Munition noch einmal eine volle Breitseite auf Franz Josef Strauß, den acht Jahre zuvor verstorbenen Lieblingsfeind: Demnach verfügte der Parteivorsitzende FJS über ein ganzes Geflecht so genannter Sonderkonten, auf die er Spenden in Millionenhöhe lenkte und über die er wie über Privatgeld verfügte, von keinem Steuerbeamten behelligt, von keinem Parteifunktionär kontrolliert. Das Geld war «zur persönlichen politischen Disposition» des CSU-Chefs bestimmt. Dies bedeutet, so Fritz Zimmermann im Jahre 2004 im Gespräch, dass Strauß dieses Geld auch privat hätte verwenden können, und zwar völlig ungestört. Es kann allerdings niemand beweisen, dass Strauß dies je getan hätte, und es ist auch eher nicht anzunehmen. Der Vorsitzende sammelte das

Geld, wenn auch an der Steuer vorbei, für Parteizwecke. Einen Teil dieser Konten verwaltete Marianne Strauß für ihren Mann und für die Partei.

Wolfgang Pohle war unter den vielen schillernden Figuren in Straußens Umgebung eine der faszinierendsten: Als gelernter Anwalt hatte er im Rahmen der Nürnberger Prozesse den Industriellen Friedrich Flick verteidigt. Jahre später machte der ihn dann zum persönlich haftenden Geschäftsführer des Flick-Konzerns. Pohle war ein mächtiger Wirtschaftsboss, aber er wäre gern auch Abgeordneter gewesen. Und das ermöglichte ihm Franz Josef Strauß, der dem Düsseldorfer Pohle einen sicheren CSU-Wahlkreis im Allgäu überließ. Keine Partei hatte je einen solchen Kassenwart: Pohle war Spender und Empfänger in Personalunion. Als Flick-Boss spendete er, und als Schatzmeister empfing er. Und zwar Millionenbeträge. Wenn CSU-Schatzmeister Pohle Geld brauchte, wies ihm der Wirtschaftsführer Pohle welches an. Auch viele andere Großindustrielle rechneten es sich zur Ehre an, Strauß Geld zukommen zu lassen. Von Max Grundig kennt man eine Spende über 800 000 Mark, von Flick persönlich eine über 950 000 Mark. Mit Strauß glaubte man ein bestimmtes politisches Lager zu unterstützen – gegen die SPD mit ihren Forderungen nach Mitbestimmung und ihren sonstigen gefährlichen Absichten («Mehr Demokratie wagen»).

Die Geschichte dieser Konten beginnt allerdings schon in den fünfziger Jahren, als Strauß noch Landrat in Schongau ist. Die Dimensionen sind damals noch klein: hier 600 Mark monatlich von Edeka, dort 800 Mark von der optischen Industrie Bayerns. Und eben 5000 Mark, die monatlich von einer «Volkswirtschaftlichen Gesellschaft», einem Spenden-Sammelverein, auf das «Sonderkonto I» flossen. Bis 1961, als Strauß zum CSU-Vorsitzenden gewählt wurde, wies das Konto einen Stand von etwa 650 000 Mark auf. Mit diesen Geldern versuchte Marianne, die gelernte Volkswirtschaftlerin und Finanzchefin, über zahlreiche Transaktionen, Kapitalerträge für die Partei zu erzielen, z. B. bei der Bayerischen Gemeindebank oder beim Düsseldorfer Bankhaus Poensgen/Marx. Wie einflussreich Marianne dabei war, ergibt sich aus Briefen Pohles, in denen der zuständige Schatzmeister der CSU vergeblich versucht, auf Mariannes Entscheidungen Einfluss zu nehmen.

Alles in allem ist das Leben in der Opposition, das schon neun Jahre dauert, ziemlich fruchtlos. Und er will jetzt auch, mit seinen 63 Jahren, mal etwas kürzer treten, sich der Familie widmen, den Freunden. Nicht immer nur um Macht und Einfluss kämpfen müssen, sondern unangefochten herrschen, mit Marianne repräsentieren – und dabei das Leben genießen. 1978 entscheidet er sich für den Rückzug nach München, ins Amt des Ministerpräsidenten, das er sich selbst als «das schönste Amt der Welt» zurechtmogelt. Will er sich tatsächlich, weil er in Rom der Erste nicht werden konnte, als Provinzfürst bescheiden? Da aber ruft man in Rom doch noch einmal nach ihm. Es ist der 23. Mai 1979, der Tag der Bundesversammlung. Man hat Karl Carstens zum Bundespräsidenten gewählt, man hat auch über die Kanzlerkandidatur der Union gesprochen. Kohl will es diesmal nicht machen (er hatte 1976 trotz eines glänzenden Ergebnisses die Kanzlerschaft verfehlt), und der Niedersachse Ernst Albrecht ist ein eher schwacher Ersatz.

Tief in der Nacht sitzt Strauß mit seinen Getreuen im Godesberger Edelrestaurant «Klopfstuben», als Fritz Zimmermann plötzlich sagt: «Wann, wenn nicht jetzt?» Und alle wissen sofort, was gemeint ist. Strauß soll für das Amt des Bundeskanzlers kandidieren. Er soll für das große Ziel seines ganzen langen politischen Lebens endlich antreten und kämpfen.

Eine Zeit lang führte er im Wahlkampf 1980 seine stets glänzend gespielte Opferrolle auf. Er sei der «vom Osten meistgehasste Mann». Jetzt ging er noch viel weiter: Die «Stimmungsmache» gegen ihn, die Hetze der «Kryptokommunisten» und der «pseudoliterarischen Subkultur», alles das erinnere ihn an die Stimmung, die

Auch in späteren Jahren, nach etlichen Krisen, einander noch herzlich zugetan: Marianne Strauß blieb ihrem Mann in absoluter Loyalität verbunden.

Das Ehepaar Strauß, 1977.

Goebbels und Julius Streicher gegen die Juden entfacht hatten. Aber dann begriff Strauß es plötzlich selbst, ganz einsichtsvoll: «Kassandra wählt man nicht.» Und einen, der immer Opfer ist, erst recht nicht.

Marianne warf sich für ihn in den Kampf. Mehr als 40 eigene Wahlveranstaltungen machte die studierte Volkswirtschaftlerin für ihren Mann, den Kandidaten Franz Josef Strauß, vor allem mit wirtschafts- und sozialpolitischen Themen. In ihren Ideen, ihrer Sprache, ihrem Gestus – in allem ähnelte sie verblüffend ihrem Mann. Das hieß nicht, dass sie ihn kopiert hätte. Es zeigte einer staunenden Öffentlichkeit nur, wie tief greifend ähnlich sich die beiden waren. Auch Max Josef (21), Franz Georg (19) und Monika (18) machten Wahlkampf für den Kandidaten Strauß, sie erzählten vor allem, was für ein guter Vater er doch sei und wie gut er seine Kinder – und damit die Jugend schlechthin – verstehe.

Es nützte alles nichts, er verlor die Wahl. Er blieb sogar um gut vier Prozent hinter dem Ergebnis von Helmut Kohl zurück. Die bundespolitische Karriere des Franz Josef Strauß war zu Ende. Das hatte viele Gründe, und nicht der geringste unter ihnen lag in jener fernen Nacht, als man in einer Hamburger Villa lauthals über den Kommunismus stritt und der Gastgeber beschloss, «diesen Mann als Kanzler zu verhindern». Der größte Teil der kritischen Öffentlichkeit war Augstein dabei gefolgt, bis in das entscheidende Jahr 1980.

Jetzt konnte er endlich machen, was er wollte, als beinahe absolutistischer Herrscher, als barocker Fürst von Bayern oder – wie die «Welt» schrieb – in seiner «großzügig gesponserten Renaissance-Hofhaltung». Er selbst witzelte über «meine Vorgänger, die Wittelsbacher». Marianne meinte, ihr Mann sei «zum Herrschen geboren». Sie selbst, 50 Jahre alt, war jetzt bereit, aus dem Privatleben hervorzutreten und die Erste Dame des Freistaates zu werden oder, wenn's gemütvoller klingen sollte, die «Landesmutter». Als Kind war sie eine Art Prinzessin gewesen, die vom Leben und Leiden des Volkes nichts wusste.

Aber spätestens jetzt, als Landesmutter, hatte sie sich vollkommen gewandelt. Peter Gauweiler und viele andere bemerkten ihren immer wachen Blick für Menschen in Notlagen, ihr spontanes Mitgefühl. Marianne Strauß interessierte sich ernsthaft für die Lage der Alten, der Kranken und Schwachen. Pathos war ihr vollkommen fremd. Aber sie nutzte ihre neue Rolle, um Einfluss zu nehmen – in konkreten Einzelfällen, aber auch direkt auf CSU-Politik und bayerische Gesetzgebung. Wenn Strauß im Landtag, zur Verblüffung aller, etwa die Anrechnung von Erziehungszeiten forderte, konnte man sicher sein, dass seine Frau dahinter steckte.

Woran Strauß in diesen Jahren politisch zäh und verbissen arbeitete – und was einer seiner bleibenden Erfolge sein wird –, war die weitere Umwandlung Bayerns von einem Agrarland zu einer Art von Hightech-Park. Dazu gehörte für ihn auch die atomare Wiederaufbereitungsanlage in Wackersdorf, die ihm allerdings dauernde und tief ärgerliche Proteste einbrachte. Die Atom- und Elektroindustrie freilich himmelte ihn wegen seines zähen Festhaltens an Wackersdorf hingebungsvoll an. Und so schaffte er es, die vielen einzelnen Betriebe, vor allem der Luft- und Raumfahrtindustrie, in seinem Sinne zu fusionieren. Auf diese Weise entstand der MBB-Konzern, der später in der noch größeren DASA aufging. Strauß ließ sich auch zum Aufsichtsratsvorsitzenden des Airbus-Konsortiums wählen, ein altes Lieblingsprojekt, und er vereinte alle diese Jobs untrennbar in seiner Person. Ging Strauß, der Ministerpräsident, auf Reisen, so kam oftmals Strauß, der Airbus-Aufseher, hocherfreut zurück – mit etlichen neuen Aufträgen.

Politik hatte für ihn immer schon bedeutet, im Zentrum eines Beziehungsgeflechts zu agieren. Das war jetzt eine Mischung aus Hofstaat, diversen Freundeskreisen (darunter auch zahlreichen Schranzen, Schleimern und sonstigen Arschkriechern, die er als «Nivea-Fraktion» bezeichnete), aus Machtausübung, Begünstigung und Filz. Politik und Geschäft, politische und private Freunde – er konnte das alles nicht trennen, hatte es noch nie gekonnt. Und so entwickelte er Bayern auch, *poco a poco*, zum Amigoland, zu einem Beziehungsgestrüpp, in dem sich erst seine Nachfolger hoffnungslos verheddern werden. Ganz unwiderstehlich fand Franz Josef Strauß jene Männer, die von ganz unten kamen und die sich, wie er, «selbst gemacht» haben.

Die Selfmademen Jahn und Zwick und März zum Beispiel. Der Friedrich Jahn hatte als einfacher Kellner seine geniale Idee gehabt, die mit dem Brathendl, und seitdem hat er knallhart, unter einer Tünche von Wiener Charme, über tausend «Wienerwald»-Restaurants aufgebaut. Und hat eine schöne Yacht in der Ägäis, einen privaten Jet und sogar eine private Loge beim Opernball, in der sich die ganze Clique trifft. Oder der Doktor Eduard Zwick, der war zuerst Arzt in Indonesien, wo er sein Leben den Armen widmete, bis er die heilende Kraft des Wassers entdeckte, zurückkam und in Füssen, von allen verlacht, nach Heilwasser bohrte und schließlich seine Bäder aufbaute. So wurde aus Füssen, dem Kaff, das berühmte Bad Füssen und aus dem Tropenarzt der Bäderkönig.

Oder der März Josef, den Strauß schon aus Schongau kannte, der erbte ein kleines Milchgeschäft, sonst nichts, und jetzt ist er mit seinen Rinderherden im afrikanischen Togo und den Schlachthöfen in Bayern und den Milliarden-Umsätzen der bedeutendste Fleischproduzent überhaupt. Und beliefert sogar die DDR.

Sie alle sponserten den großzügigen Lebensstil des Franz Josef Strauß, in dessen Sonne sie sich dafür wärmen durften. Der Bäderkönig Zwick glaubte offenbar, er müsse in Bayern nicht eigens noch Steuern zahlen, wenn er doch so viel Geld direkt an Strauß und die CSU gibt (monatlich um die 20 000 Mark). Das führte freilich zu den bekannten Verwicklungen («Zwick-Affäre»), wozu auch der Sturz von Gerold Tandler gehört, der bei Zwick privat verschuldet war und der zugleich, als Finanzminister, Zwick mit seinen 71 Millionen Steuerschulden auf die Finger hätte klopfen müssen. Aber Strauß revanchierte sich auch bei seinen Geldgebern, begünstigte sie, ließ z. B. seinem Freund Walter Schöll für dessen Werbeagentur regelmäßig Staatsaufträge zukommen. Vielleicht aus Vaterliebe, denn Strauß hatte mit der Agentur «Contas» auch für seinen jüngeren Sohn, Franz Georg, ein berufliches Sprungbrett schaffen wollen. Erst später stellte sich heraus, dass der Ministerpräsident selbst 15 Prozent des Kapitals der Contas hielt – und daraus jährlich etwa 60 000 Mark Gewinnbeteiligung erzielte: aus Geschäften mit dem Freistaat Bayern, also mit sich selbst. Bei einem Strauß-Gesamtvermögen von mindestens 40 Millionen Mark – zum Teil aus Mariannes Erbe – verdiente Strauß in seiner Zeit als Ministerpräsident jährlich rund eine Million Mark – ganz abgesehen von seinem 290 000-Marks-Gehalt. Darin eingerechnet waren z. B. die 300 000 Mark, die er ab 1984 als Testamentsvollstrecker der Friedrich-Baur-Stiftung erhielt. Sein Nachfolger Max Streibl wird später dieses Geld, für einen einzigen Tag Arbeit im Jahr, genauso ungerührt einstreichen wie zuvor Strauß. Und erst Stoiber weist 1994 dieses Mandat, das er erbte, weit von sich – samt dem vielen Geld. Mit nichts hat sich Stoiber nachdrücklicher vom «System Strauß» abgesetzt als mit dieser Geste vor laufenden Kameras.

Strauß-Freund Josef März, der Rosenheimer Fleischhändler, und dessen geheimnisvoller DDR-Freund Schalck-Golodkowski, ein Stasi-Mann und Vertrauter Honeckers, sie waren es, die Strauß in jenes konspirative Abenteuer zogen, aus dem sich 1983 schließlich der Milliardenkredit für die marode DDR entwickelte. Strauß war glücklich, denn dies war endlich mal große Geheimpolitik im Stile Bismarcks. Er merkte, dass seine DDR-Gesprächspartner, die er im Rosenheimer Gästehaus traf, tatsächlich auf seine Forderungen eingingen. Die sonst immer so «eroberungslüsternen Kommunisten», seine alten Feinde, versprachen ihm jetzt, gegen Geld, den Abbau von Selbstschussanlagen und Minenfeldern an der Grenze. Ironie der Geschichte: Mit dem von Strauß eingefädelten und vom Bund verbürgten Milliardenkredit verlängerte Strauß die Existenz der darbenden DDR, jenes Staates also, den er zeitlebens bekämpfte, mindestens um ein paar Jahre.

Im Juli 1983 reiste er mit Frau Marianne und Sohn Max in die DDR, wo ihm ein glänzender Empfang durch die Bevölkerung zuteil wurde, die ihn spontan hochleben ließ. Überall, in Dresden, Leipzig, Erfurt, Weimar, steckte man ihm – unter den Augen der Stasi – kleine Zettel zu, Hilferufe, auf die Strauß sorgfältig einging bei seinen Gesprächen mit Honecker. Für ein paar tausend Leute spielte er auf diese Weise Schicksal: Sie durften ausreisen.

Die Fernsehberichte über den Strauß-Besuch zeigen einen gelösten, oftmals staunenden, beinahe glücklichen Mann inmitten eines Volksauflaufs. Nicht nur daheim in Passau also, auch hier drängen die Menschen sich an ihn heran, wollen ihn sprechen, anfassen, berühren. Marianne ist vor allem vom Charme Erich Honeckers beeindruckt, dem altbösen Feind, der sich jetzt für sie als «a recht's Mannsbild» entpuppt.

Am 22. Juni 1984 ist Marianne Strauß bei Freunden in ihrem Geburtsort Rott am Inn. Ehe sie mit dem Auto abfährt, klagt sie über Schmerzen und Unwohlsein. Peter Gauweiler meint sich später zu erinnern, dass Marianne Strauß in jenen Tagen an Gürtelrose erkrankt war. Mariannes Schwester Brigitte glaubt, Marianne habe an diesem Tag ein akutes Herzproblem gehabt. Auf einer gewöhnlichen Landstraße, bei gutem Wetter, gerät das Fahrzeug in einer nur leichten Linkskurve außer Kontrolle, stürzt nach rechts eine tiefe Böschung hinab und stößt gegen einen Baum. Niemand weiß, ob und wie lange Marianne Strauß noch gelebt hat, ein Bauer fand sie zufällig am nächsten Morgen, da war sie tot.

Strauß war in Jugoslawien unterwegs. Wilfried Scharnagl, der ihn begleitete, erinnert sich, wie die Fahrzeugkolonne auf einer kroatischen Landstraße plötzlich gestoppt wurde und lange Zeit stillstand, ehe der Ministerpräsident an das Telefon einer kleinen Kneipe am Straßenrand gerufen wurde. Scharnagl und Franz Georg Strauß standen dabei, als Strauß am Telefon die Nachricht vom Tod seiner Frau erhielt. Er erlitt einen Schock. Man fuhr sofort in die nächst-

In tiefer Trauer: Franz Josef Strauß inmitten seiner Familie bei der Beerdigung seiner Frau Marianne im Juni 1984, mit (v. l.) Max Josef, Franz Georg, Monika Hohlmeier geb. Strauß, Michael Hohlmeier.

größere Stadt, wo ein Flugzeug bereitstand, das sie nach München brachte. Alle, die ihm damals nahe standen, sagen übereinstimmend, dass Strauß sich von diesem Schlag nie wieder richtig erholt hat. Gauweiler meint, Mariannes Tod sei vielleicht ein Schritt hin auf Straußens eigenen Tod gewesen, vier Jahre später.

«Er hat sie sehr geliebt», sagt Mariannes Schwester Brigitte, die ihren Schwager Strauß durchaus kritisch sehen kann. Jedenfalls hat er, nach dem schmerzlichen Verzicht auf Ulli fünfzehn Jahre zuvor, mit Marianne alt werden wollen, in tiefem gegenseitigem Verständnis. Marianne Strauß wurde 54 Jahre alt, und genau die Hälfte dieser Zeit war sie mit Franz Josef Strauß verheiratet gewesen. Das Requiem in der Liebfrauenkirche wird im Fernsehen übertragen, man sieht den Ministerpräsidenten, immer noch fassungslos und hinfällig, gestützt von seinen Söhnen, und die Bayern sind aufrichtig geschockt und voller Trauer. Marianne war in wenigen Jahren die «Landesmutter» geworden. In Rott am Inn wird sie in der alten Familiengruft der Zwicknagls begraben. Vier Jahre später wird auch Franz Josef Strauß hier beigesetzt werden.

Das Leben hatte sich ganz und gar geändert, und doch ging alles weiter wie immer. Nur dass er eher noch mehr arbeitete und auch noch mehr trank. Er mutete seinem 179 Zentimeter großen, wuchtigen Körper jede Menge zu, er schlief zu wenig, er aß und trank zu viel, er hatte Bluthochdruck und jetzt auch Blutzucker. Er ging hart auf die siebzig zu, aber er machte sich sein Alter nicht wirklich klar. Hatte nicht Adenauer in diesem Alter gerade erst mal angefangen als Bundeskanzler? Er büffelte jetzt für den Pilotenschein für Düsenflugzeuge, und er bestand natürlich auch dieses Examen. Sein 70. Geburtstag wurde gefeiert wie der eines großen Fürsten – der er ja auch war. Sieben Tage feierten die Bayern ein riesiges Fest.

Die Frau, in die Franz Josef Strauß sich 1986 verliebte, verbarg er längere Zeit vor der Öffentlichkeit. Er hatte Angst, dass man ihm diese Liebe verübeln könnte. Renate Piller war intelligent und schön – und gut dreißig Jahre jünger. Beim Wiener Opernball 1987 zeigte er sich zum ersten Mal mit ihr, saß mit ihr und den Stoibers in der

Loge vom Hendl-Jahn, führte sie dann stolz zum Walzertanz. Vielleicht empfand er es wie einen fernen Anklang an jene Ballnacht 1957, als er Marianne in den Armen hielt. Bald machte er Renate Piller einen Heiratsantrag, schob dann aber den Termin der Eheschließung immer wieder hinaus, denn seine Söhne waren strikt gegen eine neue Ehe des Vaters. Seine späte und letzte Liebe: Auf den Privatfotos der Renate Piller sieht man einen seltsam entspannten, glücklichen Strauß, sanft, beinahe zart, kein Mensch hat ihn je öffentlich so gesehen. Durch sie hoffte er auch, wie er in schöner Offenheit an Schalck-Golodkowski schrieb, «vom überhöhten Alkoholgenuss wegzukommen».

Die meisten alten Konflikte und Feindschaften gingen jetzt vorbei. Sogar Rudolf Augstein besuchte ihn ab und zu, unter Geheimhaltung, in der Bayerischen Staatskanzlei, wo dann alle Mitarbeiter weggeschickt wurden und die beiden alten Russlandkämpfer mit viel edlem Alkohol, viel Geschrei und viel Vergnügen die Weltlage erörterten, beispielsweise die Perestroika dieses neuen jungen Kreml-Chefs namens Gorbatschow. Wenn man Peter Gauweiler glauben will, hat Augstein bei einer solchen Gelegenheit den jahrelangen Kampf des «Spiegel» gegen Strauß als «Enthüllungs-Kokolores» bezeichnet.

In den letzten Dezembertagen 1987, gut neun Monate vor seinem Tod, unternahm er eine unerwartete Reise nach Moskau. Gorbatschow hatte zugesichert, ihn zu empfangen. Im Privatjet, der ihm zur Hälfte gehörte, flog mit ihm beinahe die gesamte Führungsriege der CSU. Es war Winter, sehr schlechtes Flugwetter, man musste Schlechtwetterfronten umfliegen. Bei der Landung in eisigem Hagel erklärte Strauß seinen Passagieren, der Sprit hätte nur noch für einige wenige weitere Flugminuten gereicht. Von Gorbatschow war er beeindruckt. Zum ersten Mal, am Ende eines langen Lebens als eiserner Kommunistenfresser, glaubte er an den Friedenswillen der Herren im Kreml, ähnlich wie Adenauer am Ende seines Lebens. Das bayerische Parteivolk freilich war über diesen Sinneswandel anhaltend erschrocken.

«Er hat an zwei Enden zugleich gebrannt», sagt Renate Piller viele Jahre später. «Ich konnte diesen intensiven Lebensstil oft nicht mithalten, und ich war mehr als dreißig Jahre jünger.» Schon seit Mariannes Tod war sein Leben rastlos geworden, aber die ununterbrochene Bewegung in seinem letzten Sommer erinnert an eine unablässige Suche. Wonach? Oder, falls es eine Flucht war – wovor? Am Wochenende düste er oft mit seinem BMW 325 iX, den er obendrein hatte «tunen» lassen, übers Land – irgendwohin. Er akzeptierte ununterbrochen Einladungen und gehörte deshalb, ganz plötzlich, zum internationalen Jetset, wo man an immer denselben Orten die immer selben Leute traf, beim Karneval in Venedig, beim Opernball in Wien, in der «Dodici Apostoli» in Verona oder im «Canale Grande» in München. Strauß mochte diese Leute nicht mal besonders, aber sie boten doch ein bisschen Zerstreuung.

Die letzten vier, fünf Wochen seines Lebens lesen sich so: Ende August verbringt er ein paar Tage in Südfrankreich. Er isst Fisch in Aspik, was ihm nicht bekommt. Der Privatjet eines Freundes bringt ihn deshalb am 2. September nach Bayern, wo ihn sein Leibarzt Argirov in seiner Starnberger Privatklinik durchcheckt und auf strenge Diät setzt. Strauß will und kann aber keine Diät halten. Abends feiert er mit Freunden in seinen 73. Geburtstag hinein, am nächsten Tag ist die eigentliche Feier, ein großes Fest. Dann die Eröffnung des Oktoberfestes und der Korbwarenmesse in Lichtenfels, von dort geht es rasch nach Rhodos zu einer Konferenz der konservativen Parteien Europas. Von Griechenland fliegt er einen Abstecher zu seinem alten Jagdfreund, dem bulgarischen Präsidenten Schiwkoff. Strauß erlegt einen kapitalen Sechzehnender. Auf dem Rückflug hat sein Jet eine Panne: Druckabfall. Strauß geht binnen Sekunden von 10 000 Meter auf 1000 Meter runter, und abends erzählt er seiner Freundin Renate Piller am Telefon was von «Unwohlsein», er müsse endlich mal «früh ins Bett». Ein Foto in der Zeitung beweist aber, dass er stattdessen mit Argirov auf der Wies'n ist und Bier trinkt. Bei alledem nimmt er seine Pflichten wahr, leitet die Sitzungen des Kabinetts, empfängt ausländische Staatsgäste, weiht neue Fabriken ein und besucht Feiern von Unternehmern und Verbänden. Am Samstag, dem 1. Oktober, ist er morgens wieder auf der Wies'n, diesmal mit Rupert Scholz. Nachmittags fliegt er mit dem Hubschrauber in die Regensburger Gegend, zur Jagd bei Thurn und Taxis. Ein Wagen holt ihn vom Landeplatz ab, und Strauß sagt zum Fahrer: «Halt! Warten Sie einen Moment!» Dann bricht er zusammen. Zwei Tage lang bemühen sich Mediziner auf der Intensivstation um sein Leben. Am 3. Oktober 1988, gegen Mittag, stirbt er.

«Der Titan ist tot» titelt die «Abendzeitung». Joseph Kardinal Ratzinger sagt in seiner Predigt: «Er hat wie eine Eiche gelebt. Und er wurde wie eine Eiche gefällt.» Scharnagl und die übrige Jüngerschar trösten sich: «Er musste so sterben, so in Saft und Kraft, und nicht als hilfloser alter Greis.» Augstein sagt: «Ich glaube, er hat sein Leben gut gelebt.» Statt Frau Strauß zu werden und ein Leben an der Seite des Ministerpräsidenten zu führen, wird Renate Piller jetzt aus dem strahlenden Licht, in dem sie eine Zeit lang lebte, wieder vertrieben. Die Kinder von Franz Josef und Marianne Strauß behandeln die Frau, welche die letzte Liebe des Vaters war, eiskalt – wie eine unerwünschte Person. Es sind vielfache Tage des Abschieds. Als in München der Sechsspänner mit dem Sarg langsam, bei dumpfen Trommelwirbeln, unter dem Siegestor durchzieht, empfindet Friedrich Zimmermann, dass der Tote da drüben, sein alter Freund und Kampfgefährte, «zweifellos das größte politische Genie unter seinen Zeitgenossen war – und dass er das Ziel seines Lebens dennoch verfehlt hatte».

Es gibt keinen einzigen Blickkontakt zwischen dem Angeklagten, der vor sich hin starrt, und dem Mann im Zeugenstand, der vom Richter vernommen wird. Dabei waren die beiden beinahe einmal Freunde. Edmund Stoiber, der bayerische Ministerpräsident, war sozusagen der Hofmeier seines barocken Vorgängers, Kanzleichef des Franz Josef Strauß, dessen Sohn Max hier angeklagt ist. Vielleicht ist es nur dem Angeklagten bewusst, dass auf den Tag genau zwanzig Jahre seit dem tödlichen Unfall von Marianne Strauß vergangen sind, seiner Mutter also, die über Erziehungsgrundsätze einmal gesagt hat: «Wichtig erscheint mir eine bestimmte geistige, charakterliche, moralische Haltung, die man vorlebt. Alles andere kommt dann von selbst.» An diesem Dienstag, dem 22. Juni 2004, wird im Sitzungssaal 101 vor dem Augsburger Landgericht der Epilog zu einer dramatischen Familiengeschichte aufgeführt. Schon vor einer möglichen Verurteilung steht Max Strauß inmitten der Trümmer seiner bürgerlichen Existenz. Seine berufliche Lage als Anwalt, seine familiären Verhältnisse, seine psychische Gesundheit – alles ist zerrüttet. Die hoch gespannten Erwartungen des Vaters, die ihn stets überforderten, der Versuch, eine politische Dynastie aufzubauen, vergleichbar mit der der Familie Bush in den USA, mit der man eng befreundet war – an alledem ist er gescheitert.

Der Sohn Max und der frühere «Ziehsohn» Stoiber: der eine, als Ministerpräsident der eigentliche politische Erbe von Strauß, hat durch eine scharfe Abkehr von den Gebräuchen der Strauß-Ära sein eigenes politisches Überleben gesichert. Der Sohn hingegen vertraute viel zu lange auf eine Welt, die in Wirklichkeit nicht mehr existierte, er vertraute auf Hilfe und Schutz, auf Netzwerke mächtiger Freunde, auf ungestörte Geschäfte. Was hatte man ihm «vorgelebt»? Was war dann «von selbst gekommen»? Der CSU-Politiker Erich Riedl, in früheren Jahren für Max Strauß ein väterlicher Freund, ist überzeugt, dass «mit Max alles anders gekommen wäre, hätte Marianne Strauß nur lange genug gelebt».

«Diese Herren», sagt Richter Maximilian Hofmeister und meint damit alle, die von Karlheinz Schreiber Provisionen auf Schweizer Tarnkonten überwiesen bekamen, «wollten ganz profan und raffgierig Steuern hinterziehen.» Der Angeklagte selbst sei dabei «dreist, frech, raffiniert und trickreich» vorgegangen. Staatsanwalt Christoph Wieser hatte zuvor in seinem Plädoyer gesagt, Max Strauß habe seine «ererbten Kontakte» als Türöffner für Schreiber benutzt. Weil er nach Auffassung des Gerichts mindestens 2,6 Millionen Euro Schmiergelder nicht versteuert hat, wird Max Josef Strauß zu einer Haftstrafe von drei Jahren und drei Monaten verurteilt. Seine Schwester Monika Hohlmeier, Ministerin in Stoibers Kabinett, glaubt fest an die Unschuld ihres Bruders.

«Es implodieren die letzten Reste des alten Systems Strauß», schrieb die «Süddeutsche Zeitung». Zeit seines Lebens polarisierte er, ließ niemanden gleichgültig, zwang die Menschen, glühende Bewunderer oder leidenschaftliche Gegner zu sein. 16 Jahre nach seinem Tod ist es klar, dass seine politischen Leistungen tatsächlich enorm waren. Sie waren allerdings nicht so groß, wie seine Anhänger glauben, denn über allem lag der Schatten eines dubiosen Systems, das er von Anfang an entwickelt hatte. Aber umgekehrt waren sie sehr viel größer, als seine lebenslangen Gegner ihm zugestehen konnten. Nur Rudolf Augstein, der entschlossenste von ihnen, hat das am Ende begriffen und ausgedrückt. «Franz Josef Strauß hat sich um Deutschland verdient gemacht.»

78 MARGARET UND DENIS THATCHER

Annette Zinkant

Das Gentlemen's Agreement

MARGARET UND DENIS THATCHER

Im Herbst 2002, etwa ein Jahr vor seinem Tod, gibt Sir Denis Thatcher das erste und letzte Fernsehinterview seines Lebens. Das Gespräch wird im Wohnzimmer der Thatchers in ihrem Haus in London aufgezeichnet, und die Frau, die dem siebenundachtzig Jahre alten Sir Denis gegenübersitzt und Fragen stellt, ist Carol Thatcher. Die Journalistin plant eine Serie von Dokumentationen über First Ladies. Auf ihrer Liste stehen Frau Bush, Frau Schröder-Köpf, Frau Putin, Frau Clinton – und ihr Vater, Denis Thatcher.

Während all der Jahre an der Seite seiner berühmten Gattin hat Denis Thatcher ihr das Reden überlassen und die Presse vorsätzlich und konsequent gemieden. Journalisten hielt er für «Reptilien», die nur darauf warten, zuzubeißen.

Nun aber sitzt er doch vor einer Fernsehkamera, um von seinem Leben zu erzählen – seinem Leben an der Seite einer der mächtigsten Frauen der Welt. Als Carol ihn fragt, was ihm seine Ehe bedeute, seufzt er tief, rutscht im Sessel hin und her und rudert etwas hilflos mit den Armen. Er überlegt lange. Dann schlägt er sich auf die Schenkel und sagt: «Ein glückliches Leben, natürlich!» Und nach einer weiteren Pause fügt er hinzu: «... und Kameradschaft!»

Denis und Margaret Thatcher nach ihrer Heirat im Dezember 1951. Für die sechsundzwanzigjährige Margaret Thatcher war diese Hochzeit mit dem reichen Geschäftsmann ein Aufstieg in die englische Oberschicht und ihrer Karriere durchaus förderlich.

Wer kann sich schon vorstellen, dass der als kauzig geltende Gatte der unerbittlichen Maggie nicht mehr oder weniger aus Versehen in diese Ehe geraten ist? Eine Ehe, die ihn jahrelang dazu verdammte, ständig einer Traube von Menschen hinterherzulaufen, in deren Mittelpunkt sich seine Frau, die britische Premierministerin, befand? Für die er bereit war, eine in den Augen vieler Briten zwar liebenswerte, aber lächerliche Figur abzugeben, die man im Königreich bespöttelte?

Dennoch ist die Geschichte von Margaret und Denis Thatcher eine Liebesgeschichte, wenn auch eine altmodische: Sie handelt von Loyalität, Respekt und Treue. Von zwei Menschen, die sich durch einen gemeinsamen Wertekodex verbunden fühlen und doch sehr unterschiedliche Persönlichkeiten sind.

Die vierundzwanzigjährige Margaret Roberts traf Denis Thatcher zum ersten Mal bei einer Dinnerparty in Dartford, einem kleinen Ort unweit von London. Der wohlhabende Geschäftsmann war damals, 1949, vierunddreißig Jahre alt und leitete nach sechs Jahren in der Armee nun das Familienunternehmen, eine Fabrik für Farben und Lacke. Ansonsten führte er ein komfortables Junggesellenleben – meist mit einem Drink in der einen, einer Zigarette in der anderen Hand – und frönte seiner Leidenschaft für Golf und Rugby. Er hatte einiges von der Welt gesehen, den stärksten Eindruck jedoch hatte der Militärdienst auf ihn gemacht, obwohl er als Offizier in der Flugabwehr nicht aktiv an Kampfhandlungen beteiligt war. Bei den Truppen habe er Disziplin und Verlässlichkeit gelernt, so sagte er, und das habe ihn nachhaltig geprägt.

Ebenfalls dem Krieg verdankte Denis Thatcher seine erste Ehe – eine Soldatenliebe, die schnell entbrannt war und nach Kriegsende ebenso schnell wieder erlosch. Über sie hat Denis Thatcher später nie gesprochen. Seine Tochter Carol erfuhr erst als erwachsene Frau, dass ihr Vater bereits einmal verheiratet war, als er ihre Mutter traf. Margaret Roberts dagegen kannte bis dahin nur eine einzige voreheliche Leidenschaft – die Politik. Und die führte die beiden an jenem Abend im Februar zusammen.

Denis Thatcher hatte noch nichts vor, als ein Freund ihn zu

einem Abendessen einlud, das der Club der Konservativen in Dartford für eine junge Frau gab, die sich dort um einen Parlamentssitz bewarb. Die Einladung mag mit dem Hintergedanken ausgesprochen worden sein, hier könnte ein «Match» zwischen dem jungen Geschäftsmann und der Nachwuchspolitikerin möglich sein. Aber beide führten anderes im Schilde, oder besser: gar nichts. Denis Thatcher hatte sich gerade erst von der Scheidung erholt, und Margaret Roberts wollte keinen Mann, sie wollte einen Sitz im Parlament. Beim Interview mit seiner Tochter kann Denis Thatcher sich an Einzelheiten dieses Abends nicht erinnern, nur an ein Paar ungewöhnlich schöner Beine. Die Frau, der sie gehörten, wird später ebenfalls darauf bestehen, dass es sich keineswegs um Liebe auf den ersten Blick gehandelt hat.

Denis ist schlank, groß, zurückhaltend, altmodisch, er trägt eine Brille, ist zehn Jahre älter als Margaret und stockkonservativ – und er taucht im richtigen Moment auf: Ältere Parteifreunde und Mentoren hatten die junge, ehrgeizige Miss Roberts schon ermahnt, dass ihre Karrierechancen mit einer Hochzeit steigen würden. Sie allerdings hatte bislang außerhalb von politischen Zirkeln mit Männern keine Zeit verschwendet.

Margaret Thatcher kommt aus kleinbürgerlichen Verhältnissen, und das ist besonders im klassenbewussten Großbritannien für Menschen, die nach oben wollen, ein Makel, wenn nicht gar ein unüberwindbares Hindernis. Die Geschichte ihrer Kindheit klingt, wenn man bedenkt, was aus der kleinen Margaret wurde, wie ein Aschenputtelmärchen vom armen, aber strebsamen Mädchen mit dem strengen, aber wohlmeinenden Vater: Alfred Roberts, ein gläubiger Methodist, betrieb mit seiner Frau Beatrice in dem Städtchen Grantham in Lincolnshire ein kleines Lebensmittelgeschäft. Er gönnte seinen zwei Töchtern, Margaret und Muriel, nur wenig Freiheiten. Die Kindheit und Jugend Margarets bestand aus Pflichterfüllung: Sie musste im Laden helfen, ständig in die Kirche gehen, ihre Hausaufgaben machen, und die gesamte Freizeit wurde von kirchlichen Aktivitäten ausgefüllt: Handarbeitszirkel, Bibelkreise, Gottesdienste … Die schlimmste Sünde bei den Roberts, so schrieb Margaret Thatcher später, war es, Zeit zu verschwenden. Es galt, jedem Tag mit nützlichen Aktivitäten einen christlichen Sinn zu verleihen und sich nicht dem Müßiggang hinzugeben. In dieser engen Welt dürfte kein Raum gewesen sein für Phantasie oder Albernheit. Margaret lernte, dass sie niemals zu Bett gehen durfte, ohne alle Pflichten erfüllt zu haben. Auch später war sie immer besser vorbereitet als andere, hat stets ihre «Hausaufgaben» gemacht und erwartete dasselbe von ihren Mitarbeitern und Verhandlungspartnern, so wie es ihr Vater von seiner Tochter verlangt hatte.

Aus dem Korsett ständiger Pflichterfüllung in Grantham gab es kein Entrinnen, doch der Gedanke an Rebellion lag Margaret offenbar fern. Sie tat alles, um den hohen Ansprüchen ihres Vaters zu genügen, und es scheint, dass sie schon früh den Mächtigeren, Unabhängigeren nachgeeifert hat: den Männern. Als Mitglied im Rat der Stadt Grantham nahm Alfred Roberts seine Tochter mit zu politischen Versammlungen und Ratssitzungen, während die ältere Schwester und die Mutter zu Hause blieben.

Im Rückblick idealisiert Margaret Thatcher diese Kindheit. Sie spricht gern darüber, welch ein Vorbild der Vater ihr gewesen sei und wie viel sie ihm zu verdanken habe: «Ich bin vor allem mit der Idee von Pflichterfüllung aufgewachsen und dass man, egal, was man tut, selbst verantwortlich ist … Wenn ich meinen Vater fragte, ob ich das dürfe, was alle anderen Kinder durften, antwortete er, dass ich selbst entscheiden müsse und mich niemals nach den anderen richten solle.» Sie räumt allerdings ein, zeitweise einen Widerwillen gegen die Sparsamkeit und den Ernst in der Familie verspürt zu haben: «Meine Schulfreunde durften viel mehr Dinge unternehmen, die lustig waren und Spaß machten. Wir dagegen gingen immer nur zu ernsthaften Veranstaltungen, unser Spaß bestand aus dem Kirchenkreis.» Dennoch hätte sie nicht besser aufwachsen können, betont Margaret Thatcher, «es war hart für einen jungen Menschen, aber richtig.»

Wenn sie ihre Kindheit schildert, kommt ihre Mutter allenfalls am Rande vor. In einem Fernsehinterview im Jahr 1985 antwortete die Premierministerin auf die entsprechende Frage, die Mutter sei eine wunderbare Hausfrau gewesen, immer habe sie den Vater unterstützt! Dann spricht sie über ihn und lässt sich trotz mehrmaligen Insistierens nicht von diesem Thema abbringen. Ein paar Minuten später kämpft Margaret Thatcher mit den Tränen, während sie von der Demütigung erzählt, die ihr Vater durch den Rat der Stadt Grantham erleiden musste. Und pathetisch zitiert sie ihn mit den Worten: «In Ehrerbietung lege ich mein Amt nieder.» Schluchzend fügt die Premierministerin hinzu: «Das war es, was er fühlte!» Es scheint, als weine sie in diesem Moment schon um das Amt, das auch sie eines Tages wird niederlegen müssen.

Margaret Roberts erhielt 1943 ein Stipendium, um im Sommerville College an der Universität Oxford, einer der britischen Eliteschulen, Chemie zu studieren. Drei Jahre später war sie Präsidentin der konservativen Studentenvereinigung. Die Kommilitonen machten Witze darüber, dass Miss Roberts wohl irgendwann einmal Premierministerin werde, so geschäftig eilte sie über den Campus. Natürlich glaubte niemand, dass solche Prophezeiungen sich erfüllen könnten.

Auch Denis Thatcher wird nicht im Mindesten geahnt haben, was ihn erwartete, als er die Nachwuchspolitikerin in jener Februarnacht 1949 mit seinem schicken Sportwagen von Dartford nach London fuhr. Aber dass diese Frau ihr Leben nicht ausschließlich mit Haushalt und Familie verbringen würde, war ihr anzumerken.

Sie muss ihm imponiert haben, und das beruhte auf Gegenseitigkeit: In ihren Erinnerungen schrieb Margaret später, Denis habe mindestens genauso viel von Politik verstanden wie sie selbst, von Wirtschaftspolitik sogar noch etwas mehr. Er war ein Mann von Welt, er hatte Stil, und obendrein verachtete er die regierende Labourregierung und alles, was nur im Entferntesten nach Sozialismus klang, aus tiefstem Herzen. Eine eigene Karriere in der Politik allerdings wäre schon an seiner Schüchternheit gescheitert; Denis Thatcher mochte keine öffentlichen Auftritte, Wahlkampfreden waren ihm ein Gräuel. Aber er hatte seine Ansichten, und die waren alles andere als liberal.

Regelmäßig trafen Margaret und er sich für Restaurant- oder Theaterbesuche, «solche Dinge eben», wie er trocken bemerkt. Außerdem half Denis ihr beim Wahlkampf. Er chauffierte sie und bewunderte ihren Schwung, ihren Eifer und die Überzeugungskraft, mit der sie in einfachen Formeln zum Kampf gegen den Kommunismus aufrief. Zwar verlor sie die Dartford-Wahl, wurde aber erneut aufgestellt und kämpfte unverdrossen weiter. So überstürzt Denis Thatcher in den Kriegsjahren geheiratet hatte, so viel Zeit ließ er sich jetzt. Während seine Freundin sich in Dartford abmühte, den Labour-Kandidaten auszustechen, fuhr er mit einem Freund nach Frankreich in den Sommerurlaub. Dort sei ihm schließlich klar geworden, erzählt Sir Denis seiner Tochter, dass sie die Richtige ist. Zur Verlobung beweinte Margaret Roberts an seiner Schulter ihre zweite verlorene Wahl.

Die Heirat fand am 13. Dezember 1951 in London statt. Sie war das Fundament für Margaret Thatchers sagenhafte Karriere, die sie zu einer der mächtigsten Frauen der Welt machen sollte. «Was hätte ich ohne Denis in der Politik erreichen können?» Diese Frage stellte sie später in einem Interview, um die Antwort gleich selbst zu geben: «Nichts in der Politik wäre möglich gewesen ohne Denis.» Natürlich spielte sein Geld eine Rolle, es machte sie unabhängig, denn in Großbritannien wird ein Parlamentssitz so bescheiden honoriert, dass es sich mit wenigen Ausnahmen nur wohlhabende Männer aus dem Esta-

Margaret Thatcher mit Schulkindern in den fünfziger Jahren. Später machte sie sich als Sozialministerin in der englischen Bevölkerung erstmals unbeliebt, als sie die kostenlose Milchration für Schulkinder strich.

blishment leisten konnten, in die Politik zu gehen. Und Denis Thatcher war ein für die damalige Zeit untypischer Ehemann. Edwina Currie, unter Margaret Thatcher Staatssekretärin im Gesundheitsministerium, betont, Denis sei «perfekt» für eine ehrgeizige Frau wie Margaret gewesen – allein schon, weil er nichts dagegen hatte, dass sie eigene Ziele verfolgte, und sie darin sogar noch unterstützte.

Auch als sie im August 1953 die Zwillinge Carol und Mark zur Welt brachte, stand für Margaret Thatcher außer Frage, dass die Kinder nicht das Zentrum ihres Lebens sein würden. «Ich erinnere mich, als die Kinder da waren, so klein und hilflos ... da war ich völ-

lig überwältigt. Und ich dachte, wenn du jetzt nicht aufpasst, dann gehst du nie mehr zu irgendwelchen intellektuellen Aufgaben und Pflichten zurück. Also fürchtete ich mich sehr davor, mich auf die Kinder einzulassen, und dass dann nichts mehr übrig wäre für die Politik, für den Beruf. Dabei wollte ich beides: Kinder und eine Karriere.» Als sie 1959 schließlich für den Londoner Wahlkreis Finchley ins Parlament einzog, waren die Kinder bei den ersten Fernsehinterviews mit im Bild. Die junge Abgeordnete erklärte strahlend, wie viel Zeit sie in den Parlamentsferien mit ihnen verbringen könne. Stets bemühte sie sich zu betonen, wie wichtig die Familie sei, genauso eifrig stellte sie ihre Qualitäten als Hausfrau heraus. Vielleicht fürchtete sie, sich sonst den Ruf einer herzlosen Karrieremutter einzuhandeln.

Sie wollte alles perfekt machen, aber die Familie blieb nur ein Teil ihres Lebens, so Campbell, das eigentliche Leben war die Politik. Ob Denis mit dieser Situation glücklich gewesen ist, bleibt sein Geheimnis. Seine Tochter sagt, er habe sich nie beschwert, auch wenn es einsame Zeiten gegeben habe, Zeiten, in denen seine Frau nie zu Hause war, sondern im Parlament, im Wahlkampf, in irgendeiner Besprechung. Jeder der beiden lebte damals sein eigenes Leben. Carol hat die Eltern ihrer Kindheit als zwei Menschen im Gedächtnis, die ununterbrochen beschäftigt waren. Gemeinsame Wochenenden habe es kaum gegeben: Die Mutter kümmerte sich um ihre Wähler, der Vater arbeitete endlose Stunden in der Firma, seine Freizeit gehörte dem Rugbyteam. Als die Kinder ins Internat kamen, gab es bei den Thatchers nur noch in den Ferien ein Familienleben.

1961 bekam Margaret Thatcher einen Posten als Staatssekretärin im Sozialministerium. Ihr Arbeitstag begann um sieben Uhr morgens und endete nach Mitternacht. Sie brauchte kaum Schlaf und hatte ständig Angst, Fehler zu machen. Währenddessen stand Denis Thatcher kurz vor einem Nervenzusammenbruch. Die Verantwortung für das Familienunternehmen, aus dem auch seine Mutter, seine Schwester und Tante ihren Unterhalt bezogen, erdrückte ihn. Die Ärzte warnten, dass er nicht so weitermachen könne. Denis reiste für drei Monate durch Afrika, besuchte die großen Nationalparks, fotografierte Löwen. Kurz nach seiner Rückkehr verkaufte er die Firma und wurde Direktor der britischen Ölgesellschaft «Burmah Oil». Dass jene Krise mit seinem Familienleben zusammenhängen könnte, hat Denis Thatcher niemals offen ausgesprochen, nur einmal einem Freund gegenüber angedeutet. Möglicherweise hat er bei seiner Heirat nicht geahnt, wie ernst es seiner Frau mit ihrer politischen Karriere war, und vielleicht dämmerte ihm, dass sie wirklich nach oben wollte, nach ganz oben.

Ein Jahrzehnt später wurde aus Margaret Thatcher ein Star, ein weibliches Politikwunder. Bis zu dieser Zeit, meint selbst ihr langjähriger und treu ergebener Mitarbeiter Lord Charles Powell, sei ihre Karriere noch nicht so ungewöhnlich gewesen. Sie schlug sich gut, war durchaus kompetent, tat sich jedoch nicht sonderlich hervor, auch wenn sie in der Regierung Edward Heath als Sozialministerin für Aufsehen sorgte, weil sie den britischen Schulkindern ihre kostenlose Milchration strich – Margaret Thatcher machte sich zum ersten Mal richtig unbeliebt. Dann, Mitte der siebziger Jahre, habe sich, so Powell, etwas geändert. Margaret Thatcher sei plötzlich besessen gewesen von dem Glauben, Großbritannien brauche dramatische Reformen, um als Nation nicht unterzugehen.

Die Briten hatten in dieser Zeit wenig Anlass, stolz auf sich zu sein. Wirtschaftlich war das Königreich Schlusslicht innerhalb der Europäischen Gemeinschaft, und weder die Konservativen noch die Labour-Partei glänzten bei der Bewältigung der massiven sozialen und ökonomischen Probleme. Seit dem Zweiten Weltkrieg fühlten sich die politischen Parteien in Großbritannien dem Nachkriegskonsens verpflichtet: einem starken Sozialsystem, dem Ziel der Vollbeschäftigung und einem Staat, der eine aktive Rolle im Wirtschaftsleben übernimmt. Mächtige Massengewerkschaften saßen bei allen wirtschaftspolitischen Entscheidungen mit am Tisch. Unternehmen wurden verstaatlicht und mit hohen Subventionen am Leben erhalten, obwohl sie Waren schlechter Qualität produzierten. Kaum ein Monat verging, in dem nicht ein Streik die Wirtschaft erschütterte.

Die Gewerkschaften nutzten das Mittel des Streiks nicht nur zur Durchsetzung sozialer Forderungen, sondern auch als Machtinstrument. Nachdem Edward Heath 1974 mit dem Versuch gescheitert war, sie einzubinden, wurde die konservative Regierung wieder von Labour abgelöst.

Der erste Schritt zur Rettung Großbritanniens bestand für Margaret Thatcher darin, Edward Heath als Führer der Tories zu beseitigen. Seine Position war schwach, die Konservativen im britischen Unterhaus forderten immer lauter einen Wechsel an der Spitze. Der Favorit war zunächst Sir Keith Joseph, ein politischer Berater Margaret Thatchers. Doch durch einen absurden Vorschlag – eine Geburtenkontrolle für die Mittelschicht – disqualifizierte er sich selbst. Es fehlten geeignete Männer für die Parteispitze. «Ich habe gehört, dass Keith Joseph nicht gegen Edward Heath antreten wird», machte sich eine weibliche Stimme bemerkbar, «jemand muss es aber tun. Dieser Jemand werde ich sein!» Margaret Thatcher ließ sich als Kandidatin für den Vorsitz der Konservativen aufstellen.

Am 4. Februar 1975 bekam sie im ersten Wahlgang mehr Stimmen als der amtierende Parteichef und bei der Stichwahl eine Woche später die erforderliche Mehrheit. Margaret Thatcher wurde zur allgemeinen Überraschung die erste Frau an der Spitze einer großen Volkspartei in Europa. Für manchen Konservativen war diese Wahl freilich eine Art Versehen: Thatcher hatte, anders als ihr Vorgänger, nicht viel Erfahrung – ihre Amtszeit als Ministerin in einem der unwichtigen Ressorts, «Soziales, Familie, Erziehung», wog nicht gerade schwer. Sie war in Parteikreisen außerhalb Londons so gut wie unbekannt, und auf dem Gebiet der Wirtschafts- oder Außenpolitik hatte sie kaum etwas vorzuweisen. Selbst diejenigen, die ihre Kandidatur unterstützt hatten, fragten sich jetzt, worauf sie sich da eingelassen haben mochten. Geoffrey Howe, der künftige Finanz- und danach Außenminister unter Thatcher, gab rückblickend zu, dass er 1975 – wie viele andere in der Partei – nicht an den Sieg einer Frau geglaubt hat. In gewissem Sinne sei ihr Geschlecht eine heimliche Waffe gewesen: Sie siegte, weil niemand sie ernst nahm. Und nicht nur, weil sie eine Frau ist, war Margaret Thatcher eine Außenseiterin: Sie stammte nicht aus einer reichen Familie, keiner ihrer Verwandten hatte irgendwelche wichtigen Posten in der Politik bekleidet, und ihr

Vater war ein Krämer! Das war für gewisse Kreise im britischen Establishment schockierend.

Zunächst reagierte auch Denis Thatcher schockiert – auf die Ankündigung seiner Frau, sich für den Vorsitz der Konservativen zu bewerben. In dürren Worten soll er ihr erklärt haben, dass sie verrückt sei. Er habe sich Sorgen gemacht, begründete er seine Ablehnung später, dass eine desaströse Niederlage sie ruinieren könnte und die Partei sie am Ende «schlachten» würde. Als Margaret ihn am 11. Februar nach gewonnener Abstimmung in seinem Büro anrief, erwiderte er nur, er habe es bereits im Radio gehört. Das Ausmaß dessen, was passiert war, wurde ihm allerdings erst am Abend klar, als er bei der Siegesparty im Haus eines befreundeten Parlamentariers eintraf, das von Reportern und Fernsehteams belagert war. Die Jubelrufe, die nach draußen drangen, galten seiner Frau.

Von nun an war Denis der Mann an ihrer Seite. Die Bilder dieses Abends zeigen ein strahlendes Ehepaar Thatcher, das sich vor den Fernsehkameras sogar ein Küsschen auf die Wange gab.

Doch sie musste nicht ihren Gatten überzeugen, sondern zunächst ihre Partei und dann das ganze Land. Die Gefühle bei den Tories waren gemischt, auch wenn man durchaus stolz darauf war, als erste große Partei in Europa eine Frau zur Vorsitzenden zu haben. Es war klar, dass es peinlich wäre, wenn das «Experiment» scheitern würde. Hinzu kam, dass die blonde Margaret bei manchen der alten Chauvinisten eine Art patriarchalischen Beschützerinstinkt hervorrief – sie beschlossen, «dem Küken eine Chance zu geben».

Ihre Erscheinung hinterließ bei vielen einen starken Eindruck, so auch bei Geoffrey Howe, der den ersten Auftritt der neuen Vorsitzenden miterlebte: «Sie kam auf die Tribüne, und sie war die einzige Frau zwischen den ganzen alten Männern, die alle größer waren als sie. Da stand sie nun in der Mitte, erstaunlich klein und feminin. Als sie uns begrüßte, spürte man eine gewisse Ergriffenheit in den Reihen, eine fast mittelalterliche Ergebenheit. Und ich hatte für einen Moment das Gefühl, wir haben eine Art Jeanne d'Arc.» Margaret Thatcher war damals eine strahlend und gelöst wirkende Frau. Auf den Fotos und Filmaufnahmen dieser Jahre wird ihr Charisma spürbar. «Viele, die sie nur aus den Medien kannten, hielten sie für eine alte Schachtel. Und waren, wenn sie ihr begegneten, völlig überrascht», sagt John Campbell. Auch Edwina Currie erinnert sich an die beeindruckende Präsenz der neuen Chefin: «Es gab einige Abgeordnete, die sich hoffnungslos in sie verliebten!»

Der Haushalt und das Familienleben der Thatchers standen nach dem 11. Februar 1975 Kopf. Bislang hatte Margaret Thatcher selten jemanden aus der Partei oder dem Ministerium zu sich eingeladen, aber jetzt war alles anders. Wildfremde Menschen saßen im Flur des Hauses in der Flood Street, Mitarbeiter rannten die Treppen rauf und runter, im Wohnzimmer lagen überall Papiere, der Kühlschrank war voller Fertiggerichte. Denis stellte sich höflich jedem Fremden vor, half, wo er gebraucht wurde, und flüchtete, wenn möglich, auf den Golfplatz oder ins Wochenendhaus.

Vier Monate nachdem seine Frau den ersten großen Schritt getan hatte, um das Königreich zu retten, ging er als Direktor von Burmah Oil in den Ruhestand. Carol Thatcher glaubt, dass dieses «timing» ideal war für die Ehe ihrer Eltern, besonders im Hinblick auf die Rolle, die Denis künftig spielen sollte: «Er hatte seine eigene Karriere hinter sich und konnte sich nun einer neuen Aufgabe als Begleiter und Mann an ihrer Seite widmen.» Trotzdem betrachtete Denis die Politik stets als ein dubioses, nicht gerade reizvolles Geschäft: «All diese Konferenzen, Besprechungen, dieser Wahlkampf und das Werben um Stimmen!» Er selbst hatte nicht den Ehrgeiz, im Rampenlicht zu stehen, den Glanz überließ er gern seiner Frau.

Und die hatte es anfangs nicht leicht: Eine Menge Leute, vor allem politische Weggefährten von Edward Heath, warteten nur darauf, Margaret Thatcher scheitern zu sehen. Nachdem die Aufregung um ihren Sieg verflogen war, wurden die Stimmen immer lauter, die in Thatcher eine politische Kuriosität sahen. Viele zweifelten nicht daran, dass die Konservativen bald wieder zur Vernunft kommen und diese Frau gegen das einzig Richtige eintauschen würden: einen Mann. Der geschlagene Heath inszenierte eine interne Kampagne mit dem Titel «Bis Weihnachten muss sie weg sein» und sprach von ihr nur als TBW – «That bloody Woman», diese verdammte Frau.

Zumindest nach außen gab sich die Trägerin dieses Titels ungerührt, vermutlich hat es sie tatsächlich nicht bekümmert. Auch eine solche Unempfindlichkeit erschien suspekt: «Wenn sie wenigstens mal in Tränen ausbrechen würde!», forderte ein Kolumnist der englischen Tageszeitung «The Times». Doch Margaret Thatcher hatte andere Probleme: «Es ist nicht leicht, Oppositionsführerin zu sein, wirklich nicht», erklärte sie. «Opposition ist nicht so meine Sache. Sicher ist es wichtig, um die richtigen politischen Maßnahmen zu entwickeln und zu überarbeiten. Aber ich bin jemand, der lieber handelt als redet.»

Viele ihrer Feinde gaben später zu, Margaret Thatcher unterschätzt zu haben. Sie war in mancher Hinsicht keine brillante und originelle Oppositionsführerin und Rednerin, galt als humorlos, spröde und nicht sonderlich schlagfertig. Charles Powell meint rückblickend sogar, sie sei keine herausragende Intellektuelle gewesen, nicht einmal ein außergewöhnlich guter «policymaker». Dafür war sie immer akribisch vorbereitet, und eine ihrer größten Stärken, sagt Powell heute noch mit großer Bewunderung, sei ihre unbändige Willenskraft gewesen. Ideen und Konzepte saugte sie aus anderen heraus, um sie zu ihren eigenen zu machen. «Ich bin ein Instrument für die Dinge, an die ich glaube», sagte sie und bewies, dass Ideen und Visionen wertlos sind, wenn der Wille fehlt, sie durchzusetzen.

Im Umgang mit Gegenspielern erwies sie sich als äußerst machtbewusst. Dass diese fast ausnahmslos männlich waren, kam ihr sehr entgegen: Die britischen Konservativen mögen damals Chauvinisten gewesen sein, aber sie waren es nicht gewöhnt, mit einer Frau zu streiten. Sie waren meist in Jungeninternaten groß geworden und dazu erzogen, Frauen höflich ihren Willen zu lassen und ihnen gegenüber gönnerhaft eine Beschützerrolle einzunehmen – und dann kam da eine, die war starrköpfig, herrisch, unbelehrbar und, wenn nötig, unhöflich und aggressiv; gleichzeitig flirtete sie und konnte charmant sein, wenn sie wollte.

Die Männer des politischen Establishments waren schlichtweg überfordert. Sie ließen sich, sagt John Campbell, von Margaret Thatcher verwirren und wussten nicht, wie sie sich wehren sollten.

Britische Männer, betont auch Charles Powell, erachten es für ungehörig, eine Frau zu beschimpfen. Frau Thatcher indessen hielt sich ihnen gegenüber nicht zurück. Der Weg nach oben mag schwierig gewesen sein, aber dort angekommen, hatte Margaret Thatcher alle Trümpfe einer Frau im Ärmel. Oder in der Handtasche. Sie machte, so John Campbell, die Handtasche (handbag) zu einem Symbol ihrer Präsenz, ihrer Autorität – und zu einem Verb; sie «handbagte» ihre Gegner: «Sie betritt einen Raum und stellt als Erstes die Handtasche auf den Tisch; sie schlägt sie den Männern symbolisch um die Ohren, indem sie mit ihnen schimpft – warum haben Sie dieses oder jenes nicht getan, warum ist das nicht passiert? Die Handtasche ist eine Art Waffe, um jede Auseinandersetzung zu gewinnen! Immer hat sie etwas darin: ein Zitat, eine Statistik, ein Killerargument!»

So machte sich schon früh eine gewisse hilflose Empörung im Stab breit. Willy Whitelaw, später Margaret Thatchers Vize in der Regierung, beschwerte sich 1978 bei einem Dinner mit Freunden, noch nie habe jemand es gewagt, in einem solchen Ton mit ihm zu sprechen wie «diese furchtbare» Frau. Er dachte daran, sich aus der Politik zurückzuziehen, um das nicht mehr ertragen zu müssen. Aber auch er konnte sich dem Faszinosum Thatcher offensichtlich nicht entziehen: Er blieb und wurde einer ihrer loyalsten und treuesten Wegbegleiter. Whitelaw ist nur einer von vielen Kollegen und Mitarbeitern, die sich zwar durch Thatchers rüdes Verhalten und ihre Maßregelungen gedemütigt fühlten, daraus aber keine Konsequenzen zogen. Das Spiel mit männlichen Schwächen wurde Margaret Thatchers stärkste Waffe inmitten einer von Männern dominierten Welt.

Edwina Currie erzählt, wie Margaret Thatcher ihre Politikerkollegen um den Finger wickelte, wenn sie etwas von ihnen wollte. «Man konnte beobachten, wie sie einem Mann die Hand auf den Arm legte, ihm in die Augen blickte und sagte: ‹Mein Lieber, du wirst für mich stimmen, oder?›» Sie war, so Currie, wie eine Löwin, um die ein ganzes Rudel Männchen kämpft, und dabei überboten sich die Konkurrenten gegenseitig in Höchstleistungen. Thatcher wechselte je nach Bedarf ihre Rollen: Sie war die Lehrerin, die geduldig, aber mit großer Bestimmtheit erklärt, welche nationalen Probleme zu lösen sind; die liebevolle Krankenschwester, die besänftigt und doch bittere Medizin verabreicht; und schließlich die Verkörperung des flammenden Patriotismus, Britannia, die, wenn es sein muss mit dem Schwert, die Ehre und die Souveränität des Königreichs verteidigt.

Die Briten sehnten sich zum Ende der siebziger Jahre offenbar nach einer solchen Kriegerin. Die wirtschaftliche Misere hielt unter der Labour-Regierung von James Callaghan an. In den Straßen des Königreichs stapelten sich wegen der dauernden Streiks Müllberge, der Strom wurde rationiert, die Inflationsrate lag bei fast 30 Prozent, die Arbeitslosigkeit stieg weiter an, die Staatsverschuldung war enorm. Die Zeitungen überboten sich mit Sensationsmeldungen, was alles nicht funktionierte in Großbritannien. Den Winter 1978/79, in dem das Land fast vollständig gelähmt war, nennen die Briten den «winter of discontent», Winter des Missvergnügens. Margaret Thatcher versprach in pathetischen Reden, das Land zu einen und die Wunden der «gespaltenen Nation» zu heilen. Ihre Vision beruhte auf schlichten Grundsätzen: Der Kommunismus ist die größte Bedrohung für die Menschheit, der Kapitalismus in Reinform die Erlösung; jeder Mensch ist seines Glückes Schmied; man darf nicht über seine Verhältnisse leben – das gilt für den Staat ebenso wie für jeden seiner Bürger.

Es steckt viel von Alfred Roberts, ihrem Vater, in den politischen Konzepten Margaret Thatchers: Fleiß, Sparsamkeit und Selbstdisziplin. Aber der unerschütterliche Glaube daran, das Richtige zu tun, wurde ganz sicher auch von ihrem Ehemann genährt. Obwohl er seine Ansichten in der Öffentlichkeit weitgehend für sich behielt und nur in kleinen Zirkeln äußerte, so sind sie doch bekannt geworden. Er fühlte sich britischer Tradition im strengsten konservativen Sinne verpflichtet, in vielem war er gar reaktionär. Geoffrey Howe, der als Außenminister später für einen europäischen Kurs eintrat, erinnert sich an Denis Thatchers starke Vorbehalte allem gegenüber, was nicht britisch war – und allem, was «links» war. Die Franzosen waren für ihn «Frösche», die Iren «paddies» (was etwa mit dem deutschen trotteligen «Michel» gleichzusetzen ist), die Angestellten der BBC hielt er im Ernst allesamt für «Trotzkisten», Sozialdemokraten waren «pinkos» (rote Socken). Denis Thatcher sprach von sich selbst als «honest-to-God-right winger» (gottergebenem Rechten). Aber sein trockener Humor, sein schrulliges Auftreten und seine etwas unbeholfen-tollpatschige Art sich zu bewegen ließen ihn harmlos, ja geradezu rührend erscheinen. Unbestritten ist: Denis Thatcher war ein gewiefter Geschäftsmann mit einer politischen Meinung, und er war der Gatte einer mächtigen Frau. «Sie verließ sich auf sein Urteil», sagt Edwina Currie. Er sei ihr «Fels in der Brandung» gewesen, sagt Geoffrey Howe. Sie war auf ihn angewiesen, auf seine Ruhe, seine Gelassenheit. Es war sicherlich auch Denis Thatchers Bescheidenheit, seine Fähigkeit, sich im Hintergrund zu halten, die ihn unverzichtbar machte für seine Frau. Mit ihm musste sie nicht konkurrieren.

Am 4. Mai 1979 zog Margaret Thatcher als neu gewählte Premierministerin mit ihrem Mann in die Downing Street Nummer 10 ein, den traditionellen Wohn- und Amtssitz der britischen Regierungschefs. Denis und sie lebten nun in einer Wohnung direkt über dem «shop», den Büros und dem Kabinettssaal. Für Margaret Thatcher begannen die vermutlich besten elf Jahre ihres Lebens und für Großbritannien eine Zeit massiver Veränderungen.

Obwohl sie im Vorfeld der Wahlen in den Umfragen ständig vorne gelegen hatte, war ihr Sieg dennoch eine Überraschung: Es schien nicht vorstellbar, dass die Briten wirklich eine Frau zu ihrer Regierungschefin machen wollten. Margaret Thatcher selbst liebte es keineswegs, als Frau gesehen zu werden. Sie wischte diesen Umstand stets beiseite, so, als wolle sie allen Zweifeln an ihren Fähigkeiten und ihrem klaren Verstand zuvorkommen. Sie war der Premierminister. Der BBC sagte sie später, dass ihr niemals der Gedanke gekommen sei, eine Premierminister*in* zu sein. Aber natürlich spielte es eine Rolle, dass sie eine Frau war. Ständig musste sie dagegen kämpfen, nur als solche gesehen zu werden. Sie musste etwas beweisen, musste besser sein als alle anderen, doch diesen Druck verbarg sie souverän. Erst im Rückblick machte sie ihrer Verachtung für die Arroganz der Männer Luft und schimpfte auf die «biblische Schwäche» des männlichen Geschlechts im Vergleich zur weiblichen Entschlussfreude.

Die Skepsis in der britischen Öffentlichkeit und in Teilen ihrer eigenen Partei war nach der Wahl groß: Wie sollte eine weibliche Regierungschefin mehr zustande bringen als ihre Vorgänger Heath und Callaghan? Deren politische Taten hatten sich in großartigen Worthülsen erschöpft. Margaret Thatcher allerdings zweifelte keinen Moment daran, kompetenter zu sein. Ihre Arbeitswut ist legendär, und Dutzende von Mitarbeitern litten unter der Tatsache, dass die Premierministerin offenbar nicht halb so viel Schlaf benötigte wie

Margaret Thatcher feiert am Morgen des 4. Mai 1979 zusammen mit ihrer Familie die Wahl zur ersten englischen Premierministerin.

andere Menschen. Um ihre unerschöpfliche Energie ranken sich viele Geschichten. Edwina Currie berichtet von einem jungen Staatssekretär, der völlig aufgeregt die Korridore von Downing Street entlangsprintete, Aktenordner und Bündel von Unterlagen unter dem Arm: «Wir riefen ihm zu: ‹Mach langsam, Michael, Rom ist auch nicht an einem Tag erbaut worden!› Und Michael antwortete hastig: ‹Ja, aber Margaret Thatcher war auch nicht die Bauleiterin bei dem Job!›, und rannte weiter.»

Margaret Thatcher legte ein hohes Tempo vor, um ihr Land aus der Misere zu ziehen – die ökonomischen und gesellschaftlichen Veränderungen unter ihrer Regierung waren eine konservative Revolution, die sie mit ungeheurem Mut, großer Konsequenz und Brutalität in Angriff nahm. Sie setzte die Privatisierung zahlreicher staatlicher Unternehmen durch, auch wenn das den Verlust Zehntausender Arbeitsplätze bedeutete, legte still, was nicht rentabel war, rüttelte an den Grundfesten des Sozialstaates, strich Zuschüsse, dezimierte die Zahl der Staatsbediensteten um mehr als eine halbe Million und kämpfte gegen die Gewerkschaften. Viele Männer in ihrer Partei bekamen es mit der Angst zu tun, doch sie ließ sich davon nicht beirren. Sie verordnete dem Land Sparsamkeit, und die lebte sie vor. Als sie ihrem Mann vorschlug, sie könnten ihr Arbeitszimmer in der Downing Street doch selber tapezieren, gebot er solchem Übereifer Einhalt: «Das wird dir da draußen nichts nützen.» Die Premierministerin war eben noch immer die Tochter des strengen, sparsamen Krämers Alfred Roberts.

Ihre Politik bekam einen Namen: «Thatcherismus». Es war eine Do-it-yourself-Philosophie, und sie funktionierte. Zunächst nur langsam, aber schließlich fing die britische Wirtschaft an zu boomen. Im Ausland schaute man staunend auf das Königreich und die «Eiserne Lady» und fragt sich heute noch: Wie hat sie das nur angestellt? «Sie hat die Drecksarbeit gemacht», sagt der ehemalige deutsche Bundespräsident Richard von Weizsäcker. «Das, was sie erreicht hat, war ein großer Vorteil für Tony Blair, der mit Reformprozessen nicht so mühsam beginnen musste, wie es jetzt bei uns in Deutschland der Fall ist. Die Energie, mit der Margaret Thatcher ihre Ziele durchgesetzt hat, sucht ihresgleichen.» Aber Margaret Thatcher riss mit ihrer Kampfansage an den Sozialstaat nicht nur hinderliche Mauern nieder, sie machte sich auch gleich über dessen Fundament her. Der Preis für den Erfolg des Thatcherismus war ein frostiges soziales Klima mit hoher Arbeitslosigkeit, ein Klima, in dem die unteren Bevölkerungsschichten zunehmend von den Chancen ausgeschlossen wurden, die Margaret Thatcher gern heraufbeschwor. Die Linien ihrer Politik entsprachen dem Wirtschaftsliberalismus des 19. Jahrhunderts; es galt das Recht des Stärkeren. Wehe also den Schwachen.

Für Margaret Thatcher mag es keine Schwächen gegeben haben, sondern nur mangelnde Eigeninitiative, Faulheit, fehlendes Verantwortungsgefühl. Und nicht wenige teilten diese Ansicht. Die damalige Abgeordnete Currie ist noch heute begeistert, wenn sie erzählt, welche Energie Margaret Thatcher mit ihrer Devise «Warte nicht auf die anderen, tu es selbst! Du schaffst es, wenn du nur willst» bei vielen jungen Konservativen ausgelöst hat: «Für diejenigen, die weiterkommen wollten, aber zurückgehalten wurden, war es wunderbar! Für die anderen allerdings, die Entscheidungen nicht selber treffen wollten, die es vorzogen, dass andere das für sie taten, war das Erscheinen Margaret Thatchers eine Katastrophe.»

Charles Powell verglich die Arbeit mit Margaret Thatcher mit einer Achterbahnfahrt. Er habe sich gefühlt wie in der Nähe einer unkontrollierbaren Kraft, nie habe man voraussehen können, was als Nächstes geschieht. Diese Energie, verbunden mit einem gewissen Fanatismus, ist eines der Geheimnisse von Margaret Thatchers Erfolg – die Männer mussten sich bemühen mitzuhalten, oder sie blieben auf der Strecke.

«Sie war aggressiv», meint John Campbell, «immer angestrengt! Sie entspannte sich nicht und sagte nie: Komm, lass uns einen Drink nehmen!» Die britischen Männer waren Clubs und Männerzirkel gewöhnt, in denen Vereinbarungen kameradschaftlich bei einem Glas oder zwei getroffen wurden. Sie fanden es schwer, mit einer Frau zurechtzukommen, die alles andere als «clubby» und gesellig war, sondern anstrengend und fordernd und jeden, der seine Hausaufgaben nicht gemacht hatte, in scharfem Ton maßregelte. Selbst ihre Freundlichkeit war unberechenbar. Margaret Thatcher war nett zu allen, die sich nicht wehren konnten – die Hausangestellten und Wachleute in der Downing Street zum Beispiel; ihnen gegenüber sorgte sie sich fast mütterlich, bedankte sich für Überstunden und konnte sich sogar an die Namen der Kinder oder Ehefrauen erinnern. In ihrem Kabinett jedoch schien jede Verbindlichkeit einen bitteren Beigeschmack zu haben. Wenn sie etwa besorgt fragte, warum man denn so schrecklich müde aussehe, zitiert John Campbell einen ihrer Pressereferenten, steckte darin eine Demütigung: «Sie sagt damit, dass du ein Mann bist und sie eine Frau, dass du ein einfacher Mitarbeiter bist und sie die Premierministerin und dass sie, im Gegensatz zu dir, niemals müde aussieht.»

Es gab allerdings einen Mann in ihrem Umfeld, bei dem sich Margaret Thatcher solche Methoden nicht erlaubte, und das war Denis Thatcher. Er scheint der Einzige zu sein, der eine gewisse Macht über die Premierministerin hatte. Die Kabinettsmitglieder, Berater oder Pressemitarbeiter seien oft erleichtert und dankbar gewesen, erinnern sich Howe und Powell, wenn spät in der Nacht, als sie nach einem Vierzehn-Stunden-Tag noch immer mit rauchenden Köpfen in der Downing Street gesessen hätten, schließlich Denis Thatcher im Türrahmen erschienen sei. Mit schlichten Worten habe er den ersehnten Feierabend verkündet: «Frau! Ins Bett!» Oder: «Liebling, wir wollen hier doch nicht das Alte Testament verfassen.»

Denis Thatcher war nun die erste männliche «First Lady» Großbritanniens, und er kam den damit verbundenen Verpflichtungen mit einer gewissen Lässigkeit nach. Seine trockene Art, sich vom Trubel des politischen Zirkus im Erdgeschoss seines Wohnhauses abzusetzen, täuscht aber darüber hinweg, wie genau er darauf achtete, keine Fehler zu machen. Zu dieser Strategie gehörte es, die Medien möglichst zu ignorieren, sich nicht öffentlich zu politischen Inhalten zu äußern und kompromittierende Situationen zu meiden. «Einmal erschien in einer Zeitung die Meldung, ich sei in London mit einem zerbeulten Hut herumgelaufen», erzählt er seiner Tochter. «Ich fand es zwar unhöflich, so etwas zu schreiben, aber ich dachte darüber nach und sagte mir: Sie haben Recht! Ich kaufte sofort einen neuen Hut. Ich habe gelernt: Man musste gerissen sein und durfte sich nicht erwischen lassen, besonders wenn man zu viel getrunken hatte!» Denis Thatchers Neigung zum «Drink», meistens ein Gin Tonic, sowie seine Golfleidenschaft und die hölzerne und zugleich unbedarft wirkende Art seines Auftretens ließen ihn wie die Fleisch gewordene Karikatur eines Engländers erscheinen. Es ist daher kein Wunder, dass er schnell zum beliebten Objekt der Satire wurde.

Berühmt wurde eine Kolumne in der politischen Satire-Zeitschrift «Private Eye»: die fiktiven «Dear Bill Letters», in denen Denis Thatcher seinem Trink- und Golfkumpan Bill das anstrengende Leben mit Maggie in der Downing Street beschreibt. Der Denis dieser Kolumne ist ein stets beschwipster Mann inmitten von Ereignissen, denen er nicht gewachsen ist. Er muss rund um die Welt zu Gipfeltreffen reisen, er muss zu Empfängen und Abendessen, und er hasst es. Viel lieber will er mit Bill auf den Golfplatz, aber er ist an der Leine wie ein Hund. Und das andere Ende der Leine hält eine Furcht erregende

Denis Thatcher liebte Golf. In der Presse wurde er als ständig angetrunkener Pantoffelheld karikiert, der lieber sein Handicap verbesserte, statt an der Seite seiner berühmten Frau um die Welt zu reisen.

Domina mit Röntgenblick, die alles sieht und alles hört und ständig unter Wutanfällen leidet.

Die «Dear Bill»-Kolumnen waren nicht nur ungeheuer populär, sie prägten auch das Bild Denis Thatchers über die Grenzen Großbritanniens hinaus: ein ahnungsloser Tollpatsch, der in die Fänge eines weiblichen Drachen geraten ist und für den es kein Entrinnen gibt, außer zu tief ins Glas zu gucken. Mit diesem Image kam Denis Thatcher bei den Briten sehr gut an. Von Margaret Thatcher wird berichtet, sie habe es weniger amüsant gefunden, dass ihr Gatte zu einer komischen Kultfigur geworden war. Er selbst aber leugnete eine gewisse Geistesverwandtschaft mit dem erfundenen Denis nicht und stellte sich gelegentlich so vor: «Hallo, ich bin Denis Thatcher, und wenn ich nicht zu betrunken bin, dann spiele ich gern ein bisschen Golf.» Sogar Carol Thatcher vermutete zeitweise, dass die Satire aus der Feder ihres Vaters stammte, zumal es auch im wirklichen Leben einen «Bill» gab, den Journalisten Bill Deedes, trotz seines Berufs der beste Freund von Denis Thatcher, mit dem dieser natürlich regelmäßig auf den Golfplatz ging.

Später wurde in London ein Theaterstück mit dem Titel «Anything for Denis» aufgeführt, im Gegensatz zur «Private Eye»-Kolumne ein geschmackloser, beleidigender Schwank. Das Ehepaar Thatcher ließ sich von einem ihrer Berater überreden, an der Premiere teilzunehmen, und obwohl beide versuchten, sich tolerant zu geben, war Margaret Thatcher offenkundig verletzt. Der Eindruck, ihr Mann sei ein Ignorant, schützte freilich vor dem Verdacht, dass in Wahrheit er es sein könnte, der die politischen Entscheidungen traf oder zumindest beeinflusste. Denis Thatchers Loyalität gegenüber seiner Frau war so groß, dass er vor aller Welt eine Witzfigur abzugeben bereit war – einer, dem politische Kompetenz nicht zuzutrauen ist. Für einen Mann ein bemerkenswertes Opfer.

Bei öffentlichen Auftritten, etwa bei Staatsbesuchen, blieb Denis gern im Hintergrund. Margaret dagegen liebte es, die ihr gemäße Rolle der mächtigen Regentin auszufüllen. Auch äußerlich wuchs sie in diese Rolle immer mehr hinein: Ihre Rüschenkleider mit Schleifen wichen bald strengen, maskulinen Kostümen mit breiten Schulterpolstern, die Frisur war so unerschütterlich wie ihr Wille, und die anfangs ein wenig schrille Stimme wurde tiefer. Charles Powell sagt, ihre Kleidung, ihre ganze Aufmachung sei ein Markenzeichen, eine «Ausdrucksweise für ihre Politik» gewesen. Damit habe sie signalisiert: Hier kommt eine starke, durchsetzungsfähige Frau. Nie sah man Margaret in Freizeitkleidung. Bei einem ihrer eher spontanen und informellen Besuche in den Vereinigten Staaten holte Ronald Reagan sie auf dem Landsitz Camp David vom Hubschrauber ab. Während der amerikanische Präsident sehr «casual» im Pullover und in Freizeithosen erschien, tippelte die britische Premierministerin auf hohen Absätzen, im Kostüm, mit Betonfrisur und Krokohandtasche über den Rasen. Sie war niemals keine Premierministerin, niemals einfach nur Frau Thatcher. Auch aus ihrer Haltung und ihrer Mimik war alles Weiche der strengen Maske einer Würdenträgerin gewichen, dem permanenten Ausdruck von Verantwortung und Pflicht.

Selbst als sie und ihr Mann beinahe einem Anschlag der Irisch-Republikanischen Armee zum Opfer fielen, behielt sie die Kontrolle. 1984, am Vorabend des Parteitages der Konservativen in Brighton, zündete die IRA in dem Hotel, in dem das gesamte Kabinett sowie zahlreiche Delegierte untergebracht waren, über der Suite der Thatchers eine Bombe. Denis Thatcher, bereits im Pyjama, befand sich im Bad, seine Frau arbeitete an ihrer Rede für den kommenden Tag, als die Explosion die Zimmer in eine Trümmerlandschaft verwandelte. Doch das Paar blieb unverletzt. Er zog sich sogar noch einen Anzug über, bevor beide nach draußen flüchteten. Die Bombe hatte ein riesiges Loch in die Fassade des Grandhotels gerissen, es gab Verletzte, Verschüttete und Tote. Einer der engsten Mitarbeiter Margaret Thatchers, Norman Tebitt, musste auf der Intensivstation behandelt werden, Parteimitglieder irrten staubbedeckt und unter Schock umher, es herrschte Chaos. Aber die Premierministerin war wie aus dem Ei gepellt. Nach dem Besuch der örtlichen Polizeistation von Journalisten bestürmt, rang sie einen Moment um ihre Fassung, um dann mit klirrender Stimme zu verkünden: «Der Parteitag wird stattfinden! Hören Sie? Der Parteitag findet statt – wie geplant!»

Charles Powell meint, ihre Reaktion in Brighton mache deutlich, wie sehr Margaret Thatcher die ständige Kontrolle und Selbstdisziplin zur zweiten Natur geworden war: «Natürlich war sie erschüttert! Man wollte sie umbringen! Aber für sie war es enorm wichtig, auf keinen Fall ihre Erschütterung zu zeigen!» Denis Thatcher war, wie Carol Thatcher sagt, nach dem Attentat völlig niedergeschlagen. Ihm wurde klar, dass es da draußen Menschen gab, die seine Frau töten wollten. Er kaufte ihr eine Armbanduhr, als Symbol dafür, dass jeder Moment kostbar ist.

Zwei Jahre zuvor aber ließ Margaret Thatcher ihren Gefühlen freien Lauf, nachdem ihr Sohn als vermisst gemeldet worden war. Mark Thatcher hatte sich an der Rallye Paris–Dakar beteiligt und sich in der Wüste verfahren. Trotz des Einsatzes von Suchflugzeugen wurde er erst nach einer knappen Woche aufgefunden, gesund und munter. Für Margaret Thatcher war diese Woche die Hölle, sie brach in Kabinettssitzungen fast zusammen, und ihre gesamte Umgebung erlebte eine ganz neue Seite an ihr: die weinende, zitternde, angstvolle Mutter. Oder genauer: die Mutter eines Sohnes. «Sie war absolut vernarrt in ihren Sohn», sagen alle, «verrückt nach Mark! Sie betete ihn an!» Dabei sind wenige Gründe ersichtlich, auf Mark Thatcher besonders stolz zu sein. Bis zum heutigen Tag ist er eine umstrittene Persönlichkeit. Bereits in den achtziger Jahren geriet er in den Verdacht, den Namen der Premierministerin auszunutzen und durch die Beteiligung an dubiosen Waffengeschäften hohe Provisionen einzustreichen. Denis Thatcher äußerte sich nicht öffentlich dazu. Es heißt, er habe die Tätigkeiten seines Sohnes zutiefst missbilligt. Doch seine Mutter leugnete jeden Anlass zur Kritik – im Gegenteil, sie bewunderte seinen Geschäftssinn.

Margaret Thatcher «zog Männer den Frauen vor», sagt John Campbell, «sie zog ihren Vater der Mutter vor und den Sohn der Tochter.» Auch wenn Margaret Thatcher im Rückblick die Männer als Schwächlinge beschrieb, die Gleichberechtigung der Frau interessierte sie nicht im Geringsten – Frauen generell interessierten sie nicht. Nur von einer einzigen Frau sagte Margaret Thatcher, dass sie sie verehre: die 1984 ermordete indische Premierministerin Indira Gandhi, eine Sozialistin. Ansonsten bewunderte die Britin nur Ei-

Familie Thatcher posiert für die Presse, 1984. Sohn Mark gilt als der Liebling der Premierministerin.

genschaften, die als typisch männlich gelten wie Durchsetzungskraft und Machtstreben. In diesem Sinne versuchte sie, männlicher zu sein als alle Männer. «Sie hat nie etwas getan, um Frauen zu fördern», sagt Charles Powell, «sie hat keine Frauen in hohe Positionen berufen, nichts dergleichen. Sie war viel zu sehr damit beschäftigt, selbst nach oben zu kommen, und dort angelangt, wollte sie lieber als eine Ausnahme betrachtet werden und sich nicht zur Regel machen.»

1982 erhielt Margaret Thatcher eine einmalige Chance, ihrem großen Vorbild Winston Churchill nachzueifern und Großbritannien in einen Krieg zu führen. Der Anlass schien vergleichsweise lächerlich und sorgte in der restlichen Welt für einige Verwunderung.

Besuch auf den Falklandinseln, Januar 1983 – der erfolgreiche Ausgang des Krieges sicherte Margaret Thatchers Wiederwahl ein Jahr später.

Verwundert war auch Denis Thatcher, als er eines Abends im April nach Hause kam und die Downing Street Nummer 10 in heller Aufregung vorfand – Argentinien hatte die Falklandinseln besetzt. «Ich wusste nicht», so Denis Thatcher, «wo die Falklandinseln waren, und sagte erst mal nichts. Aber dann merkte ich schnell, dass eigentlich niemand es so recht wusste.» Die Falklands sind eine Inselgruppe im Atlantik, 13 000 Kilometer von Großbritannien entfernt. 1500 Falkländer lebten damals in dieser britischen Kronkolonie, die einst den Argentiniern von den Franzosen, dann den Franzosen von den Briten abgetrotzt worden war – und auf die jetzt die argentinische Militärjunta unter General Galtieri Anspruch erhob. Wegen dieser Inseln zog Margaret Thatcher in den Krieg. Verhandlungen ließ sie kaum zu, denn sie bekundete, sich nicht mit einem Diktator an einen Tisch setzen zu wollen, der die Freiheit ihrer Landsleute bedrohe. Die Premierministerin schickte eine Flotte in den Atlantik und warf sich zur patriotischen Kriegsherrin auf, die mit starken Worten und herrischen Gesten Ehre und Freiheit verteidigt.

Die Entscheidung für den Krieg hätte Margaret Thatcher das Amt kosten können – schon vor der Falklandkrise stand sie in den Umfragen nicht gut da. Sie reagierte harsch auf kritische Fragen oder Bemerkungen zu den militärischen Operationen und forderte die Journalisten stattdessen auf, die Royal Navy zu lobpreisen. Als sie den Befehl gab, die «Belgrano», ein argentinisches Schiff, außerhalb der Sperrzone um die Falklands abzuschießen, war die Empörung zunächst groß, nach der Rückeroberung der Inseln aber schnell vergessen – Großbritannien verfiel in einen Siegestaumel. 250 Engländer und über 1000 Argentinier ließen für dieses Abenteuer ihr Leben, und Margaret Thatcher wurde ein Jahr später mit Hilfe des «Falkland-Effektes» bei den Wahlen im Amt bestätigt.

«Sie betrachtete Politik als eine Schlacht», sagt Charles Powell, «eine Schlacht zwischen den Dingen, die getan werden mussten, um Großbritannien zu verändern, und den Menschen, die sich den Veränderungen widersetzten.» Eines der Dinge, die geändert werden mussten, sei die Macht der Gewerkschaften gewesen, so Powell. Die häufigen Streiks der vielen britischen Einzelgewerkschaften hatten maßgeblich zur gedrückten Stimmung beigetragen, die in Großbritannien Ende der siebziger Jahre herrschte, und Margaret Thatcher schränkte die Macht der Gewerkschaften gleich im ersten Jahr ihrer Regierung durch Gesetzesänderungen ein. Zwar nahm die Zahl der Arbeitsniederlegungen drastisch ab, im März 1984 aber kam es zur großen «Schlacht», dem legendären Streik der Minenarbeiter. Ausgelöst durch Pläne zur Schließung unrentabler Kohlegruben, entwickelte er sich zu einem politischen Kampf, der in einem Duell zwischen der Premierministerin und Arthur Scargill, dem Anführer der Minenarbeiter, gipfelte.

Scargill, ein linker Aktivist und kämpferischer, aggressiver Redner, war zehn Jahre zuvor wesentlich an dem Streik beteiligt gewesen, der zum Ende der konservativen Heath-Regierung führte. Nun rief er zum Krieg gegen den Thatcherismus auf. Es gab jedoch keine Urabstimmung über diesen Streik. Margaret Thatcher machte sich das zunutze, indem sie Arbeitswillige in bewachten Bussen durch die Linien der Streikposten bringen ließ und den Streik zu einem Angriff auf Recht und Ordnung und die demokratischen Prinzipien stilisierte. Die Aggression, die diesen Arbeitskampf begleitete und sich in wüsten Straßenschlachten zwischen Polizei und Streikposten Luft machte, ist beispiellos. Es ging nicht allein um Kohlegruben und auch nicht um die 20 000 Arbeitsplätze, die auf dem Spiel standen – es war ein letztes Aufbäumen der britischen Linken. Die Labour-Partei unter Neil Kinnock tat sich schwer, eindeutig Stellung zu beziehen. Einerseits sympathisierte man natürlich mit den Arbeitern, andererseits machten Scargills rigorose Methoden eine rückhaltlose Solidarität unmöglich.

Nach einem Jahr war der Streik zu Ende, Margaret Thatcher hatte gewonnen. Aber es blieben Verbitterung und Wut darüber, dass große Teile des alten, industriell geprägten England zu Brachlandschaften mit hoher Arbeitslosigkeit wurden, während im Süden und in London die Wirtschaft zu blühen begann. So ging ein Riss nicht nur durch das Land, sondern auch durch die Gewerkschaften und die gesamte politische Linke. Nach der Ära Thatcher würde auch die Labour-Partei nicht mehr sein, was sie einst war.

Der Popularität der Regierungschefin diente dieser Sieg nicht: Die Unerbittlichkeit, mit der sie die gesellschaftlichen Veränderungen in Großbritannien durchpeitschte, machte sie nicht beliebter. Das habe ihr nichts ausgemacht, behauptet Charles Powell, sie sei nur daran interessiert gewesen, ob die Menschen sie wählen: «Es hat geholfen, dass viele überzeugt waren, das Land sei am Ende, und sie hatte ein großes Talent, dem Volk zu vermitteln, ihre Maßnahmen seien zwar für einige Jahre schmerzhaft, aber zu guter Letzt werde sich die Lage bessern. Die Leute mochten das nicht. Und, das muss man ganz nüchtern feststellen – sie mochten Margaret Thatcher nicht. Dennoch ließen sie sich überzeugen. Ich glaube, dass kein anderer Politiker in Europa den Mut hat, das so durchzuhalten, wie sie es tat.» Margaret Thatcher hat dazu später selbst ein eindeutiges Statement abgegeben: «Es geht nicht um Popularität! Es geht um Respekt! Man wird dafür respektiert, dass man den Mut hat, das Richtige zu tun, und daran festhält!»

Die Kompromisslosigkeit, mit der sie ihren Kurs verfolgte, bereitete nicht nur ihren britischen Kollegen Kopfzerbrechen. Auch die anderen europäischen Regierungschefs fürchteten das empörte «Nein, nein und nochmals nein!» der Britin, die sich allem widersetzte, was in ihren Augen die souveräne Rolle ihres Landes hätte gefährden können. «Margaret verstand das Prinzip der Gleichheit der Nationen nicht», erklärt Edwina Currie, «sie dachte, ein Land müsse immer besser gestellt sein als die anderen. Und dieses Land war selbstverständlich Großbritannien! Wenn sie nicht die Königin von Europa sein durfte, dann lehnte sie Europa eben ab.»

Charles Powell denkt mit einer Mischung aus Unwohlsein und Bewunderung an das Auftreten seiner Premierministerin bei den europäischen Gipfeltreffen zwischen 1981 und 1982 zurück: «Ihr war nichts peinlich! Sie sagte Dinge zu anderen Regierungschefs, die mich erröten ließen. Sie forderte, dass Großbritannien Geld von der Europäischen Gemeinschaft zurückbekommen sollte. Die anderen wollten über andere Themen sprechen, aber nein, sie hatten darüber zu reden! Sie sollten Margaret Thatcher ihr Geld zurückgeben! Sie waren erbost und wütend, und schließlich gaben sie es ihr zurück, nur damit sie endlich den Mund hielt. Kein Mann wäre damit durchgekommen!» Ihr Finanzminister Nigel Lawson behauptet heute allen Ernstes, Margaret Thatcher habe den Europäern einen großen Gefallen getan, indem sie die übrigen Länder geeint habe – gegen Großbritannien.

Margaret Thatcher verbarg keineswegs, wen sie mochte und wen nicht: Sie flirtete mit Mitterrand, bewunderte Helmut Schmidt, beschimpfte Jacques Delors, und Helmut Kohl hatte es besonders schwer mit ihr. «Ich glaube nicht, dass unser Regierungschef im Zeitalter der Wiedervereinigung sich immer sehr auf die Begegnungen mit der Kollegin Thatcher gefreut hat», sagt Richard von Weizsäcker süffisant lächelnd. Während sie Kohls Vorgänger Helmut Schmidt respektierte und als kompetent anerkannte, hatte Margaret Thatcher ein grundsätzliches Problem mit den Deutschen. «Sie hat mir selbst gesagt, dass ihr Bild von Deutschland sich im Jahre 1942, mitten im Krieg, gebildet und seitdem auch nicht verändert habe», so Richard von Weizsäcker.

Das kontinentale Europa wollte enger zusammenrücken, gerade um die Vergangenheit hinter sich zu lassen. Margaret Thatcher aber wollte nicht zusammenrücken, schon gar nicht mit Helmut Kohl. Anfangs gab der Deutsche sich noch Mühe. Mit persönlichen Gesten versuchte er, die «Eiserne Lady» für sich einzunehmen – laut Charles Powell habe Kohl ihr bei einem Staatsbesuch sogar eine Brosche mitgebracht, die der Bundeskanzler selbst für sie gekauft hatte. 1989, ein halbes Jahr vor dem Fall der Mauer, lud Kohl sie in seine Heimat, nach Deidesheim in Rheinland-Pfalz, um sie mit Deutschland ein wenig vertrauter zu machen. Powell, der Margaret Thatcher begleitete, erinnert sich, man habe einen netten Tag verbracht, mit Blasmusik, Knödeln, Saumagen und Sauerkraut. Margaret Thatcher versuchte tapfer, ihr Missfallen an der Leibspeise des Kanzlers und dem ganzen volkstümlichen Rahmen zu verbergen – es «ist doch etwas übertrieben gemütlich», lautete ihr Kommentar. Helmut Kohl wollte sich als Politiker präsentieren, der mit ganzem Herzen Europäer ist, und bat Powell noch, Margaret Thatcher das zu vermitteln. «Und dann», erzählt Powell, «stiegen wir in unser Flugzeug, um nach Hause zu fliegen, sie ließ sich in einen Sitz fallen, zog ihre Schuhe aus und stöhnte: ‹O mein Gott, dieser Mann ist so deutsch!› Da habe ich es aufgegeben.» Als die Mauer fiel, sagte Margaret Thatcher auf einer Konferenz in Straßburg im Beisein des deutschen Kanzlers so laut, dass er es hören konnte: «Zweimal haben wir sie geschlagen, und nun sind sie wieder da!»

Ein Regierungschef aber ist ihr Herzbube: der amerikanische Präsident und ehemalige Filmschauspieler Ronald Reagan. «Sie war nahezu verliebt in Ronnie», sagt Edwina Currie, und die Bilder der amerikanisch-britischen Staatsbesuche aus jener Zeit unterstreichen diesen Eindruck. Margaret Thatcher wirkt in Gegenwart Reagans gelöst und glücklich. Die beiden wurden nicht müde, dem besonderen Stellenwert der angloamerikanischen Freundschaft Ausdruck zu verleihen. Sie benehme sich in Gegenwart von Präsident Reagan

Margaret und Denis Thatcher zusammen mit Tochter Carol auf Wahlkampftour, 1979. Denis Thatcher begleitete seine Frau zwar, aber er mochte Wahlkampfauftritte gar nicht.

«wie ein achtjährigen Mädchen», bemerkte der Franzose Mitterrand – so handzahm kannten die europäischen Partner Margaret Thatcher nicht. Dabei hätte der Kontrast zwischen dem Sonnyboy und der strengen Britin nicht größer sein können. Auch wenn sie angeblich um die beschränkten politischen Fähigkeiten des Amerikaners wusste: Das Ende des Kalten Krieges war in Margaret Thatchers Augen ihr und Ronald Reagans Verdienst.

Zum Ende der achtziger Jahre hatten sich die Welt und Großbritannien grundlegend gewandelt. Doch Margaret Thatcher dachte offensichtlich nicht daran, dass ihre Arbeit beendet sein und es ohne sie weitergehen könnte. Drei Wahlsiege hatte sie für die Konservativen errungen, als sie im Mai 1989 ihr zehnjähriges Regierungsjubiläum feierte. Denis fand, langsam sei es an der Zeit, Downing Street Nummer 10 zu verlassen. Später sagte er, sie habe zugestimmt, aber den richtigen Moment abwarten wollen. Auf Fragen von Journalisten betonte sie allerdings, es sei noch viel zu tun, bevor sie ihr Amt abgeben könne. Sie hielt sich für unentbehrlich und machte weiter. Am Ende hörte sie nicht mehr auf Denis, so Edwina Currie, und sie hört auch auf niemanden sonst mehr, «außer auf den Klang ihrer eigenen Stimme». Carol Thatcher berichtet, ihr Vater habe nach den gewonnenen Wahlen vorausgesehen, dass die Stimmung umschlagen werde, und zu seiner Tochter gesagt: «In einem Jahr wird sie so unpopulär sein, das kannst du dir nicht vorstellen.»

Wie anderen Regierungschefs, die lange an der Macht sind, kam Margaret Thatcher der Realitätsbezug abhanden. Sie wurde selbstherrlich; ihr ganzer Habitus drückte das aus. Immer öfter sprach sie von sich im Pluralis Majestatis, der im Königreich nur einer Person vorbehalten ist, der «echten» Queen. «Wir sind Großmutter geworden!», verkündete die Premierministerin anlässlich der Geburt ihres ersten Enkelkindes vor der Presse, und die Anwesenden wussten nicht, ob sie das lustig finden sollten oder beängstigend.

«Sie hat das Gefühl dafür verloren, wie sie gesehen wurde», meint Nigel Lawson. Lawson, einer der führenden Köpfe der ökonomischen Umwälzungen des «Thatcherismus» und erfolgreicher Schatzkanzler, trat im Oktober 1989 zurück. Bald folgte ein anderer langjähriger Wegbegleiter der Premierministerin, Geoffrey Howe. Als Außenminister bereits von Margaret Thatcher des Amtes enthoben, war er im Kabinett verblieben, wo er ständig von ihr gemobbt wurde. Jetzt zog er nach elf Jahren «politischer Ehe» einen Schlussstrich.

Es hat unter Margaret Thatcher viele Wechsel im Kabinett gegeben, aber diese beiden Rücktritte wurden zum Vorzeichen ihres Untergangs. Natürlich spielten Meinungsverschiedenheiten dabei eine Rolle – Lawson und Howe lehnten den antieuropäischen Kurs der Premierministerin ab –, doch es ging vor allem um Thatchers Führungsstil und die Art und Weise, wie sie mit ihren Kabinettsmitgliedern umsprang. Einer ihrer früheren Berater bezeichnete sie im «Evening Standard» als «politisches Tschernobyl». «Diese aggressive, betont männliche Art, sich zu geben», erinnert sich Edwina Currie, «hat immer mehr zugenommen, und ich glaube, es hat sie zerstört.» Zwar war Margaret Thatcher immer schon dominant, herrisch und stur, aber bislang hatte sie sich, wie Lawson es beschreibt, als Teil eines Teams betrachtet, dessen Kapitän sie war. Nach über zehn Jahren Regierungszeit meinte sie nun, das Team nicht mehr zu brauchen.

Einer langen Phase des wirtschaftlichen Booms in Großbritannien folgte Ende der achtziger Jahre erneut eine Rezession. Die negativen Auswirkungen des «Thatcherismus» wurden deutlich: Nicht alle hatten davon profitiert, die Kluft zwischen Arm und Reich in Großbritannien war tiefer geworden. Das Fass lief über, als Margaret Thatcher die «poll tax» einführen wollte, um Haushaltslöcher in den Kommunen zu stopfen. Diese Steuer auf Wohnraum sollte unabhängig vom Einkommen erhoben werden – mit etwas Pech hätten Bedürftige genauso viel zahlen müssen wie Millionäre. «Eine unsinnige, politisch dumme und schädliche Idee!», sagt Nigel Lawson. «Und ein paar Jahre früher hätte sie das selbst erkannt.» Aber jetzt blieb Margaret Thatcher uneinsichtig. Hunderttausende von Briten gingen auf die Straße, um gegen die «poll tax» zu demonstrieren, am Trafalgar Square in London entlud sich der Hass der Bevölkerung in kriegsähnlichen Krawallen.

Der Unmut unter den Konservativen wuchs. Er fand eine Stimme in dem sonst so sanft wirkenden Geoffrey Howe, der am 13. November 1990 in einer Rede vor dem britischen Unterhaus seinen Rücktritt begründete. Diese Rede wurde zur Abrechnung und erregte großes Aufsehen. «Ständig ging ein Raunen durch die Reihen», sagt Edwina Currie, «er sprach Dinge aus, die niemand sich getraut hatte zu sagen!» Howe griff «seine verehrte Freundin» nicht allein wegen ihrer Europapolitik an, die Großbritannien ins politische Abseits führen könne, sondern er kritisierte in klaren Worten auch ihren totalitären Stil. Margaret Thatcher saß mit dem Rücken zu ihm und hörte regungslos zu – «wie versteinert» habe sie gewirkt, so Edwina Currie. «Es war die beste Rede, die er jemals gehalten hat», kommentierte Thatcher später bissig, «und sie troff vor Verrat!»

Der ehrgeizige und eitle Michael Heseltine, einer ihrer ehemaligen Minister, glaubte, die Gunst der Stunde nutzen zu können, und forderte Margaret Thatcher heraus: Er stellte sich als Kandidat für die Parteispitze zur Verfügung – eine Art innerparteiliches Misstrauensvotum. Die Abstimmung unter den konservativen Abgeordneten über die Zukunft ihrer Premierministerin und Parteichefin war für den 20. November 1990 angesetzt. An diesem Tag nahm Margaret Thatcher an einer KSZE-Konferenz in Paris teil. In der britischen Botschaft erwartete sie am Abend das Ergebnis. Aus London kam schließlich die Nachricht, Heseltine habe weniger Stimmen erhalten als sie; ihre Mehrheit war allerdings so knapp, dass sie de facto nicht im Amt bestätigt wurde. «Es war ein schwerer Schlag für sie», erinnert sich Charles Powell, «sie hat es sich nicht anmerken lassen. Nach all den Jahren, die ich mit ihr gearbeitet hatte, konnte ich aber sehen, wie sehr es sie getroffen hat.» Lächelnd verkündete die Premierministerin den wartenden Journalisten, das Ergebnis sei zwar nicht so ausgefallen wie erhofft, aber natürlich werde sie in eine zweite Runde gehen. «Ich werde kämpfen, um zu siegen!» Margaret Thatcher hat später beschrieben, wie Denis am Tag ihrer Heimkehr auf sie wartete: «Er stand vor dem Kamin und begrüßte mich mit den Worten: ‹Mach nicht weiter, Liebes. Hör auf.› Ich glaube, das alles hat ihn sogar noch mehr verletzt als mich.»

«Er konnte ihre Demütigung nicht ertragen», schreibt Carol Thatcher über ihren Vater, «er liebte sie in diesem Moment vielleicht mehr als je zuvor, und es traf ihn zutiefst, wie verletzt sie war. Er hatte ihr immer gesagt, dass sie aufhören solle, wenn sie ‹vorne liegt›, und er hatte sich gegen jede Hoffnung gewünscht, dass sie auf ihn hören würde.» Margaret Thatcher wusste, dass sie nicht mehr «vorne lag», aber sie konnte noch nicht loslassen. Sie bestellte alle Kabinettsmitglieder zu Vier-Augen-Gesprächen in die Downing Street, fragte jeden der Männer einzeln, ob er sie weiter vorbehaltlos unterstütze. Die meisten drucksten herum – sie wollten nicht mehr auf sie setzen. Noch in derselben Nacht verfasste sie ihre Rücktrittserklärung.

Am Morgen des 22. November 1990 verlas Margaret Thatcher diese Erklärung – mit tränenerstickter Stimme. Zweimal musste sie, einem Zusammenbruch nahe, die Rede unterbrechen, aber sie hielt durch bis zum Schluss. «Ich war mit im Raum, und es war fast unerträglich, das mit ansehen zu müssen. Es berührt mich heute noch», sagt Charles Powell. Eine Woche später verließen Margaret und Denis Thatcher Downing Street. Sie weinte auf dem Weg zur wartenden Limousine, und als sie noch einmal aus dem Wagen heraus winkte, stand ihr die Verzweiflung und die Fassungslosigkeit ins Gesicht geschrieben. Nun war es wirklich vorbei. «Sie ist niemals damit zurechtgekommen», sagt John Campbell, «sie lebte dafür, Premierministerin zu sein, und dachte, sie kann es besser als jeder andere.»

Margaret Thatcher hatte keine Interessen und keine Freunde außerhalb der Politik – ihr Leben kam, nachdem der Trubel um ihren Rücktritt sich gelegt hatte, zum Stillstand. Denis Thatcher war niemals vom Leben in der Downing Street abhängig: Er spielte jetzt wieder mehr Golf, traf Freunde zum Mittagessen – für ihn änderte sich wenig. Margaret Thatcher aber hatte, meint Charles Powell, keinen glücklichen Tag mehr, seit sie nicht mehr Regierungschefin war: «Anfangs kam es vor, dass in den Nachrichten von irgendeinem politischen Ereignis die Rede war, und sie griff zum Telefonhörer, um entsprechende Anweisungen zu geben. Und dann fiel ihr plötzlich ein, dass sie ja gar nicht mehr im Amt war.» Sie war verbittert, konn-

Das Ehepaar im Februar 2003, wenige Monate vor Denis Thatchers Tod, vor ihrem Haus in London.

te den vermeintlichen Verrat ihrer Partei nicht verwinden und fiel ihrem Nachfolger John Major durch Belehrungen und Intrigen ständig in den Rücken. Den einzigen Trost fand sie auf Vortragsreisen ins Ausland, wo sie noch standesgemäß empfangen wurde. Sie lebte weiter für die Politik, brach aber 1994 in Chile während einer Rede zusammen, sodass ihr die Ärzte von öffentlichen Auftritten abrieten. Trotzdem hat sie nie ganz aufgehört, sich einzumischen.

Viele sehen in Margaret Thatcher eine tragische Figur, die von der Macht nicht lassen kann und ihrem eigenen Mythos hinterherläuft. Für Denis Thatcher dagegen war die Zeit in der Downing Street nur eine aufregende, amüsante Episode. Wie auch seine politischen Ansichten nicht im Zentrum seines Lebens standen. Eines Lebens, das er, so hat er es selbst ausgedrückt, «mit einer der großartigsten Frauen geteilt hat, die die Welt jemals hervorgebracht hat. Alles, was ich dazu beitragen konnte, waren Liebe und Loyalität. Ich war da, um zu helfen.» Bis zum Schluss aber blieb Denis Thatcher, was er am liebsten war: ein Gin Tonic trinkender, erzkonservativer Brite, der am liebsten mit Bill Golf spielt.

Im Juni 2003 starb der Mann, der die Eiserne Lady liebte, mit achtundachtzig Jahren in London. Ihr bis heute letztes Fernsehinterview gab Margaret Thatcher ihrer Tochter Carol. Die ehemalige Premierministerin war nun nicht mehr die herrische Domina, sondern eine gebrechlich wirkende alte Frau mit einer fast zarten Stimme. Als Carol ihre Mutter nach ihrer Ehe fragte, antwortete Margaret Thatcher, die so viel Hass und auch Bewunderung ausgelöst hat, vor der sich so viele große Männer fürchteten: «Es ist schwer, den richtigen Ausdruck zu finden. Manche Leute sagen, sie hatten eine gute Ehe oder eine perfekte Ehe. Ich hatte eine wundervolle Ehe. Und ich hatte den besten Mann, den ich mir hätte wünschen können.»

Florian von Stetten

Der Minister und sein Generalsekretär

MARGOT UND ERICH HONECKER

«Ich habe nicht mehr geglaubt, dass ich meine liebe Frau, die auch meine tapfere und treue Mitstreiterin ist, noch einmal wiedersehen werde.» Als Erich Honecker das sagt, steht er auf dem Rollfeld des Flughafens von Santiago de Chile, Kameras sind auf ihn gerichtet. Der ehemals erste Mann der DDR weckt immer noch das Interesse der Medien. Seine «liebe Frau» ist an seiner Seite. Doch er spricht nicht zu ihr, sondern zu seinen Anhängern – nur wenige sind ihm geblieben, im Januar 1993. Für einen kurzen Moment bricht ihm die Stimme, er kämpft mit den Tränen, fasst sich aber wieder, und das Politische, der klassenkämpferische Auftritt, schiebt sich vor die menschliche Regung.

Mehr als ein halbes Jahr lang war ungewiss, ob sich die beiden jemals wiedersehen würden. Erich Honecker war von Moskau an die Bundesrepublik ausgeliefert worden, dort hatte man ihn wegen der Schüsse an der Mauer angeklagt. Seine Frau war währenddessen zur gemeinsamen Tochter nach Chile gereist. Erst nachdem er wegen seines schlechten Gesundheitszustands aus der Haft entlassen worden war, konnte er ihr folgen.

Einige chilenische Kommunisten sind zum Flughafen gekommen, aus Dankbarkeit, viele von ihnen waren nach dem Militärputsch in Chile in der DDR untergekommen. «Herzlich willkommen, Erich!» ist auf den Transparenten zu lesen, die sie mitgebracht

Das «sozialistische Traumpaar» Margot und Erich Honecker, 1964.

haben. Ein freundliches älteres Ehepaar steht da in der Januarsonne, Erich Honecker, ein kleiner, unscheinbarer Mann mit brüchiger Stimme, und Margot, wie immer adrett, wohlfrisiert, mit dem oftmals verspotteten Blaustich im Haar. Plötzlich gerät Erich Honecker sein Redemanuskript durcheinander, Margot greift sofort ein, reicht ihm das richtige Blatt, schnell, beinahe unbemerkt. Sie ist wachsam, wie immer.

Nachdem er seine kurze Ansprache beendet hat, wendet er sich seiner Frau zu, als wolle er sie umarmen. Doch er streckt seine Hände nicht Margot, sondern einem betagten Genossen entgegen, den er herzlich begrüßt. Zuerst die Politik. Zuerst die Genossen. Margot Honecker greift ins Leere – ein Augenblick der Irritation. Mit sanftem Nachdruck nimmt sie ihn schließlich bei der Hand und zieht ihn von den laufenden Kameras weg.

Als sich diese Szene abspielt, ist Erich Honecker einundachtzig Jahre alt und ein todkranker Mann. Seine Frau ist fünfzehn Jahre jünger. Sie kontrolliert und führt ihn. Insofern unterscheidet die

Am Ende wieder vereint – in Santiago de Chile, Januar 1993.

Honeckers auf den ersten Blick nur wenig von den meisten älteren Ehepaaren. Und doch verrät dieser Auftritt einiges über die beiden.

Fernsehbilder und Fotos, auf denen Erich und Margot Honecker zusammen zu sehen sind, gibt es nicht viele. Private Momente des gemeinsamen Glücks waren nie für die Öffentlichkeit bestimmt, nach einer bewussten Inszenierung als Liebespaar sucht man vergebens. Die Volksbildungsministerin und das Staatsoberhaupt der ehemaligen DDR, beide haben immer das Politische in den Vordergrund gestellt.

Margot Honecker legte stets großen Wert darauf, nicht als die «Frau an seiner Seite», sondern als eigenständige Persönlichkeit wahrgenommen zu werden. Im Osten Deutschlands wusste natürlich jeder, dass sie verheiratet waren, gesehen hat man sie in ihrer jeweiligen Funktion: der Staatsratsvorsitzende und Generalsekretär der Sozialistischen Einheitspartei Deutschlands, Erich Honecker, und der Minister für Volksbildung – Margot Honecker bevorzugte die männliche Anrede.

Im Westen war Margot Honecker dem breiten Publikum weitgehend unbekannt. Sie weigerte sich, die First Lady zu spielen, begleitete ihren Mann nur selten bei Staatsbesuchen. Ihr Leben eignete sich nicht für Klatschgeschichten in der Boulevardpresse. Kaum jemand, der nicht gerade mit Bildungspolitik zu tun hatte, interessierte sich für die wichtigste Frau im anderen Deutschland. Erst mit dem Zusammenbruch der DDR erschienen die beiden als Paar in der Öffentlichkeit, verantwortlich gemacht für alles Unrecht, das die Ostdeutschen zu erleiden hatten, Zielscheibe für die Wut eines ganzen Volkes. Die Regenbogenpresse fand plötzlich Geschmack an der «lila Hexe», wie Margot Honecker in Anspielung auf ihre Haarfarbe genannt wurde, und der gebrechliche «Erich» wurde als greiser Diktator und zugleich als Opfer seiner kaltherzigen Frau präsentiert. Die Honeckers als Monster.

Als sich Erich Honecker und Margot Feist nach dem Krieg kennen lernten, sah niemand diese Monster in ihnen, ebenso wenig, wie der heutige Blick frei ist vom Wissen um das Ende des Paares und ihrer Politik. Damals waren sie ganz einfach zwei politisch interessierte, einsatzbereite junge Menschen, sie hübsch und charmant, er der Skat spielende «Bruder Lustig», pfeifend auf dem Fahrrad. Sympathisch lächeln sie auf den vergilbten Fotos, sympathisch wirken sie auch in den Erzählungen von Freunden und Weggefährten. Politische Gegner schildern sie als machtbesessen und rücksichtslos von Anfang an. Jeder Blick auf die beiden als Paar ist immer auch ein Blick auf die Politik, die sie verfolgt haben, unter der die Menschen litten oder von der sie profitierten.

1949 lag Deutschland noch unter Trümmern begraben. Erich Honecker und Margot Feist waren tief geprägt von den Jahren der Naziherrschaft und den Schrecken des Krieges. Die «siegreiche Sowjetarmee» hatte auf dem Reichstag ihre Flagge gehisst. Für die beiden, wie für so viele, die in dieser Zeit ein besseres Deutschland wollten, war die Sowjetunion der Garant für den ersehnten Weg in den Frieden. Und beide waren überzeugt, dass nur der Sozialismus eine bessere Welt schaffen könne, die Sowjetunion erschien ihnen als das Vorbild, dem es nachzueifern galt, unangreifbar und beinahe religiös verehrt.

Margot Feist war damals Vorsitzende der Kindervereinigung der FDJ in Sachsen-Anhalt und arbeitete im Landesvorstand in Halle. Der Kontakt zu Erich Honecker entstand durch die politische Arbeit – er war FDJ-Vorsitzender. Im Dezember 1949 holte er sie in den Zentralrat nach Berlin. Zu Stalins siebzigstem Geburtstag, ebenfalls im Dezember, reisten die beiden mit einer Ehrendelegation aus Ostberlin nach Moskau. Margot Feist war gerade zweiundzwanzig Jahre alt, Erich Honecker siebenunddreißig. Sie kamen sich näher.

Pikant daran war, dass Erich Honecker als frisch gebackener Ehemann ein Auge auf die junge Margot warf. Am 8. Dezember 1949, erst kurz vor der Moskaureise, hatte er nämlich einer anderen Frau, Edith Baumann, seiner Stellvertreterin in der FDJ, das Jawort gegeben. «Die Baumann war so ein omahafter Typ. Da hat die Partei ihm geraten, wie unter Feudalverhältnissen sozusagen, eine Vernunftehe mit ihr einzugehen – nach dem Motto, die ist eine Funktionärin, die entspricht deinem Level. Das war nun nicht seine große Liebe.» So beschreibt Günter Schabowski, einst Mitglied im Politbüro, das, was fast alle damaligen Wegbegleiter bestätigen: Die Ehe mit Edith Baumann war politisch motiviert.

Tatsächlich hatte Edith Baumann eine wichtige Rolle für die Partei gespielt: Sie hatte bei der FDJ-Gründung die SPD vertreten, auf der Seite der KPD hatte Erich Honecker gestanden. Die Zwangsvereinigung der beiden Parteien zur «Sozialistischen Einheitspartei Deutschlands» spiegelt sich in dieser von der SED-Führung gewollten Ehe. «Er war ja von einer nahezu tödlichen Disziplin, er hatte der Partei alles unterzuordnen, und das hat er auch getan.» Der Schriftsteller Claus Küchenmeister sieht in Erich Honecker schon damals den strammen Parteisoldaten, der sogar heiratet, wenn es die Partei fordert. Honecker fühlte sich aber auch Edith Baumann gegenüber verpflichtet, denn sie erwartete ein Kind von ihm.

Als der frisch vermählte Erich Honecker und die junge Margot Feist im Dezember 1949 nach Moskau reisten, um Stalin die Reverenz zu erweisen, herrschte Aufbruchsstimmung. Es waren die Jahre des Schuttwegräumens, des Wiederaufbaus, des politischen Neubeginns. Wie viele junge deutsche Kommunisten fühlte sich Honecker als Teil einer großen Bewegung, und jetzt, endlich, sollte er den Führer dieser Bewegung, den großen Stalin, wiedersehen, gemeinsam mit Kommunisten aus der ganzen Welt dessen Geburtstag feiern, mit einer hübschen Frau an seiner Seite! Noch im hohen Alter schwärmte er davon: «Das war natürlich für uns beide ein großes Erlebnis, diese Festveranstaltung im Bolschoitheater. Es war eine sehr große Gemeinschaft, und wir tranken auf das Wohl von Stalin und auf weitere Erfolge der kommunistischen Weltbewegung.»

Margot Feist, die mit ihm dem so verehrten Stalin zuprostete, war nicht nur hübsch, ein «frisches Mädel», wie sie von vielen beschrieben wird. Sie war auch eine glühende Kommunistin. Mit Honecker diskutierte sie über Politik, ihm gefiel, dass sie eine eigene Meinung hatte, auch widersprach. Und sie verfügte über den richtigen Stallgeruch: Wie Erich Honecker stammt Margot Feist aus einer kommunistischen Arbeiterfamilie. Beide Familien hatten schwer unter den Nationalsozialisten zu leiden, die Väter kämpften im Untergrund. Die gemeinsame Begeisterung, die Hoffnung auf «große Erfolge der jungen Sowjetrepubliken», der Geburtstagstrubel um Stalin, Aufmärsche von Gratulationsdelegationen aus der ganzen Welt – all das war sicher ein großes Erlebnis für die beiden. Berlin war weit weg, und die «nahezu tödliche Disziplin» des Apparatmenschen Honecker begann zu bröckeln. Der Parteisoldat vergaß seine Pflichten – er verliebte sich in Margot. Diesmal war es mehr als nur politische Leidenschaft.

Zu Hause, im zerstörten Berlin, saß währenddessen Erich Honeckers schwangere Ehefrau, Edith Baumann. Sie war drei Jahre älter als er, eine altgediente Genossin, in der Partei hoch geachtet. Umso gewagter erscheint Honeckers Affäre mit Margot Feist, zu einer Zeit, in der die prüde SED-Führung jeden Seitensprung vor einem Parteitribunal auf schärfste anprangerte. Beide riskierten mit einer solchen Liaison ihre politische Karriere.

«Der Erich hatte Nachholbedarf.» Für Herbert Häber, den ehemaligen Leiter des DDR-Staatssekretariats für gesamtdeutsche Fragen, ist diese menschlichste Erklärung die plausibelste: «In seiner Jugend, als andere Leute tanzen gegangen sind und eine Freundin oder eine Liebschaft hatten, ... da saß der Honecker im Knast.»

Das «frische Mädel» Margot Feist, 1949.

1935 war Erich Honecker als kommunistischer Untergrundkämpfer von der Gestapo verhaftet und ins Untersuchungsgefängnis Berlin-Moabit gebracht worden. Im Juni 1937 hatte ihn der Volksgerichtshof wegen «Vorbereitung eines hochverräterischen Unternehmens unter erschwerenden Umständen» zu zehn Jahren Zuchthaus verurteilt. Damals war Erich Honecker dreiundzwanzig Jahre alt. In den Wirren des Zusammenbruchs gelang ihm 1945 mit Hilfe der Gefängnisaufseherin Lotte Grund die Flucht. Mit Lotte hatte er sich während der Haft angefreundet, eine warmherzige, mütterliche Frau, zehn Jahre älter als er. Aus Dankbarkeit blieb Honecker in den Nachkriegsjahren bei ihr. «Er hatte bei Lotte ein kleines Stückchen Familie gefunden. Da kann ich mir schon vorstellen, dass diese Nähe einfach wärmend war gegenüber den kalten Zuchthausnächten», so beschreibt die ehemalige Nachbarin Vera Küchenmeister die Beziehung der beiden zueinander. Die große Liebe war es wohl nicht, eher ein Zweckbündnis. Ob er sie auch geheiratet hat, lässt sich heute nicht mehr eindeutig klären. Es gibt Hinweise, die das nahe legen, Erich Honecker selbst hat es immer bestritten.

Lotte Grund, sein «Stückchen Familie», starb schließlich an Krebs. Erich Honecker war wieder allein, als er sich bei der gemeinsamen Parteiarbeit mit Edith Baumann, seiner späteren Ehefrau, anfreundete. Wieder ein Zweckbündnis. Romantische Verliebtheit war ihm nach den Jahren im Gefängnis fremd, zehn Jahre Haft waren nicht spurlos an ihm vorübergegangen: eine Zeit der Selbstdisziplin und inneren Isolation. Honecker hatte gelernt, sich dem zu fügen, was das Leben gerade bot – diese Fähigkeit sollte ihm auch in seiner politischen Karriere nützen. Harald Wessels, lange stellvertretender Chefredakteur des «Neuen Deutschland», beschreibt Honeckers drei Gesichter aus diesen prägenden Jahren: «Er hatte das Marzipangesicht, so bei kleinen Gesprächsrunden, bei abendlichen Vergnügungen. Dann gab es das berühmte Granitgesicht, das er auch bei Kundgebungen und Reden aufsetzte. Es sollte ein klassenkämpferisches Gesicht sein. Und dann noch das so genannte Marmorgesicht. Das stammte ganz offensichtlich aus der Zeit des Zuchthauses, wo es ja gefährlich war, Regungen überhaupt nach außen zu lassen.» Kaum aus dem Zuchthaus entkommen, fügte sich Honecker wieder ein: Er war da, wo die Partei ihn brauchte, eine streng hierarchische Partei, in der er sich bedingungslos einsetzte und rasch in höchste Positionen gelangte. Erich Honecker war durch und durch Funktionär. Nach dem Krieg setzte er nahtlos das fort, was durch die Haftzeit unmöglich geworden war: die Parteiarbeit. Dann begegnete ihm Margot Feist. «Sie war der Feger und er der Gefegte» – vielleicht bringt es diese pointierte Charakterisierung des SED-Forschers und Historikers Michael Lemke auf den Punkt: Erich Honecker bekam das erste Mal in seinem Leben weiche Knie.

Und Margot Feist? Was gefiel ihr an diesem Mann, der in seinen öffentlichen Auftritten hölzern und bieder erschien? Harald Wessels sieht den jungen Honecker ganz anders, als man ihn von seiner offiziellen Seite her kennt: «Er war ja damals jung und burschikos. Wenn Sie sich Fotos angucken, da war er ja nicht der Honecker als Staatschef, stocksteif mit Strohhut. Er war ja ein lebendiger, junger Mann, der viel Sport trieb und gern schwofte!» Margot Honecker selbst sagte kurz nach ihrem Sturz in einem Interview: «Er war aufrichtig, er war ein guter Kamerad und er war sehr liebevoll. Ich hab in meiner Jugend sehr viel Entbehrungen in Bezug auf Liebe gehabt.» Adolf Kossakowski hingegen, der als Direktor des Instituts für Psychologie der Akademie der Wissenschaften der DDR oft mit der Ministerin Margot Honecker zu tun hatte, nennt ganz andere Motive: «Sie konnte sich in der Zeit gut vorstellen, dass er immer mehr Einfluss gewinnen und ins Politbüro kommen würde; da war es ja nicht schlecht, sich an ihn zu hängen, um die eigene Karriere zu sichern.» War es also eher die Faszination der Macht, der die junge Margot Feist erlag?

Als FDJ-Vorsitzender saß Erich Honecker auf einem vielversprechenden Posten. Die Jugendarbeit war für die SED eine der Schlüsselaufgaben, wer sich dort bewährte, empfahl sich für andere wichtige Ämter in Partei und Staat. Außerdem hatte Honecker im SED-Chef Walter Ulbricht einen starken Fürsprecher. Doch selbst innerhalb der Einparteienherrschaft in der DDR gab es Konkurrenz, gegen die man sich durchsetzen musste. Dass Erich Honecker das gelingen und er an die Spitze des Staates aufsteigen würde, war damals nicht voraussehbar, auch wenn seine Ausgangsposition günstig war. Harald Wessels geht daher davon aus, dass die beiden mehr verband als die Hoffnung auf eine politische Karriere: «Ohne ihre gemeinsame Gesinnung, ohne ihr gemeinsames Wertegefühl hätten sie nicht dauerhaft zusammenleben können.» Wessels gründet seine Einschätzung vor allem auf ähnliche Erfahrungen, die Erich und Margot Honecker in ihrer Kindheit machten und aus denen beide ihre Ideale entwickelten.

Erich Honecker, Anfang der fünfziger Jahre. Der «Bruder Lustig» wurde von vielen in seinem Machtstreben unterschätzt.

Erich Honecker stammte aus einer Bergarbeiterfamilie im saarländischen Neunkirchen. Die Stadt lebte vom Eisenwerk des Industriemagnaten Karl Stumm, den alle nur den «König Stumm» nannten, weil er über seine Arbeiter wie ein absolutistischer Monarch herrschte. Mitgliedschaft in einer Gewerkschaft war verboten, wer zu spät kam, musste einen halben Tageslohn Strafe zahlen. Schon Honeckers Großvater mütterlicherseits hatte bei den Sozialdemokraten gegen Stumms despotisches Regime gekämpft. 1913 zog die Familie ins benachbarte Wiebelskirchen. Auch hier waren die Häuser rußgeschwärzt, die Lebensverhältnisse ärmlich. Honeckers Vater Wilhelm war Bergarbeiter, Vertrauensmann im Betrieb und Mitglied des Wiebelskirchner Gemeinderats. Nach dem Ersten Weltkrieg wandte er sich von den Sozialdemokraten ab, um bei den Kommunisten für mehr soziale Gerechtigkeit zu kämpfen. Genossen trafen sich regelmäßig bei Honeckers zu Hause, der junge Erich durfte zuhören, und der Vater erklärte ihm, «warum die Reichen reich und die Armen arm sind, woher die Kriege kommen, wer an den Kriegen verdient und wer unter ihnen leidet». Der Kampf der Männer für revolutionäre Veränderungen hinterließ bei Erich Honecker, wie er später sagte, «einen unvergesslichen Eindruck». Die Feindbilder jedenfalls waren klar.

Als knapp Zehnjährigen schickte ihn der Vater in die kommunistische Kindergruppe in Wiebelskirchen. Schon hier lernte Erich, sich in die Gemeinschaft einzuordnen, persönliche Gefühle und Bedürfnisse zu unterdrücken. Er empfand seine Kindheit als zwar schwer, aber schön. Die Verbundenheit zum Saarland sollte er nie verlieren. Mit sechzehn begann er eine Dachdeckerlehre, die er jedoch nach wenigen Monaten zugunsten der Parteiarbeit abbrach. 1930 entsandte ihn die Partei für ein Jahr an die Moskauer Leninschule. Die Zeit in Moskau, in der er begeistert «zweimal in der Nähe Stalins weilte», und seinen anschließenden Arbeitseinsatz beim Aufbau eines Stahlwerks in Magnitogorsk verklärte Honecker zu einem sentimentalen Erweckungserlebnis: «Wenn der Arbeitslärm abebbte, klangen Lieder durch die Steppe, russische Volkslieder und Lieder der Revolution.» Gesungen hat Honecker sein Leben lang gern. Die rund 50 000 Zwangsarbeiter, die am Bau des gigantischen Stahlwerks beteiligt waren, übersah er.

Zurück aus Moskau, übernahm Erich Honecker immer neue Posten in der KPD, zunächst im Saarland. Kurz nach der Machtergreifung Hitlers im Januar 1933 wurde die KPD im ganzen Reich verboten. Honecker folgte seinem Vater in den Untergrund und setzte seine politische Arbeit unter dem Namen «Marten Tjaden» mit Hilfe eines gefälschten niederländischen Passes fort. Im Januar 1935 wurde er in Berlin von der Gestapo verhaftet.

Margot Feist war zu dieser Zeit noch ein kleines Mädchen. Sie wuchs mit ihrer Familie in Halle an der Saale auf, ihr Vater war Schuhmacher, die Mutter arbeitete in einer Matratzenfabrik. Gemeinsam gelang es ihnen so gerade, den Lebensunterhalt zu erwirtschaften. Die Hälfte der Hausbewohner waren Kommunisten, man half sich gegenseitig. Als Hitler an die Macht kam, war Margot Feist fünf Jahre alt. Bald gab es die ersten Hausdurchsuchungen durch die Gestapo, auch ihr Vater war Kommunist. 1934 wurde er verhaftet und wegen Hochverrats zu fast drei Jahren Zuchthaus verurteilt, im Sommer 1937 wurde er nach Weimar gebracht und musste dort das Konzentrationslager Buchenwald mit aufbauen. Helene Feist war nun mit Margot und ihrem jüngeren Bruder Manfred allein und schlug sich mit Gelegenheitsarbeiten durch. Sie wusch in der städtischen Waschanstalt, verkaufte Gurken auf dem Markt, half in der Küche eines Heimes. Eine tatkräftige Frau, deren Lebensmotto «sich niemals unterkriegen lassen» Margot in Fleisch und Blut überging.

Zum fünfzigsten Geburtstag von Adolf Hitler wurde eine Amnestie verkündet, Margots Vater kam aus dem KZ Buchenwald frei. Die zwölfjährige Margot sah ihren Vater mit kahl geschorenem Kopf und hohlen Augen, bis zum Skelett abgemagert, wieder. Er ließ sich ebenfalls nicht unterkriegen und setzte die illegale Arbeit fort, in die jetzt auch Margot einbezogen wurde. Sie war noch nicht Mitglied in der Kommunistischen Partei, wurde aber als kleine Genossin behandelt. Regelmäßig hörte man Radio Moskau und diskutierte die politische Lage. Schließlich wurde Margots Mutter wieder schwanger. Sie versuchte abzutreiben, mehr Kinder konnte sie nicht durchbringen. Der Eingriff misslang, und Helene Feist starb mit dreiunddreißig Jahren an den Folgen. Da war Margot gerade dreizehn. Von nun an musste sie die Familie versorgen, kümmerte sich um Bruder und Vater. Die Bedrohung durch die Gestapo wurde zum Alltag.

Als ihr Vater 1943 zur Wehrmacht eingezogen wurde, blieb sie mit ihrem Bruder allein zurück und begann eine Ausbildung zur Telefonistin. Das Ende des Krieges erlebte Margot Feist im schlesischen Hirschberg bei ihrer Großmutter. Die Soldaten der Sowjetarmee waren in ihren Augen die ersehnten Befreier. Vergewaltigungen, die es auch in Hirschberg gab, verdrängte sie: «Na ja, Gott, man hat's gehört und man hat's also erlebt … es war Krieg, es waren Kriegswirren, was soll sein.» Wie Erich Honecker die halb verhungerten Zwangsarbeiter in Magnitogorsk, ignorierte die junge Margot Feist die Massenvergewaltigungen und Plünderungen durch die Rote Armee. Kritik an der Sowjetunion war zeitlebens für beide undenkbar, selbst von den Verbrechen Stalins distanzierten sie sich später niemals, trotz kritischer Stimmen – auch in der DDR.

Die Erfahrung der Verfolgung durch die Nationalsozialisten und der unbeirrbare Glaube an die Sowjetunion verband das Paar vielleicht mehr als die anfängliche Verliebtheit oder die Faszination der Macht. «Für einen Menschen aus einem antifaschistischen Elternhaus bedeutete eine bessere Gesellschaftsordnung Humanismus. Und Humanismus identifizierte Margot Honecker mit Sozialismus», so beschreibt Gerd Wilms, einer ihrer langjährigen Mitarbeiter, die Ideale der jungen Margot. Hans Modrow, der spätere DDR-Ministerpräsident, sieht das ganz ähnlich: «Um es mit den Worten Erich Honeckers zu sagen, er wollte mit dem Sozialismus genau das aufheben, was beide in ihrer Kindheit erlebt hatten: Armut, Unterdrückung und Verfolgung.» Gemeinsam war ihnen aber auch, vor unangenehmen Realitäten die Augen zu verschließen. Als Erich und Margot Honecker mit dem Zuwachs an Macht immer mehr die eigenen Ideale pervertierten, wies keiner den anderen in die Schranken.

Jedenfalls halfen ihnen diese gemeinsamen Ideale und ihre anfangs sicher auch große persönliche Zuneigung über Anfeindungen von außen hinweg. Ihre Affäre anlässlich der Reise zu Stalins Geburtstag nach Moskau blieb natürlich nicht unentdeckt – und es gab Druck: Generalsekretär Walter Ulbricht schickte Erich Honecker und seine Frau Edith Baumann zur Aussöhnung auf einen «Kurzurlaub» in ein SED-Erholungsheim am Döllnitzsee und drohte Honecker wohl auch mit parteiinternen Konsequenzen. Als das nichts nützte und Honecker weiter Kontakt zu Margot Feist hielt, wendete sich dessen Frau schließlich mit einem verzweifelten Brief an Ulbricht und bat ihn, noch einmal einzugreifen: «Ich möchte dich nur kurz über das Ergebnis unseres ‹Urlaubs› informieren. Es war eine Kur, Walter, aber eine Pferdekur ... Selbstanklagen, vollkommene Ausweglosigkeit: Er kann nicht ohne die Parteiarbeit leben, wie ein Vieh hat er all die Jahre in der FDJ gearbeitet und jetzt dieser unrühmliche Abgang; jetzt hat er leichtfertig alles zerstört: das Vertrauen der Partei, sein Verhältnis zu mir. Er weiß, dass er in sein Unglück läuft, aber es frisst wie ein Feuer in ihm, er kommt nicht von dem Mädel los, trotzdem er mehrfach versucht hat, es zu behandeln wie jede andere. Dabei erfuhr ich außerdem, dass sie bereits dreimal brutal die Frage der Trennung von mir gestellt hat ... Wenn es noch einen Ausweg gibt, dann nur den, dass M. F. – da Erich im Augenblick aus der Jugendarbeit nicht abzuziehen ist – aus der Jugendarbeit ausscheidet und nach Sachsen-Anhalt zurückgeht ...»

Doch Margot Feist hatte in der Partei Fürsprecher, die das verhinderten, unter ihnen Wilhelm Pieck. Schon 1949 war ihm die junge Margot positiv aufgefallen, anlässlich seiner Wahl zum Staatspräsidenten der DDR. Damals hatte sie ihm als jüngste Abgeordnete der Volkskammer mit einem großen Blumenstrauß gratuliert. Sie vergötterte den greisen Pieck, mit dem sie die Gründung des ersten deutschen Arbeiter- und Bauernstaates verband. Mit der Überreichung des Blumenstraußes war sie erstmals auch medienwirksam in der Öffentlichkeit aufgetreten, ein Meilenstein auf ihrem Weg nach oben. Und umgekehrt hatte Pieck das junge Nachwuchstalent ins Herz geschlossen. Nun hielt er schützend seine Hand über das Paar Margot Feist und Erich Honecker. Dennoch gab es genügend Widersacher innerhalb der SED, vor allem Konkurrenten Erich Honeckers, die versuchten, über moralischen Druck einen unliebsamen

Parteigenossen loszuwerden. Doch Erich Honecker hielt dem Druck stand, er war sich sicher, mit Margot die richtige Wahl getroffen zu haben.

Natürlich konnte die Partei nicht einfach so tun, als sei nichts gewesen. Erich Honeckers Frau Edith Baumann hatte 1950, kurz nach Beginn der Affäre ihres Mannes mit Margot Feist, die gemeinsame Tochter Erika zur Welt gebracht. Verständlicherweise war sie nun keineswegs gewillt, der Konkurrentin kampflos das Feld zu überlassen. Sie wandte sich immer wieder an Walter Ulbricht und bat ihn, ein Machtwort zu sprechen. Doch die Partei zögerte. Erich Honecker lebte inzwischen seit einigen Jahren von Edith Baumann getrennt. Auch seine Beziehung zu Margot Feist war nicht folgenlos geblieben: Am 1. Dezember 1952 wurde Erich Honecker zum zweiten Mal Vater, Tochter Sonja kam zur Welt. Das alles unter den Augen einer nicht gerade liberalen Partei. Um den Unruheherd Honecker/Feist erst einmal loszuwerden, wurde Margot Feist im September 1953 für ein Jahr an die Komsomolhochschule nach Moskau geschickt. Ihre Tochter Sonja musste sie in Berlin lassen. Die Trennung von ihrem Geliebten und ihrem Kind fiel ihr sehr schwer. Harald Wessels, damals im Volksbildungsministerium, sieht in dieser vorläufigen Trennung durch die Partei aber nicht nur einen Denkzettel für den moralischen Fehltritt des Paares. Er deutet die Tatsache, dass Margot Feist als Leiterin der Jungen Pioniere aufhören und nach Moskau gehen musste und auch Erich Honecker wenig später seinen Posten als FDJ-Vorsitzender verlor, als eine Strafaktion für die Ereignisse des 17. Juni 1953. Erich Honecker sei für die in den Augen der SED mangelhafte Niederschlagung des Arbeiteraufstandes mitverantwortlich gemacht und abgestraft worden; der damalige Ministerpräsident Grotewohl habe Honecker durch einen fähigeren, erfahreneren Genossen ersetzen wollen.

Für Margot Feist bedeutete das Jahr in Moskau zunächst einen Karriereknick. Sie war weit weg von allen wichtigen Stellen in Berlin und nach ihrer Rückkehr erst einmal arbeitslos. Nach einigen Monaten kam sie jedoch im Volksbildungsministerium unter. Sie wurde Abteilungsleiterin, zuständig für die Lehrerausbildung. Mit Fleiß arbeitete sie sich nach oben. Sie galt als klug, las viel, bildete sich weiter und setzte auf ihren weiblichen Charme. «Schneewittchen und die sieben Zwerge», hieß es bald über ihr Verhältnis zu ihren Kollegen. «Wir waren tatsächlich alle ein bisschen verliebt in sie», sagt Professor Klaus Korn, ein Mitarbeiter von damals. Mit den «sieben Zwergen» war aber auch die unselige Tendenz im Ministerium gemeint, Vorgesetzten nach dem Mund zu reden. Denn «Schneewittchen» konnte gegenüber Kritikern ausgesprochen scharf werden. «Sie trommelte dann mit ihrem unerbittlichen Zeigefinger auf die Tischplatte, da war dann nicht gut Kirschen essen», so Professor Adolf Kossakowski. Trotzdem scheint Margot Feist vor allem durch ihre Lernfähigkeit und inhaltliche Kompetenz Eindruck gemacht zu haben.

Erich Honecker wählte einen anderen Weg nach oben. Geschickt schaltete er Konkurrenten aus und hielt sich an die richtigen Leute, allen voran seinen Förderer Walter Ulbricht, der ihn selbst vor den schärfsten Kritikern in Schutz nahm. Ulbricht schickte ihn an die Parteihochschule in Moskau, und jeder wusste, dass dies keine Strafe war, sondern Honecker auf höhere Aufgaben vorbereiten sollte. Er bewahrte ihn auch vor weiteren negativen Folgen seines Seitensprungs. Immerhin war Margot Feist eine eifrige Sozialistin, linientreu und wie Erich mit Jugendarbeit vertraut. Erich Honecker und Margot Feist galten, abgesehen von der «unangenehmen Tatsache», dass Erich verheiratet war, als eine Art sozialistisches Traumpaar. Auf Druck der Partei musste Edith Baumann in die Scheidung einwilligen.

«Sich nicht unterkriegen lassen» – das Lebensmotto, das Margot von ihrer Mutter mitbekommen hatte, führte sie schließlich zum Ziel: 1955 heirateten Erich Honecker und Margot Feist im ganz kleinen Kreis.

Walter Ulbricht hielt die jugendliche Ausstrahlung der frischen, engagierten Margot und des jung gebliebenen, parteierprobten Erich auch für politisch gewinnbringend. Der gute Draht des Paares zur Parteijugend erschien Ulbricht als eine sichere Basis für die Zukunft der SED. Als wolle Honecker die eigene verlorene Jugend nachholen, pflegte er seine Kontakte zum Nachwuchs bis ins hohe Alter. Noch mit Anfang vierzig trug er stolz das FDJ-Blauhemd – und wurde von vielen als Berufsjugendlicher unterschätzt. «Immer drahtig, immer nach vorne diskutierend, also so eine Verbindung aus marxistischem Berufsrevolutionär und ewiger Jugend, so eine Art Dorian Gray der DDR-Geschichte», so charakterisiert ihn der SED-Forscher Lemke für jene Zeit. Günter Schabowski sieht im bewusst jugendlichen Auftreten Honeckers auch eine Taktik, sich in der Par-

Honeckers und Ulbrichts beim Neujahrsempfang 1965. Viele halten Margot Honecker für die treibende Kraft hinter der politischen Karriere ihres Mannes.

tei unentbehrlich zu machen: «Diese Berufsjugendlichkeit charakterisiert ja nur die Rolle, die er gespielt hat. Genau das war ja lange Zeit seine Position gegenüber Ulbricht ... Der Honecker hat eben ein Stück Intelligenz besessen, die dazu gehört, Macht zu konstruieren und Macht zu nutzen.»

Tatsächlich war Honecker nie weltgewandt oder raffiniert. Und doch war er trotz aller äußeren Ungeschicklichkeit immer rechtzeitig zur Stelle, wenn es darum ging, wichtige Kontakte zu knüpfen. Er hatte ein gutes Gespür dafür, wer in der sozialistischen Welt gerade großen Einfluss hatte, wann er parat stehen musste. Der Schriftsteller Hermann Kant beschreibt diese Mischung aus Unbeholfenheit und Präsenz im rechten Augenblick mit einer Anekdote aus der Nachkriegszeit: «Da landete hoher Besuch aus Moskau in Berlin. Die FDJ stand natürlich Spalier, an der Spitze Honecker. Der hatte gerade noch auf irgendwelchen Trümmerbergen gebuddelt und Schutt weggeräumt. Und jetzt stand er da am Rollfeld, in seiner Arbeiterkluft. Das Oberteil hatte er in der Eile in die Unterhose gestopft, die weiße Unterhose bis unter die Brust gezogen. Alle hatten's gesehen, aber keiner traute sich, den FDJ-Chef auf den unpassenden Aufzug hinzuweisen. Das Flugzeug mit dem Staatsgast war schon gelandet, da fasste ich mir ein Herz und brüllte in letzter Minute quer zu ihm rüber: ‹Erich! Die Unterhose!› Bevor's dann zum Bruderkuss kam mit dem Gast, hat er noch schnell alles zurechtgewurstelt. Na ja, das hat er mir nie vergessen und sich hinterher öfters bedankt.»

Seine machtbezogene Intelligenz und seine enorme Anpassungsfähigkeit halfen Erich Honecker bei seinem weiteren politischen Aufstieg. Ständig war er an der Seite Ulbrichts, und jedem war klar, dass er der Kronprinz war. Als Walter Ulbricht 1961 den Bau der Mauer anordnete, beauftragte er Erich Honecker mit der Organisation. Der zeigte erneut sein taktisches Talent – der Westen war überrumpelt. Honecker glaubte möglicherweise, angesichts der vielen ehemaligen Nationalsozialisten in führenden gesellschaftlichen und politischen Funktionen der Bundesrepublik, tatsächlich an die Notwendigkeit, den «antifaschistischen Schutzwall» zu errichten. Jedenfalls hatte der einst von den Nazis Verfolgte keinerlei Skrupel, ein ganzes Volk einzusperren.

Auch Margot Honecker dürfte kaum Bedenken geäußert haben. Gegenüber Abweichlern war sie nie besonders tolerant. «Sie hatte Vorstellungen davon, wie ein Mensch in einer sozialistischen Gesellschaft sein müsste. Und sie war der Auffassung, wer das anders sieht, müsste zu seinem Glück gezwungen werden.» Professor Helmut Stolz, der ebenfalls in Bildungsfragen mit Margot Honecker zusammenarbeitete, ist sich sicher, dass sich beide in diesem Punkt wohl immer einig waren.

Ansonsten gingen sie sehr unterschiedliche Wege. Margot liebte das Theater, interessierte sich für Literatur, setzte sich intensiv mit Fragen der Psychologie und der Pädagogik auseinander. Ihren Mangel an schulischer Bildung glich sie durch ihren Arbeitseifer aus. Und ihr hoher Einsatz wurde belohnt: 1963 machte Walter Ulbricht sie zur Volksbildungsministerin. Wie Erich Honecker wusste auch sie, wie man Einfluss gewinnt und für sich nutzt. Ihrer Wirkung auf Männer war sie sich dabei durchaus bewusst.

Wie die meisten, die Margot Honecker aus ihrer Anfangszeit als Ministerin kannten, beschreibt Harald Wessels sie als eine Frau mit einer auch stark erotischen Ausstrahlung, die «bis zur etikettewidrigen Koketterie fähig» war. Natürlich wurde das in der DDR so nie thematisiert, aber im Vergleich zu den Ehefrauen anderer Genossen – man denke nur an die stämmige jugoslawische First Lady, Jovanka Tito – war Margot Honecker sicher eine Ausnahmeerscheinung. Ihr elegantes Auftreten, die geschmackvolle Kleidung, das alles war ja in einer sozialistischen Gesellschaft ganz und gar nicht selbstverständlich. Pullover ließ Margot Honecker aus Österreich kommen, einem wenigstens neutralen Land, um nicht direkt beim Klassenfeind einkaufen zu müssen. Die westlichen Markenetiketten trennte sie heraus. «Einmal liefen wir in Berlin die Schönhauser Allee entlang, Margot trug wie so oft ein schickes Kostüm, da brach ihr plötzlich einer ihrer Absätze ab», erinnert sich Professor Klaus Korn. «Wir sind dann in einen Schuhladen ganz in der Nähe, um rasch ein Paar neue Schuhe zu besorgen. Na ja, und da stand sie dann vor unseren sozialistischen Modellen und konnte sich einfach für keines entscheiden. Da ist sie dann lieber ohne Absatz weitergelaufen, als so etwas zu kaufen.»

Erich Honeckers Stellung als zweiter Mann in der Partei war inzwischen unangefochten. Außerdem hatte er hervorragende Kontakte nach Moskau, besonders zum sowjetischen Staats- und Parteichef Leonid Breschnew. Als Walter Ulbricht schließlich auf mehr Selbständigkeit gegenüber Moskau pochte und einen unabhängigeren sozialistischen Weg für die DDR forderte, nutzte Honecker 1971 die Gelegenheit, den Partei- und Staatschef Ulbricht mit Hilfe von Breschnew zu stürzen. «Das war ja eine regelrechte Verschwörung zwischen Honecker und dem sowjetischen Generalsekretär, da liefen längst konspirative Beziehungen. Breschnew sagte, er käme zur Jagd in die Schorfheide, um sich in Wirklichkeit heimlich mit Honecker zu treffen und Ulbricht so rasch wie möglich abzulösen.» So wie Herbert Häber waren viele von der Kaltblütigkeit, mit der Honecker seinen politischen Ziehvater zum Rücktritt zwang, überrascht. Erich Honecker wurde zum Generalsekretär der SED gewählt, obwohl nicht wenige der Meinung waren, dass es geeignetere Kandidaten gab. Aber Honecker hatte die Unterstützung aus Moskau, und auch innerhalb der SED nahm er inzwischen eine Machtposition ein, die ihm niemand mehr streitig machen konnte. Margot Honecker dürfte ihn in seinen Plänen bestärkt haben. Manche gehen sogar so weit, sie als die eigentlich treibende Kraft hinter seinem politischen Aufstieg zu sehen.

Während Margot ihren Mann stützte, ihn vielleicht auch antrieb, blieb sie selbst weiter im Hintergrund, setzte ihre ganze Kraft für die Volksbildung ein. Erich Honecker stand mit seiner Wahl zum Generalsekretär endgültig im Rampenlicht. Er startete ein gewaltiges Wohnungsbauprogramm und versuchte die Versorgung der Bevölkerung mit Konsumgütern zu verbessern. Trotz aller Aufbruchsstimmung und der Zufriedenheit, den verknöcherten «Spitzbart» Ulbricht endlich los zu sein, ging es nicht wirklich voran. Reformen blieben aus, die wenigen Lockerungen gegenüber Künstlern und Intellektuellen reichten nicht, die Versorgungslage blieb unbefriedi-

Der neu gewählte Generalsekretär gratuliert dem von ihm gestürzten Walter Ulbricht zum 78. Geburtstag.

gend. Honecker war Machtmensch, kein Visionär. Als er 1976 auch zum Staatsratsvorsitzenden gewählt wurde, hatte der nun wichtigste Mann der DDR den Machtapparat längst verinnerlicht.

«Honecker hatte noch aus dem Zentralrat so eine Palme, die er sehr liebte. Die hat ihn sozusagen immer begleitet. Nachdem er

Staatsratsvorsitzender geworden war, wurde sie ihm weggenommen; er musste was Pompöseres kriegen. Das ist ein ganz schönes Beispiel, wie man einen Menschen ausstaffieren kann, er war ja dann wirklich auch das Produkt einiger anderer.» Das Ausstaffieren mit den Insignien der Macht, wie es das Schriftsteller-Ehepaar Küchenmeister beschreibt, ließ sich Erich Honecker gern gefallen. War Honecker also völlig abhängig von den Machtstrukturen, die ihn nach oben gebracht hatten? Das politische System der DDR war jedenfalls wie maßgeschneidert für seine Persönlichkeit. So liebte er die im Ostblock üblichen Staatsjagden aus persönlicher Leidenschaft, aber auch als Statussymbol des Aufsteigers. Gern bat Honecker die Medien dazu, ließ sich als forschen Waidmann, umringt von erlegtem Wild, ablichten. Hunderte toter Hasen lagen da blutend im Schnee, und Honecker mittendrin. Hans Modrow sieht darin das Bedürfnis nach «Bestätigung von Überlegenheit gegenüber Natur und Kreatur». Für Claus Küchenmeister ist die «Ballerei auf alles Lebendige» die logische Folge von Honeckers Herkunft: «Das ist doch typisch für den kleinen Proletenjungen, wenn er oben angelangt ist. Was macht er? Er geht zur Jagd!» Der Mensch Erich Honecker verschwand endgültig hinter dem Funktionär, die einstigen Ideale hinter den Ritualen der Macht.

Margot Honecker lehnte das feudale Hobby ihres Mannes ab. Aber sie wusste auch, dass die Jagden dazu dienten, persönliche Kontakte zu den jeweiligen Sowjetführern zu pflegen. Auf den Staatsjagden wurde ja nicht nur Wild erlegt, sondern vor allem Politik betrieben, Macht stabilisiert. Und Margot Honecker profitierte von der Macht ihres Mannes. Ihr Volksbildungsministerium hatte unter den Ministerien der DDR längst eine herausgehobene Position, Vorhaben wurden rascher genehmigt, Gelder schneller freigegeben. Dabei war Margot Honecker immer bemüht, den Eindruck zu vermeiden, sie regiere mit. Dass sie klüger war als ihr Mann, konnte sie nur schwer verbergen. Erich Honecker, ganz oben angekommen, erwies sich als spröder Verwalter des Sozialismus, manchmal selbstherrlich, oft unbeholfen, ein schlechter Redner, über dessen saarländisch-sächsisches Genuschel gewitzelt wurde. Immer wieder hieß es, Margot habe die Hosen an, vom «sozialistischen Traumpaar» sprach keiner mehr. «Er tat uns immer so ein bisschen leid. Er schien uns immer so ein bisschen überfordert, und insofern waren wir manchmal froh, wenn seine Frau das Wort ergriff und statt seiner redete», erinnert sich Professor Helmut Stolz.

Es mag sein, dass Margot Honecker ihren Mann in vieler Hinsicht dominierte. Was die Politik betrifft, würde man Erich Honecker unterschätzen, wenn man ihren Einfluss überbewertet: «Es wäre falsch, Erich Honecker als den dummen Jungen darzustellen, der nur an ihrem Gängelband hing», betont Michael Lemke. «Honecker hat definitiv keinen Wert darauf gelegt, dass seine kluge Frau nun auch noch in der Partei Karriere macht. Das hätte ja folgerichtig irgendwann ihren Sprung ins Politbüro bedeutet, und das wollte er auf keinen Fall.» Trotzdem wird Margot Honecker mit ihren politischen Ansichten gegenüber ihrem Mann nicht hinter dem Berg gehalten haben, jedenfalls versuchte sie, auch über ihn Politik zu machen. «Wenn sie etwas durchsetzen wollte, hieß es oft, ‹der Generalsekretär hat das so gesagt› – sie sprach ja von Honecker nicht als von ihrem Mann, und dann wusste man nie, hat er das jetzt so geäußert, oder hat sie ihm das in den Mund gelegt, um eine eigene Meinung durchzusetzen», so Professor Helmut Stolz. Andererseits achtete sie peinlich genau darauf, nicht einfach nur als die Frau des Staatschefs, sondern als eigenständige Politikerin wahrgenommen zu werden.

Margot Honecker kannte allerdings ihre Grenzen. Nie versuchte sie, ihrem Mann den Rang abzulaufen, in der SED weiter nach oben zu steigen. Bei gesellschaftlichen Anlässen fiel ihr diese Zurückhaltung manchmal schwer: «Wir waren einmal zu einem Ball eingeladen. Honecker kam an unseren Tisch, begrüßte uns, und es vergingen keine fünf Minuten, da tauchte Margot auf. Sie stellte sich hin wie ein junger Pionier, machte den Pioniergruß und sagte: ‹Immer bereit, Erich!› Dann hat sie ihn von uns weggezogen, obwohl wir gerade ein Gespräch mit ihm begonnen hatten. Sie hat ihn von uns weggeholt wie ein kleines Kind.»

Was das Ehepaar Küchenmeister anlässlich des Neujahrsballes erlebte, galt ganz allgemein: Margot Honecker war längst nicht mehr die charmante, freundliche junge Frau, die durchaus gut zuhören konnte. Die «sieben Zwerge» hatten inzwischen gehörig Respekt vor ihrem «Schneewittchen», im Volksbildungsministerium war der eher kumpelhafte Umgangston der Anfangsjahre Vergangenheit. «Als Marxist gehe ich davon aus, dass das soziale Sein das Bewusstsein bestimmt, und ihr soziales Sein hat sich ja erheblich verändert! Von derjenigen, die nach dem Krieg mit mir und anderen gemeinsam Pellkartoffeln und Grützwurst aß, bis zur Funktion der Genossin Minister ist sicher ein weiter Weg.» Klaus Herde ist wie so viele hin und her gerissen zwischen der Solidarität mit den Honeckers der Anfangsjahre und den schlechten Erfahrungen, die sie später als «Untergebene» machen mussten. Und fast jeder erkennt in diesem Paar die Pervertierung der eigenen Ideale wieder, für die man nach dem Krieg kämpfen wollte. Viele glaubten lange Zeit wirklich an ein besseres Deutschland, das Scheitern der Honeckers spiegelt oft nur das eigene Scheitern. Wer als Kommunist politisch engagiert war, spricht immer auch über sich selbst, wenn er über Erich und Margot Honecker spricht.

Die Macht hat sicherlich auch das Verhältnis der beiden zueinander verändert. Sie schien inzwischen das Einzige zu sein, was das Paar zusammenhielt. Die Honeckers lebten jetzt außerhalb Berlins, im Politiker-Ghetto Wandlitz – aus Sicherheitsgründen. Der Kampf für das sozialistische Paradies verlangte ein Leben unter Bewachung. Ein 14-Stunden-Tag war keine Seltenheit, die beiden hatten kaum enge Freunde, wenig gemeinsame Interessen, die über die Politik hinausgingen. Der bescheidene Luxus in der Waldsiedlung Wandlitz konnte das nicht wettmachen. Graue Doppelhäuser, architektonisch phantasielos, unaufwendig, zweckmäßig. Hohe Bäume ringsum, eine Mauer, Stacheldraht, Wachposten. Hier residierte die DDR-Politprominenz. Bei Spaziergängen grüßte man sich kaum, vermied, länger mit irgendjemandem zu sprechen, um nicht in den Verdacht zu geraten, sich unerlaubt mit anderen zu verbünden, heimlich Fraktionen zu bilden, abweichende politische Meinungen zu verbreiten. Ein Klima der gegenseitigen Verdächtigungen. «Das war ja schrecklich, diese Isoliertheit, in der man sich da befand ... Es gab überhaupt keine

Kommunikation.» Herbert Häber musste selbst während der wenigen Monate, die er Politbüro-Mitglied war, in Wandlitz wohnen. Günter Wilms bezweifelt allerdings, dass sich Margot Honecker dieser Einsamkeit und der fehlenden Beziehungen zu anderen Menschen überhaupt bewusst war, «weil die Arbeit sie damals erdrückte».

Die Arbeit wurde zum Ersatz, ein Politikerschicksal, dem sich auch Margot Honecker nicht entziehen konnte, wie Wilms damals beobachtete: «Sie ist manchmal im Ministerium aufgekreuzt, wo wir gesagt haben, du müsstest zu Hause sein, du müsstest im Bett liegen. Sie hat sich selber gesundheitlich nicht geschont. Und das ist vielleicht das Problem des – jetzt nehme ich mal das Wort von Lenin – Berufsrevolutionärs, der nichts anderes kennt als die Revolution.»

Tatsächlich war Margot Honecker gesundheitlich angeschlagen. Sie litt unter Herzproblemen, nahm Medikamente. Die menschliche Einsamkeit mag ihr nicht bewusst gewesen sein, trotzdem versuchte sie immer wieder, der Isolation in Wandlitz zu entfliehen. Auf dem Höhepunkt der Macht angekommen, schien dem Paar nun auch der gemeinsame Kampf zu fehlen. Viel war nicht geblieben, die Ehe existierte nur noch auf dem Papier. Es gab ständig neue Gerüchte um Liebhaber. Margot Honecker soll mit einem Schauspieler liiert gewesen sein, dann war es angeblich ein NVA-Soldat, dann wieder ein Fahrer.

Ihr Mann stand ihr, was solche Gerüchte betraf, in nichts nach: Seiner Masseuse soll er unangemessene Geschenke gemacht haben, der einen oder anderen Sekretärin schöne Augen. «Die Honeckers lassen sich scheiden!», munkelte man. Gerüchte, die niemand wirklich bestätigte. Sicher ist: Die beiden gingen ihre eigenen Wege. Erich Honecker erholte sich immer häufiger bei der Jagd. Mar-

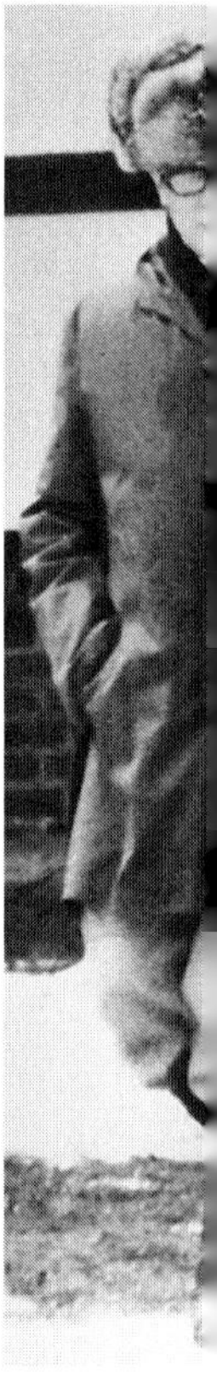

Erich und Margot Honecker mit Tochter Sonja und Enkel Roberto, 1977. Die Familie war beiden sehr wichtig.

got versuchte, der Enge der Prominentensiedlung zu entkommen, indem sie den Führerschein machte. In der DDR war das ziemlich ungewöhnlich, denn jedes Regierungsmitglied verfügte in der Regel über zwei Fahrer. Das war nicht nur eine Frage des Komforts – mindestens einer der Fahrer war von der Staatssicherheit. Auch Honeckers waren keinen Augenblick unbeobachtet, wurden abgehört. Stasi-Chef Mielke mochten beide nicht, es war klar, dass er die kleinste Abweichung vom sowjetischen Kurs nach Moskau melden würde.

Margot Honecker setzte nicht nur den eigenen Führerschein durch, sie bekam auch einen eigenen Wagen, und das Wichtigste: Sie

bestand darauf, allein zu fahren. Damit gewann sie nicht nur an Bewegungsfreiheit, sie war auch unbeobachtet. Die Gerüchte, sie besuche heimlich Liebhaber, hielten sich, verliehen dem Paar etwas Menschliches, in einem Staat, in dem es keine Klatschpresse gab. Wie Harald Wessels erinnert sich fast jeder, «mal irgend so was gehört zu haben», politisch spielte die Frage nach einem Seitensprung bei den Honeckers längst keine Rolle mehr. Denn auch die SED war nicht mehr so prüde wie zu der Zeit, als sich die beiden kennen gelernt hatten, und Margot und Erich Honecker standen inzwischen an der Spitze ihres Staates, beinahe unangreifbar.

Doch sie blieben zusammen. Das Gerede der Leute ignorierten sie. Auch jetzt wieder: Durchhalten! Das hatten sie seit ihrer Kindheit exerziert. Eine Trennung hätte dem öffentlichen Ansehen und dem eigenen Selbstbild geschadet. Außerdem war ihnen die Familie wichtig, Tochter Sonja und die Enkelkinder, die beide abgöttisch liebten. Überhaupt schienen die Enkel all das zu ersetzen, was sie sich gegenseitig nicht mehr geben konnten: menschliche Wärme und unbefangene Nähe.

Längst waren es nicht mehr die Ideale, die die beiden zusammenhielten, sie kämpften nur noch gegen die vermeintlichen Feinde dieser Ideale. Kritiker innerhalb des Parteiapparats ignorierte Erich Honecker meistens. «Wenn er mal Prügel bekam», erzählt der ehemalige Mitschüler Erich Voltmer schon aus Honeckers Kindheit, «dann hat er immer gelacht.» Später, als SED-Chef, versuchte er, parteiinterne Gegner mit Auszeichnungen zum Stillhalten zu verpflichten – die machtvolle Form des Lachens. Nie wurden in der DDR so viele Orden verliehen wie unter Honecker. Die konstruktive Auseinandersetzung mit Kritik war ihm völlig fremd. Häufig schwieg er aber einfach nur gekränkt, verschanzte sich hinter seinem «Marmorgesicht» oder wies Kritik kurz und scharf von sich. Herbert Häber weiß noch genau, wie schwierig es war, ihm eine andere Sicht der Dinge beizubringen: «Im Spätherbst 1984 hatte er auf seinem Tisch Briefe von Bürgern der Bundesrepublik, die in die DDR übersiedeln wollten. Und er meinte: ‹Ist ja toll, jetzt drängeln sie sich hier.› Ich habe damals nie gesagt, ich bin ganz anderer Meinung, sondern ich habe vorsichtshalber immer eine Frage formuliert. Und ich fragte ihn, ob es richtig sei, wie wir mit Bürgern der DDR umgingen, die in die Bundesrepublik wollten, wenn er sich so freue, dass Bürger der Bundesrepublik zu uns wollten. Da ist er förmlich erstarrt und antwortete: ‹Nein, ist erledigt.› Da gab es keine Diskussion mehr, da konnte ich gehen.»

Auch Margot Honecker verlor, wie ihr Mann, im Laufe der Jahre den Blick für die Realität. Sie verstand es ebenso wenig, auf Dauer kritische Köpfe in ihrem Ministerium zuzulassen. Lehrer oder gar Schüler, die eine von der Parteilinie abweichende Meinung äußerten, wurden von den Schulen verwiesen. Kinder von Pfarrern durften oft kein Abitur machen, wer Verwandte hatte, die aus der DDR geflohen waren, galt schon deshalb als ungeeignet für ein Studium. Die Zustände im Land nahmen die Honeckers nur noch wahr, sofern sie ihre Sicht der Dinge bestätigten. Kritik wurde als «Mängelsicht» zurückgewiesen. Man sei schließlich dabei, «die Fehler im Vorwärtsschreiten zu überwinden». Die Ideologie machte das Paar blind, und Margot und Erich Honecker bestärkten sich gegenseitig in der Ablehnung jeglicher Reformen. Denn mit jeder Kritik stellte sich für beide immer auch die Machtfrage. Und der unbedingte Glaube an den Sozialismus machte es ihnen schwer, Fehler im System zuzugeben. «Es gefiel ihnen selbstverständlich, gelegentlich schonungslose Kritik einzufordern, aber wehe, sie wurde wirklich schonungslos!», erinnert sich Hermann Kant an die zunehmende Realitätsferne der beiden. Die Jagd auf Menschen, die mit den realen Verhältnissen in der DDR nicht mehr klarkamen, Veränderungen wünschten oder das Land verlassen wollten, war die mörderische Konsequenz ihres Verständnisses vom gleichen Glück für alle. Wer sich diesem Glück entzog, lief Gefahr, ausgehorcht, eingesperrt oder auf der Flucht erschossen zu werden. Wer sich gegen den Sozialismus stellte, war ein Feind.

Als der russische Generalsekretär Michail Gorbatschow schließlich auch in der DDR Veränderungen forderte, verweigerten beide sich. Margot Honecker war zwar klüger, aber auch dogmatischer als ihr Mann, sie bestärkte ihn in seiner politischen Erstarrung. Gorbatschow verkörperte für sie den Untergang des Sozialismus, den Verrat an der von ihr verehrten Sowjetunion. Erich Honecker, durch einen Tumor geschwächt, überließ die Verteidigung der gemeinsamen Ideologie seiner Frau. Und Margot Honecker kämpfte. «Das wurde besonders sichtbar, als Erich mit Gorbatschow so gar nicht zusammenarbeiten konnte. Da war dann sie diejenige, die Verbündete in Rumänien, in China gesucht hat, um gegen Gorbatschow hier in der DDR eine eigenständige Stellung, besonders ihres Mannes, durchzusetzen», so Adolf Kossakowski. Auch Harald Wessels vermutet, Margot Honecker habe am Ende wieder für ein gemeinsames Ziel gekämpft – genau wie am Anfang: «In ihrer großen Rede auf dem pädagogischen Kongress 1989 hat sie eben nicht nur pädagogische Fragen erörtert, sondern ist über die Schulpolitik zur Gesamtpolitik gekommen, und hat sehr massiv und zugespitzt die politischen Positionen vertreten, die eigentlich er hätte vertreten wollen.» In dieser Rede schreckte Margot Honecker nicht davor zurück, angesichts des drohenden Untergangs der DDR die Jugend zur gewaltsamen Verteidigung des Sozialismus aufzurufen: «Unsere Zeit ist eine kämpferische Zeit. Sie braucht eine Jugend, die kämpfen kann, die den Sozialismus stärken hilft, die für ihn eintritt, die ihn verteidigt mit Wort und Tat, und wenn nötig, mit der Waffe in der Hand!»

Ihr Mann nahm im Juli 1989 ein letztes Mal an der Tagung des Politischen Beratenden Ausschusses der Warschauer-Pakt-Staaten in Moskau teil. Eine akute Gallenkolik zwang ihn, frühzeitig wieder abzureisen. Im August entdeckten die Ärzte bei dem sehr geschwächten Honecker einen weiteren Tumor. Währenddessen schritt die Erosion der DDR immer mehr voran. Der Staat war führungslos, in Ungarn wurden am 11. September die Grenzen zu Österreich geöffnet. Erich Honecker meldete sich im «Neuen Deutschland» unter einem Pseudonym noch einmal zu Wort, schrieb einen Kommentar zu den Montagsdemonstrationen und all denen, die sich Veränderungen wünschten: «Das vorgegaukelte Leben im Westen soll vergessen machen, was diese Menschen von der sozialistischen Gesellschaft bekommen haben und was sie nun aufgeben. Sie schaden sich

Margot Honecker trat nur ungern als die «Frau an seiner Seite» auf.

selbst und verraten ihre Heimat ... Sie alle haben durch ihr Verhalten die moralischen Werte mit Füßen getreten und sich selbst aus unserer Gesellschaft ausgesperrt», hieß es da, und weiter: «Man sollte ihnen deshalb keine Träne nachweinen.» Dieser letzte Satz löste allgemein Verbitterung und Empörung aus.

Auch bei den Mitgliedern der Parteiversammlungen drang allmählich die Erkenntnis durch, dass mit den Honeckers an der Spitze keine Verbesserungen im Land mehr zu erhoffen waren. Die Volksbildung, und damit Margot Honecker, galt als einer der wichtigsten Gründe dafür, dass vor allem so viele junge Menschen das Land verlassen wollten. Die einst so geliebt-gefürchtete Ministerin sah sich plötzlich Schuldzuweisungen ausgesetzt. Jetzt, da allen klar war, dass es mit ihrem Mann bergab ging, wurde es auch um Margot Honecker einsam.

Am 7. Oktober 1989, dem 40. Jahrestag der DDR, stand Erich Honecker auf der Tribüne, auf der er so oft gestanden hatte, um Militärparaden abzunehmen und seinem jubelnden Volk zuzuwinken. Sein Gesicht war zur Maske erstarrt. Nichts hatte er mehr unter Kontrolle, und er schien zu ahnen, dass seine Idee, mit dem Sozialismus genau das aufzuheben, «worunter beide in ihrer Kindheit und frühen Jugend gelitten haben», gescheitert war. Die Hochrufe galten nicht mehr ihm. Das Volk, das er zu seinem Glück zwingen wollte, jubelte dem sowjetischen Generalsekretär zu, der anlässlich der Feierlichkeiten nach Berlin gekommen war. Margot Honecker war erbost, dass niemand die «Gorbi! – Gorbi!»-Rufe unterband.

Als Gorbatschow für seine Rede auf der Festveranstaltung auch noch lang anhaltenden, stehenden Applaus bekam, setzte sie sich demonstrativ als Erste. Ohnmächtig musste sie zusehen, wie ihr Mann demontiert wurde, selbst nicht mehr wusste, was er tun sollte. Ratlos stand er da, als begreife er nicht, wie es dazu kommen konnte, ein kleiner alter Mann mit Hut. Es sollte doch alles besser werden, aufbauen wollten sie etwas, so hatte es angefangen, vor vierzig Jahren.

«Er war sentimental, im Sinne von gefühlvoll», erinnert sich Vera Küchenmeister. «Diese Grundgefühle hat er bis zum Schluss durchgehalten. Mein sechzigster Geburtstag ist der 18. Oktober, und das war der Tag, an dem Erich Honecker gehen musste. Etliche Tage später brachte der Fahrer einen Brief, und da stand mit Erichs Handschrift ‹als letzten Gruß›. Da war für mich der Bogen geschlossen zwischen unserer ersten herzlichen Begegnung in den Trümmern Berlins und dem, was ihm wahrscheinlich wert geblieben war, nämlich die Suche nach menschlicher Nähe, sonst hätte er nicht geschrieben. Honecker war eigentlich eine treue Seele. Und ich kriegte einen wahnsinnigen Schreck und dachte: Das ist sein Testament.

Jetzt ist Schluss. Aus.» Die Sentimentalität, die Vera Küchenmeister an Erich Honecker beobachtet, ist die andere Seite des Funktionärs. Sentimental war Honecker häufig, in Bezug auf das Saarland, in Bezug auf die FDJ, in Bezug auf das Singen sozialistischer Lieder. Die Schüsse an der Mauer dagegen kommentierte er immer sehr unsentimental.

Margot ist da aus einem anderen Holz. Sie gönnte sich keine Schwäche, behielt den Kopf oben. Als ihr Mann am 18. Oktober 1989 von jüngeren Parteigenossen zum Rücktritt gezwungen wurde, blieb sie aufrecht an seiner Seite – und trat freiwillig zurück. Alle anderen Minister blieben im Amt. «Insofern ist sie da aus ihrer lang geübten Rolle ‹ich bin ich und nicht nur die Frau an seiner Seite› herausgeschlüpft. Am Ende wurde sie wieder ‹die Frau an seiner Seite›, die, wie zu Beginn, mit ihm durch dick und dünn, eigentlich mehr durch dünn, gehen musste.» Der Journalist Harald Wessels hätte nach den Jahren der Krise in der Ehe Honeckers nicht mehr mit einer derart großen Solidarität zwischen den beiden gerechnet. Jetzt waren sie wieder auf der Flucht, diesmal vor ihrem eigenen Volk. Sie mussten Wandlitz verlassen, fanden keine Bleibe.

Ausgerechnet ein Pfarrer, Uwe Holmer, zugleich Bürgermeister in Lobetal, nahm die beiden Atheisten bei sich auf, rettete sie vor dem Zorn der Massen. Niemand wollte ihnen je zugejubelt haben. Als Pfarrer Holmer Margot und Erich Honecker bei sich im Pfarrhaus Unterschlupf gewährte, gab es auch Proteste von kirchlicher Seite. Im Umgang mit Christen waren die Honeckers nie besonders zimperlich gewesen. Keines der Holmer-Kinder war zum Studium zugelassen worden – ein Ergebnis der Politik Margot Honeckers, die bekennende Christen für keine guten DDR-Bürger hielt.

Das Paar kam erschöpft und müde in Lobetal an. «Sie war sehr fürsorglich, stützte ihn, wir sind schnell rein, weil natürlich die versammelte Presse schon wartete. Sie hat ihn dann überhaupt so weit wie möglich abgeschirmt. Als sie ihr Amt los war, da hörten die Verkrampfungen auf, und sie war wieder Mensch. Nach etwa fünf Tagen fragten wir sie, ob sie lieber selbst kochen möchte, und sie sagte: ‹Wissen Sie, ich war es gewohnt, seit meine Mutter, als ich dreizehn

Jahre alt war, gestorben ist, für meinen Vater und meinen Bruder zu sorgen, ich würde sehr gerne auch für meinen Mann kochen.› Sie brauchte es einfach, für ihn sorgen zu können und seinen Dank dafür. Als alles andere wegbrach, da entdeckten die beiden neu ihr Miteinander.»

Die Erfahrung der Verfolgung ist für Margot und Erich Honecker verknüpft mit der Erfahrung der Solidarität. Solidarität war eine Möglichkeit, zu überleben. Angesichts der Hetze durch die Medien, vom eigenen Volk verjagt, bekam das Paar neue Kraft, die längst totgesagte Ehe bewährte sich noch einmal. Eine Kraft, die wohl weniger einer neu entdeckten Liebe als vielmehr der prekären Lage geschuldet war, in der sich Margot und Erich Honecker befanden. Michael Lemke äußert Verständnis dafür, wie sehr sich die beiden am Ende wieder aufeinander bezogen, sich nach außen starrhalsig weigerten, Fehler einzugestehen: «Es gab wahrscheinlich keine andere Möglichkeit als diese Mischung aus Selbstbestätigung, gemixt mit menschlicher Wärme. Was hätten sie denn tun sollen? Kritisch sein, echt kritisch sein, die Fehler einsehen, hätte ja bedeutet, das eigene Lebenswerk prinzipiell in Frage zu stellen.»

Nein, Margot und Erich Honecker stellten nichts in Frage. Im Gegenteil: Er fühlte sich unverstanden und verraten, sie übernahm die Verteidigung nach außen, passte auf, dass er sich nicht falsch gegenüber der Presse äußerte, versuchte die Medien zu steuern, griff ein, wenn Gefahr drohte.

Am 3. April 1990 endete das Kirchenasyl in Lobetal. Die Honeckers wurden in das Militärkrankenhaus der sowjetischen Streitkräfte in Beelitz gebracht – mit stillschweigender Duldung Gorbatschows. Margot Honecker erlitt schließlich einen Herzinfarkt. «Ich hätte ihren Tod nicht überstanden, war auch nicht willens dazu … ohne sie wäre das Leben für mich sowieso sinnlos gewesen», sagte Erich Honecker später dazu. Seine Frau erholte sich wieder, und sie flohen vor

Der unbeugsame Sozialist – Erich Honecker wird von Moskau an die BRD ausgeliefert.

der drohenden Verhaftung mit einer Militärmaschine nach Moskau. Margot nahm nun endgültig alles in die Hand, redigierte seine Briefe, kümmerte sich um die Kommunikation nach außen, suchte nach Wegen, der gefährlichen Lage zu entkommen. Die beiden erlebten nach dem Zusammenbruch der DDR nun auch den Zerfall der so heiß geliebten Sowjetunion aus nächster Nähe. Im August 1991 trat Michail Gorbatschow zurück. Die Bundesrepublik forderte die Auslieferung Erich Honeckers. Seine Frau flog zur gemeinsamen Tochter nach Chile. Rettete sie nun, da alles verloren schien, doch nur ihre Haut?

Die Moskauer Nachfolgeregierung unter Boris Jelzin übergab am 10. Dezember 1991 Erich Honecker den Bescheid über die Auslieferung innerhalb von drei Tagen. Ein halbes Jahr später saß er in Untersuchungshaft – in Berlin-Moabit, genau dem Gefängnis, in das ihn die Nazis als Dreiundzwanzigjährigen gesteckt hatten. Eine Demütigung, die das Paar in dem Glauben bestätigte, es gehe bei dem Prozess lediglich um «Siegerjustiz». Tatsächlich entwickelten sich die Verhandlungen vor Gericht zu einer würdelosen Farce. Kleinste Details über Erich Honeckers Lebertumor wurden öffentlich erörtert, Sachverständige spekulierten über die möglichen Todesarten des Angeklagten. Wegen seines schlechten Gesundheitszustandes kam Erich Honecker schließlich frei. Kämpferisch reckte er die erhobene Faust vor den laufenden Kameras. Mit sozialistischem Gruß verabschiedete er sich endgültig von seiner Heimat und flog am 13. Januar 1993 zu seiner Frau nach Chile.

Da stehen sie nun auf dem Rollfeld von Santiago de Chile. Ein älteres Ehepaar, im Untergang wieder vereint. Erich Honecker wird «seine liebe Frau, die auch seine tapfere und treue Mitstreiterin ist» wider Erwarten doch noch einmal in die Arme schließen. Zu Hause, hinter verschlossenen Türen. Ihr privates Glück, soweit es das für diese beiden «Berufsrevolutionäre» überhaupt gab, lebten Margot und Erich Honecker nur für sich. Das öffentliche Bild der «aufrechten Sozialisten» haben sie selbst zerstört. Ihrem Volk und sich selbst haben sie Gewalt angetan, «ein Dachdecker und eine Telefonistin, die zu viel wollten», meint Günter Schabowski lakonisch dazu. Andere, wie Professor Stolz, halten das Wort «Tragik» für treffender: «Gescheiterte Ideale, das ist die Tragik. Die Tragik eines Ehepaares, das manches hätte anders machen können.»

Am 29. Mai 1994 stirbt Erich Honecker bei seiner Frau Margot in Chile. Es gibt eine Trauerfeier, keine Beerdigung. Die Fernsehbilder zeigen Margot Honecker am offenen, schneeweißen Sarg ihres Mannes. Ruhig sitzt sie da, ein schwarzes Tuch auf dem Kopf, das sie hin und wieder zurechtzupft. Ihr Gesicht ist fast ausdruckslos. Ein Leben in Scherben. Die Urne mit der Asche Erich Honeckers lässt sie sich aushändigen. Nur sie weiß, wo sie sich heute befindet. Margot Honecker bleibt wachsam.

In der Provinz, weit weg von den Intrigen in Moskau – dort waren Raissa und Michail Gorbatschow am glücklichsten.

Petra Nagel

Ein russisches Märchen

RAISSA UND MICHAIL GORBATSCHOW

Im Juli 1999 werden zwei deutsche Ärzte nach Moskau gerufen. Einer von ihnen ist Professor Thomas Büchner, Chefarzt am Universitätsklinikum Münster. «Das Auswärtige Amt hatte mich angerufen und mir mitgeteilt, dass ich eine Patientin mit einer schweren Krankheit untersuchen solle. Erst ganz am Ende des Telefonats erfuhr ich, dass es sich um Frau Gorbatschow handelte.» Büchner und sein Kollege werden kurz nach der Landung sofort ins Krankenhaus gefahren und treffen dort eine Gruppe russischer Ärzte. Auch Michail Gorbatschow ist unter ihnen.

Büchner weiß sofort, dass dies ein schwieriger Fall ist. Die Diagnose bleibt zunächst unklar, aber alles deutet auf Blutkrebs hin. Er spricht offen mit Michail Gorbatschow: «Er reagierte sehr gefasst und sehr tapfer. Aber man merkte auch, dass das jetzt in seinem bewegten Leben die wichtigste Sache war. Ich schlug eine Behandlung in Münster vor, und es dauerte nur Minuten, bis er seine Zustimmung gab. Er sagte: ‹Wir gehen jetzt nach Münster und heilen Raissa, und alles andere kommt danach. Wir verlassen Münster nur zusammen.› Und dabei ist er geblieben, er war die ganzen acht Wochen anwesend.»

Die Ärzte in Münster haben schnell eine Diagnose: Leukämie, und zwar in ihrer aggressivsten Form. Raissa, die durch die Krankheit bereits erkennbar geschwächt ist, hat eine Chance, aber diese Chance ist nicht groß – nur eine Knochenmarkstransplantation kann sie retten. «Dies traf Gorbatschow hart», erinnert sich Büchner. «Aber er verstand sofort. Er wusste, wie es ausgehen kann und dass die Chancen vergleichsweise gering waren. Und er sprach mit Raissa darüber. Die beiden waren so offen miteinander. Sie haben ihr ganzes Leben noch einmal erlebt. Sie haben gemeinsam gehofft, aber sie haben auch klar gesehen.»

Die Chemotherapie schlägt zunächst an, doch dann gibt es Komplikationen. Verzweifelt kämpft Raissa gegen den Kräfteverfall. Michail Gorbatschow und Tochter Irina weichen nicht mehr von ihrer Seite. Sie pflegen die Patientin selbst, halten Tag und Nacht Wache: «Ich musste sie stützen und sie manchmal umdrehen. Und sie fragte: ‹Na, Gorbatschow, fällt es dir schwer?› Und ich sagte: ‹Ja mir fällt es schwer.›»

Eine Zeit lang bleibt Raissas Anwesenheit von der Öffentlichkeit unbemerkt, doch das Geheimnis währt nicht lange. Dann bricht eine Welle der Anteilnahme über die Gorbatschows herein. Täglich erhält das Paar körbeweise Post, auch aus Russland. So erfährt Raissa Gorbatschowa auf dem Sterbebett von ihrem Volk endlich die Zuneigung, die ihr zu Lebzeiten verwehrt wurde. «Mit ihrem Tod hat Raissa sich freigekauft», sagt Georgi Prjachin, ein Freund der Gorbatschows, «damit hat sie die Leichtigkeit des Lebens abgegolten. Das ist wie im Märchen, und die russische Seele braucht Märchen wie dieses.»

Michail Gorbatschow, 1953.

Michail Gorbatschow war neunzehn Jahre alt, als er 1950 aus der entlegenen kaukasischen Provinz Stawropol zum ersten Mal nach Moskau kam, um an der renommierten staatlichen Universität Jura zu studieren: ein Bauernsohn, der nichts anderes kannte als seine ländliche Heimat. Die Moskauer Kommilitonen blickten auf ihn herab – für sie war er ein Hinterwäldler, der von Kultur nichts verstand. Und sie machten sich lustig über seine provinzielle Kleidung, diesen ausgebeulten braunen Anzug, den er Jahr für Jahr trug, bis er ihm zu eng geworden war.

Es war Gorbatschows erste Begegnung mit der Moskauer Elite, Sprösslingen von Intellektuellen oder Parteikadern, die bei ihren Eltern in hübschen Appartements wohnten, anders als er, der mit fünfzehn Kameraden ein Zimmer im Studentenwohnheim teilte. «Er war zurückhaltend und stand oft im Hintergrund», erinnert sich sein Studienfreund Rudolf Koltschanow, «er war gehemmt.» Also konzentrierte sich Gorbatschow ganz auf das Studium, und Koltschanow muss noch heute lächeln, wenn er an die damaligen Worte seines Freundes «Mischka» denkt: «Kameraden, keine Amour für mich, keine Liebesspiele, die Hauptsache ist das Studium – lernen, lernen und lernen, wie das schon Genosse Lenin gesagt hat.»

Als an der Fakultät ein Tanzball veranstaltet wurde, beschlossen seine Freunde, dem zölibatären Leben zumindest für ein paar Stunden ein Ende zu setzen, und überredeten «Mischka» mitzugehen. Raissa Titarenko hatte schon mit einigen seiner Freunde getanzt, man stellte sie ihm vor. Und als Gorbatschow an diesem Abend auf sein Zimmer zurückkehrte, so berichtet Koltschanow, war er ein liebeskranker Mann.

Raissa schien für Gorbatschow zunächst unerreichbar. Auch sie stammte aus einfachen Verhältnissen – ihr Vater war Eisenbahn-Angestellter in Sibirien –, doch ihr merkte man die provinzielle Herkunft nicht an. «In diesem Tandem wirkte er wie ein Dorfjunge und sie wie eine Städterin. Sie hatte so einen großstädtischen Charme in ihrem Äußeren, aber auch in ihrem Verhalten, und davon fühlte sich Gorbatschow angezogen», erzählt ihr späterer Berater Georgi Prjachin. Raissa war nicht nur klug und strebsam, eine Musterschülerin, die in Moskau Philosophie studierte, sondern auch viel gebildeter als er. Und sie war schön: schlank, mit großen dunklen Augen. Den meisten Studenten war sie längst aufgefallen, doch wer es wagte, sich ihr zu nähern, den ließ sie abblitzen. Sie galt als hochmütig – erst viel später sollte Gorbatschow erfahren, dass dies eine Fassade war, die Unsicherheit und Verletzung verbarg.

Raissa war kurz zuvor von einem Mann gedemütigt worden, er hatte die Beziehung zu ihr gelöst, weil sie seiner Familie, die zur russischen Elite gehörte, nicht standesgemäß erschien. Raissa hatte diese Enttäuschung noch nicht verwunden und hielt zunächst Distanz. Doch Gorbatschow ließ sich nicht entmutigen. Unermüdlich suchte er ihre Gegenwart, sie gingen zusammen spazieren, redeten über Stunden, und ein halbes Jahr lang passierte nicht mehr als das. Es war am Ende seine Verlässlichkeit, vermutet Gorbatschow selbst, die sie dazu brachte, ihm zu vertrauen.

Und immer, wenn er später nach dem Geheimnis dieser Liebe gefragt wird, sind es die Grundpfeiler unbedingten Vertrauens, die er beschreibt: «Seit den Uni-Jahren waren wir den Rest des Lebens zusammen. Natürlich hatten wir die Gefühle füreinander, die liebende Frauen und Männer miteinander verbinden, aber wir waren auch gute Freunde. An erster Stelle standen Anteilnahme und Solidarität. Alle Freuden und Leiden haben wir miteinander geteilt und niemandem erlaubt, sich in unsere Angelegenheiten einzumischen. Das war unsere Festung.»

Die Hochzeit feierte das Paar in der Kantine des Studentenwohnheims im Kreise seiner Freunde und Kommilitonen. Gorbatschow war inzwischen zu einem Hauptstädter geworden, und das nicht nur äußerlich. Er hatte seinen Ehrgeiz nicht allein dem Studium gewidmet, sondern auch seiner Allgemeinbildung. Noch bevor Gorbatschow Raissa kennen lernte, pflegte er eine freundschaftliche Beziehung zu Nadeschda Michailowa, einer Moskauer Aristokratin mit rabenschwarzem Haar, grünen Augen und viel Temperament. Er hatte sie einmal gebeten, ihn mit ins Museum zu nehmen, und sie hatte Gefallen daran gefunden, ihm die Welt der Kunst zu erschließen. Was Michailowa angefangen hatte, vollendete Raissa. Michail Gorbatschow hat es nie unter seiner Würde gefunden, sich von Frauen leiten zu lassen, die ihm in einem bestimmten Gebiet überlegen waren. Er war neugierig und trachtete stets danach, seinen Horizont zu erweitern. Freunde aus dieser Zeit beschreiben ihn als ruhig, beherrscht und vorsichtig.

War er der typische Parteiapparatschik? Gorbatschow war als Mitglied der Kommunistischen Partei nach Moskau gekommen und hatte sich in der studentischen Parteiarbeit bis an die Spitze der Fakultät gedient. Er trug seine Arbeiterorden mit Stolz und hielt die Zimmerkollegen zur Reinlichkeit an. Er verehrte Stalin und betrauerte dessen Tod. In den zahllosen Diskussionen mit seinen engsten Freunden auf den Zimmern des Studentenwohnheims stellte Gorbatschow die orthodoxe Parteilinie wohl des Öfteren in Frage. Niemals aber hat er dies öffentlich getan.

Dimitri Golowanow, ein Studienfreund, erinnert sich an eine bezeichnende Szene: Er selbst hatte in einem Seminar offen kritisiert, dass Lenin und Stalin in einem Atemzug genannt wurden. Gorbatschow habe ihn darauf zur Rede gestellt: «Wie kannst du so etwas sagen, in aller Öffentlichkeit?!» Golowanow brach einige Jahre später sein Studium ab. Ihm war klar geworden, dass er sich als Absolvent der juristischen Fakultät entweder parteitreu dem System ergeben oder aber einen anderen Beruf suchen musste.

Gorbatschow absolvierte wenig später sein Examen. Doch seine Hoffnung auf eine große Karriere wurde jäh zunichte gemacht. Als er um einen Posten bei der Moskauer Staatsanwaltschaft nachsuchte,

Raissa – schön, klug und zunächst unerreichbar.

bot man ihm stattdessen eine Stelle als Parteifunktionär in Stawropol an. Aus der Hauptstadt zurück in die tiefe Provinz? Auch für Raissa brach zunächst eine Welt zusammen, denn sie hatte vorgehabt, zu promovieren. Und für eine Karriere an der Universität oder in der Partei gab es keine Alternative zu Moskau. Doch blieb ihnen keine Wahl. Gorbatschow stellte es seiner Frau frei, in der Hauptstadt zu bleiben, aber sie entschied sich für ihn. Und so gingen beide dahin zurück, wo sie herkamen – in die Provinz.

«Als wir dort ankamen, fühlten wir uns um Jahrhunderte zurückversetzt», erinnert sich Gorbatschow. «Für mich war das weniger fremd. Aber sie – sie kam schließlich auch damit zurecht! Diese beheizten Güterwagen, diese alten Häuser. Wir haben alles mitgemacht.» Das erste Privatquartier war zugig und nur elf Quadratmeter groß. Erst als Tochter Irina geboren wurde, erhielt die Familie eine Wohnung – mit zwei Zimmern. Und dennoch sollten die Gorbatschows hier, weit weg von den Moskauer Intrigen, ihre glücklichste Zeit erleben. Sie konnten das tun, was ihnen am wichtigsten war: Zeit miteinander verbringen, Erfahrungen sammeln und Gedanken austauschen. Irina, die Tochter der Gorbatschows, ist davon überzeugt, dass die Idee von «Glasnost» und «Perestroika» aus der Beziehung ihrer Eltern heraus entstanden ist. Nicht als eine Theorie, die beide erarbeitet hätten, sondern als Ergebnis gemeinsamer Überzeugungen und einer Art von Partnerschaft, die in der Welt, die sie umgab, ungewöhnlich war.

Die Gorbatschows liebten das offene Wort, sie genossen das gemeinsame Interesse an Literatur und Kunst – ohne ideologische Tabus. Die Beziehung war gleichberechtigt, und die Familie lebte nach demokratischen Regeln. «Die Idee der Perestroika war in erster Linie nicht wirtschaftlich oder politisch motiviert, sie war aus einer moralischen Haltung heraus entstanden», meint Irina. Die Gorbatschows blieben überzeugte Kommunisten – das totalitäre System, der Überwachungsstaat, in dem sie lebten, war ihnen jedoch zuwider. Und je mehr sie mit den Härten des Systems konfrontiert wurden, desto größer wurde das Bedürfnis nach Veränderung.

Raissa wurde alsbald ein Lehrstuhl für Philosophie an der örtlichen Hochschule in Stawropol angeboten, ihr Moskauer Abschluss zählte hier viel. Doch als sie erfuhr, dass man ihre Seminare routinemäßig auf Linientreue hin überprüft hatte, stellte sie die Verantwortlichen zur Rede: Wenn man schon wissen wolle, wie sie unterrichte, dann solle man sie gefälligst offen fragen.

Sie begann mit der Arbeit an einer Dissertation über die Situation der Kolchosebauern. In Gummistiefeln zog sie für ihre «Feldstudie» übers Land. Sie sah das Elend, in dem die Menschen hier lebten, und sie sah auch, dass es dem fleißigsten Bauern unmöglich war, seinen Lebensstandard zu verbessern. Unabhängig vom Ertrag der Ernte wurden der versoffene Faulenzer wie der emsige Arbeiter vom Staat mit einem garantierten Festlohn abgespeist. Verordnete Gleichheit, die, wie Raissa erkannte, die Arbeitsmoral aller untergrub.

Natürlich diskutierte sie über all diese Eindrücke mit ihrem Mann. Die Bäuerinnen, mit denen sie sich unterhielt, waren dagegen fassungslos. «Schlägt dich dein Mann?», pflegten sie zu fragen. «Nein, er schlägt mich nicht.» – «Dann verdient er nichts.» – «Er verdient ganz normal.» – «Aber warum lässt er dich dann in Gummistiefeln hier über die Felder ziehen?» Das partnerschaftliche Verhältnis der Gorbatschows war den meisten Menschen in Stawropol ein Rätsel. Gorbatschow schrieb sich in eines von Raissas Seminaren ein, sie wiederum begleitete ihn bei seinen Auftritten als Parteifunktionär. «Ich erinnere mich», erzählt Georgi Prjachin, «immer wenn Gorbatschow eine Rede gehalten hat, dann saß sie unmittelbar vor ihm und hat die Augen nicht von ihm abgewandt. Als wenn dieser Mensch sich auf einem Drahtseil bewegen würde oder wie man auf sein Erstgeborenes schaut, wenn es die ersten Schritte macht.»

Für Prjachin gibt es keinen Zweifel, wer von den beiden ehrgeiziger war. Raissa hätte sich nicht mit der Rolle der Ehefrau eines Komsomol- oder Parteisekretärs zufrieden gegeben. Sie war es, die ihren Mann dazu drängte, Karriere zu machen.

Und wider Erwarten erwies sich Stawropol für seine Karriere als Glücksfall: Ein Mann wie er, mit seiner Ausbildung und seiner Begabung, konnte unangefochten in der örtlichen Parteihierarchie auf-

Familienleben in Stawropol – die Gorbatschows mit ihren Enkelinnen.

steigen. Was noch wichtiger war: Zur kleinen Welt, über die Gorbatschow herrschte, gehörten die exklusivsten Kurorte des Landes. Die gesamte Parteielite Moskaus pflegte sich hier vom Stress der Hauptstadt zu erholen, und seine Aufgabe als Gebietschef bestand auch darin, sich um den hohen Besuch zu kümmern. Da war es nur eine Frage der Zeit, bis sich Gorbatschows gute Kontakte nach Moskau auszahlen würden.

1978 wurde Generalsekretär Leonid Breschnew auf ihn aufmerksam und holte ihn als ZK-Sekretär für Landwirtschaft nach Moskau.

Gorbatschow war mitten ins Zentrum der Macht katapultiert worden, aber dort machte er erstaunlich wenig von sich reden. Ob er sich aus strategischen Gründen zurückhielt oder der Einblick in die tatsächliche wirtschaftliche Lage des Landes seinen Reformwillen lähmte, vermag niemand zu sagen. Fest steht, dass das Auffälligste am Agrarminister Gorbatschow sein Alter war. Mit seinen 47 Jahren wirkte Gorbatschow neben den alten Männern auf dem Lenin-Mausoleum, von dem aus die Mächtigen ihre pompösen Paraden abzunehmen pflegten, unverschämt frisch.

1982 starb Breschnew. Juri Andropow, Gorbatschows wichtigster Förderer, trat dessen Nachfolge an. Faktisch wurde der Landwirtschaftssekretär damit zum zweitmächtigsten Mann im Staate. Andropow war schon bei Amtsantritt schwer krank und starb wenig später, und auch der nächste Generalsekretär Konstantin Tschernenko war ein kranker Greis. Schon zwei Jahre nach dem Tod Breschnews war Gorbatschow nur noch knapp von der Macht entfernt.

Im Westen wurde er bereits als möglicher Generalsekretär gehandelt – Grund genug für Margaret Thatcher, ihn im Dezember 1984 nach London einzuladen. Für Gorbatschow war klar, wer ihn begleiten würde. «Ich habe mit Tschernenko darüber gesprochen, dass ich mit Raissa Maximowna fahren werde», erzählt er. «Er hat gesagt, das sei in Ordnung. Aber was sollte Tschernenko auch noch sagen? Ich habe die Geschäfte bereits geleitet, denn er war sehr krank und konnte schon nicht mehr arbeiten.»

Dass Generalsekretäre auch Ehefrauen hatten, erfuhr das russische Volk in der Regel erst bei der Beerdigung ihrer Männer. Nicht im Traum wäre es einem Generalsekretär eingefallen, seine Frau auf einen Staatsbesuch mitzunehmen. Und obwohl Raissa in London eher unauffällig, weit hinter ihrem Mann, die Gangway hinabstieg, wurde der Auftritt des Paares im Westen zu einer spektakulären Premiere.

«Wir waren alle sehr neugierig, wie er wohl aussehen würde! Wir hatten nicht mal ein Foto von ihm gesehen, jedenfalls kein gutes. Und dann stürmte er in die Empfangshalle und wir sahen sofort: Hier ist ein Mann, der völlig anders ist als die anderen sowjetischen

Politiker», erzählt Charles Powell, damals außenpolitischer Berater von Margaret Thatcher. Gorbatschow war selbstbewusst, er lächelte, während die anderen sowjetischen Politiker stets mürrisch und misstrauisch dreinschauten. Und auch Raissa entsprach so gar nicht dem Bild, das ihre Vorgängerinnen abgegeben hatten. Sie war elegant und sehr modisch gekleidet. «Ich erinnere mich genau, wie Margaret Thatcher zu mir sagte: ‹Sie trägt genau so ein Kostüm, das ich auch hätte tragen können, ein gut geschnittenes graues Kostüm mit feinen Streifen.›» Der Unterschied zu den Ehefrauen anderer Politiker aus der Sowjetunion, diese gedrungenen, schweigenden Frauen in Schwarz, war nicht zu übersehen. Die Gastgeber wussten sofort, dass sie am Anfang von etwas Neuem standen – einer neuen Generation sowjetischer Führer. Der Besuch in London wurde ein großer

Erfolg. Die westliche Presse überschlug sich mit Zuneigung für dieses ungewöhnlich schöne, junge Paar aus Moskau.

Vier Monate später, in der Nacht zum 11. März 1985, als Tschernenko starb, kam Michail Gorbatschow erst um drei Uhr morgens von der Arbeit nach Hause. Er bat Raissa, noch einmal kurz mit ihm hinauszugehen in den Park, wie so oft, wenn er mit ihr vertraulich reden und sicher sein wollte, nicht abgehört zu werden. «Man wird mir den Posten des Generalsekretärs anbieten», sagte er zu Raissa, «und ich werde ihn annehmen, weil man in unserem Land nicht so weiterleben darf.» «Meine Mutter hat die Entscheidung mit ihm geteilt», erzählt Irina, die Tochter, «und sie wusste, was auf sie zukam.»

Sie hat ihn gefragt, wie sie sich verhalten solle, erinnert sich Gorbatschow. «Und ich antwortete ihr: ‹Wie du dich immer verhalten hast. Wir werden nichts ändern! Wir bleiben, wie wir sind.›» Doch Gorbatschow hatte die Stimmung im Volk falsch eingeschätzt. «Dass er immer mit seiner Frau erschien und sie als First Lady vorstellte, war ein absoluter Schock für uns alle», schildert die Journalistin Tatjana Komarowa. «Und als unsere Nummer eins ständig zusammen mit seiner Frau auftrat, fragten alle: ‹Was ist denn das für ein Weibsbild?›»

Was westliche Boulevard-Journalisten in Begeisterung versetzte, stieß in Moskau bitter auf: Raissa beim Shoppen in London, Raissa als Gast bei einer Modenschau, Raissa im Goldkleid neben Yves Saint Laurent, Raissa todschick bei Staatsempfängen. Hatte Raissa wirklich mit einer goldenen Kreditkarte in London bezahlt? Hatte sie sich tatsächlich goldene Ohrringe gekauft? «Ja, diese Fragen wurden vom Volk gestellt», erinnert sich Alexander Jakowlew, Gorbatschows persönlicher Berater. «Gorbatschow wurden Briefe geschrieben, er solle doch damit aufhören. Das hatte das

Gorbatschow neben Konstantin Tschernenko, Oktober 1984.

Niveau von Marktgeschwätz. Im Ausland wurden die beiden wie zivilisierte Menschen empfangen und nicht wie irgendwelche Monster aus dem kommunistischen Untergrund, und im engsten Kreis um Gorbatschow war man sich einig, dass man das Volk daran gewöhnen musste.»

Aber das Volk ließ sich nicht mehr per Verordnung «umgewöhnen», die Menschen ließen sich nicht mehr vorschreiben, was sie zu denken hatten. Diese Zeiten waren nun endgültig vorbei – dank Gorbatschow. Doch an Kritik, so Jakowlew, konnte sich wiederum Gorbatschow nur schwer gewöhnen. Obwohl er natürlich wusste, dass dies der Preis für die von ihm geschaffene Meinungsfreiheit war.

Für die meisten Menschen in der Sowjetunion wurde das tägliche Leben eher mühsamer. Was nützte ihnen die Demokratie, wenn sie schon frühmorgens in langen Schlangen warteten, nur um ein paar Grundnahrungsmittel zu ergattern? Glasnost und Perestroika – das waren für die einfachen Menschen, die vor den Geschäften stundenlang ausharrten, ein reisender Generalsekretär mit einer äußerst chicen Gattin: «Sie muss man mal herbringen – hier muss man sie mal fotografieren!», rief eine alte Frau. «Holt Raissa hierher, damit sie sieht, wie es uns geht – soll sie sich doch mal in die Schlange stellen. Ich bin fast 90 und stehe hier jeden Tag.»

Ihre Mutter habe unter der Kritik an ihrer Person sehr gelitten, erzählt Irina. Raissa nahm sie sich, ebenso wie ihr Mann, sehr zu Herzen, fühlte sich unverstanden und zu Unrecht verurteilt. «Sie hätte nicht mit ihm und ihren chicen Kleidern in die Fabriken gehen sollen. Was wollte sie da?», meint Koltschanow heute. «Sie hätte vorsichtiger, einfühlsamer sein müssen und nicht an den Urinstinkten der Menschen rühren», urteilt die Kremlautorin Larissa Wassiljewa. «Das Volk konnte nichts dafür, dass es keine Kreditkarten hatte.»

Im Westen erfüllte Raissa ganz die Erwartungen, die an die Frauen von Staatsoberhäuptern gestellt wurden – in ihrem eigenen Land wurde sie genau dafür kritisiert. Es fällt nicht schwer, das Dilemma, in das Raissa manchmal geriet, nachzuempfinden: Als ein schweres Erdbeben Armenien erschütterte, bewog sie ihren Mann dazu, einen

Besuch in den USA sofort abzubrechen, um den Opfern beizustehen. Die Gorbatschows setzten die Delegation in Moskau ab und flogen allein weiter nach Eriwan. Raissa hatte in guter Absicht gehandelt, doch auf den Bildern, die über die Bildschirme flackerten, trug sie noch den Pelzmantel, den sie beim Staatsbesuch getragen hatte, zwischen all den von Leid und Zerstörung gezeichneten Menschen. Die Geste des Beistandes nahm man nur in zweiter Linie wahr. Der Pelzmantel – das war es, was die Gemüter erhitzte.

Doch es blieb nicht beim Marktgeschwätz. Raissa wurde zum Politikum. «Man hat einfach gespürt, dass sie das als gemeinsame Aufgabe betrachtet hat, mit ihrem Mann zusammen etwas zu bewirken», beschreibt das Ehepaar Genscher ihre erste Begegnung, die im Verlauf der Jahre zu einer engen Freundschaft werden sollte. «Man

Raissa als Vertraute und Beraterin – für viele Russen ein Skandal.

spürte zunehmend, je näher wir uns kennen lernten, dass sie nicht nur die Vertraute des Ehemannes war, sondern auch ohne Zweifel eine politische Beraterin, auch jemand, der wohl seine eigene Meinung vertreten wird.» Diesen Eindruck bestätigt auch Charles Powell: «Ich hatte das Privileg, sie in kleinem Kreise zu erleben, nur die Ehepaare Gorbatschow und die Thatchers mit ein paar Beratern. Und da öffnete sie sich und sprach sehr energisch über ihre politischen Ansichten.»

In Moskau blieb diese Rolle natürlich nicht verborgen, nur wurde sie dort anders bewertet: «Wir haben sehr viel darüber geredet», so die Journalistin Tatjana Komarowa, «und auch viel darüber geschrieben, dass da ein Mensch aus der Provinz plötzlich dem ganzen Land eine Vorlesung darüber hält, wie es zu leben hat, und dass der Präsident nicht Michail Sergejewitsch heißt, sondern Raissa Maximowna.»

Dass Raissa sich überhaupt zu politischen Inhalten öffentlich äußerte, war für die Russen schon ein Skandal – die Art und Weise, wie sie es tat, raubte ihr nun auch jeglichen Rest an Sympathie. Ihre Stimme, sonst wohlklingend leise, wurde vor laufenden Kameras schrill und gepresst. Sie neigte dazu, manchmal nur durch die Geistesgegenwart ihres Mannes gerade noch daran gehindert, ihr Gegenüber mit erhobenem Zeigefinger zu traktieren wie einen ungezogenen Schüler. Sie redete lieber, als dass sie zuhörte, hielt Vorträge, am liebsten über Marx und Engels. Was Charles Powell mit britischer Zurückhaltung als «Attitüde einer Lehrerin» und «ziemlich ideologisch» beschreibt, hatte Nancy Reagan heftig erzürnt.

«Nancy» und «Raissa» waren in der Klatschpresse ohnehin schon zu Konkurrentinnen eines präsidialen Schönheitswettbewerbs erklärt worden. Für ihre erste Begegnung in Washington keine günstige Voraussetzung. Nancy Reagan hatte sich vorgenommen, mit ihrem Gast über persönliche Dinge zu reden: «über unsere Männer; über unsere Kinder; darüber, wie es ist, im Rampenlicht zu stehen». Doch sie kam nicht dazu. «Von dem ersten Augenblick an, als wir uns trafen, redete sie und redete und redete – und zwar so viel, dass es mir kaum gelang, hin und wieder ein Wort einzuwerfen.»

Nancy machte sich Gedanken, ob dieses Verhalten etwas mit Unsicherheit zu tun haben könnte, aber nach ungefähr einem Dutzend Begegnungen zu verschiedensten Anlässen kam sie zu der Überzeugung: «Raissa hörte niemals auf zu reden.» Diese hatte für einen weiteren Besuch den Wunsch geäußert, das Weiße Haus besichtigen zu dürfen, und alles war dafür vorbereitet. Unglücklicherweise wurde die Zeit zu knapp für die Besichtigung der Privaträume, und so sah Raissa, ohne es zu wissen, nur den offiziellen Teil. Über die Kunst in diesen Räumen hatte Raissa eine Menge zu erzählen, und da sie im Pressetross, der die Damen begleitete, eine geduldigere Zuhörerschaft fand als in ihrer Gastgeberin, war ihr deren wachsen-

Raissa und Nancy – die Abneigung beruht auf Gegenseitigkeit.

der Unmut wohl entgangen. Nancy Reagan zupfte sie mit wachsender Ungeduld am Ärmel. «Schließlich musste ich ihr sagen: ‹Wenn wir uns nicht beeilen, haben wir keine Zeit mehr, Kaffee zu trinken!› Aber Raissa musste zuvor noch auf eine Reporterfrage antworten: Ob sie es sich vorstellen könne, im Weißen Haus zu leben? Nein, das sei ja wie ein Museum!

Nancy schäumte vor Wut. Raissa ihrerseits beschwerte sich vor russischen Fernsehkameras, dass Nancy sie vor gemeinsamen Empfängen anriefe, um sie in Sachen Garderobe zu instruieren. Dabei vergaß sie nicht die fürs russische Publikum sorgsam inszenierte Empörung: Nancy müsse doch wissen, dass sie sich das alles gar nicht leisten könne, da sie ja jedes Kleidungsstück von ihrem eigenen Geld kaufen müsse. Man kann sicher sein: Die Abneigung beruhte auf Gegenseitigkeit.

Vielleicht hatte Nancy recht vermutet, und Raissa war unsicher. Sie bereitete sich tatsächlich auf ihre Reisen mit einer Akribie vor, die ihren Mitarbeitern schwer zu schaffen machte. Zahllose Ordner und Kataloge hatte ihr Berater Georgi Prjachin anschleppen müssen, und manchmal fragte sie ihre Mitarbeiter ab.

Tatjana Komarowa hat Raissa auf vielen Reisen als Kreml-Journalistin begleitet. Sie meint den Druck, mehr noch, die Angst bei Raissa gespürt zu haben, vor Menschenmengen, Journalisten und Fernsehkameras: «Aus reinem Selbstschutz verhielt sie sich wie eine Universitätsprofessorin, die sie ja einst war. Sie schlüpfte in die Rolle, die sie kannte und in der sie sich sicher fühlte.» Komarowa sprach mit Prjachin ganz offen darüber und schlug vor, vor allem für die Inlandsberichterstattung Einzelinterviews mit ihr zu machen, in denen sie sich natürlicher geben konnte. «Für den Auslandsmarkt war alles andere ja o. k. Sie sah gut aus, und was sie sagte, konnte ohnehin niemand verstehen.» Nach diesem Gespräch, so Komarowa, sei sie die längste Zeit Kreml-Journalistin gewesen. Prjachin selbst war eher hilflos: «Was sollte ich Gorbatschow raten? Wir beschlossen, dass sie weniger im Fernsehen auftreten sollte, und das haben wir auch gemacht, ohne uns vorher mit ihm abzusprechen.»

Es ist durchaus möglich, dass Gorbatschow nicht mit seiner Frau offen über ihre Wirkung gesprochen hat. Es hätte sie verletzen können. Und sein Bedürfnis, sie zu schützen, sich um sie zu sorgen, war für alle Menschen, die das Paar zusammen erlebt haben, deutlich spürbar. «Wir waren in Spanien in irgendeinem Museum», erzählt Komarowa, «da wurde Raissa noch aufgehalten, und Gorbatschow war schon hinausgegangen. Und als ich aus dem Haus kam, da stand er mit den Bodyguards am Wagen und rief immerzu ganz ängstlich: ‹Wo ist Raissa? Wo ist Raissa?› Ich hatte das Gefühl, er hatte Angst, sie sei verloren gegangen – wie ein kleines Mädchen. Das war drollig, so etwas hatte ich noch nicht erlebt. Das ist ein Staatsbesuch, und er macht sich Sorgen, dass sein kleines Mädchen verloren gehen könnte.»

In Madrid besuchten die Gorbatschows auch die russische Botschaft. Eine Mitarbeiterin traute sich, Raissa auf die Gerüchte anzusprechen: «Stimmt es, Raissa Maximowna, dass Sie Ihren Mann in politischen Fragen beeinflussen?» – «Nein, er beeinflusst mich», erwiderte Raissa spitz.

Gorbatschow, so schildern es seine engsten Mitarbeiter, litt unter den Angriffen gegen seine Frau, doch dass er weiter beharrlich zu ihr hielt, ging über persönliche Solidarität hinaus: «Ich habe gesagt, was meine Frau betrifft, werde ich nichts ändern. Und ich habe mein Wort gehalten. Das war die zweite Perestroika, die ist nicht weniger von Bedeutung, weil die Beziehung zwischen Mann und Frau für jede Gesellschaft wichtig ist. Eine Revolution für Russland.»

Tatsächlich gab es die Gleichberechtigung zwar auf dem Papier, doch im Alltag war der russische Machismus Normalität: Die meisten Frauen arbeiteten ebenso hart wie ihre Männer, aber es galt allgemein als selbstverständlich, dass die Frau neben ihrem Beruf als Gratisleistung noch die Familie und den Mann umsorgte.

«Ich war stolz darauf, dass sie keine Frau ist, die ihren Mann bedient, dass sie an meiner Seite ist und nicht drei Schritte hinter mir», sagt Gorbatschow. «Vorher hatte sich dafür keiner interessiert – erst als sie die Frau des Generalsekretärs wurde, hat man plötzlich gemerkt, dass es da eine Raissa Gorbatschowa gibt. Und ich habe manchmal scharf geantwortet: ‹Ihr reagiert nicht, wenn die Chefs hier mit ihren Geliebten in die Sanatorien fahren und auf Staatskosten Urlaub machen. Aber die Frau des ersten Mannes im Staate darf nicht an seiner Seite sein?!›»

«Sie waren überzeugt davon, dass es richtig sei, so zu leben», erzählt Koltschanow. «Sie waren überzeugt davon, dass Frau und Mann ein starker Verbund sein sollten, in dem man sich gegenseitig achtet. Sie wollten ein Vorbild sein, aber Gorbatschow hat das falsch eingeschätzt.»

Viele Intellektuelle teilten Gorbatschows Überzeugung und schätzten ihn für seine Loyalität, doch gleichzeitig kritisierten sie sein mangelndes Gespür gegenüber dem Volk, das sie als Folge des hergebrachten Machtanspruchs deuteten. «Gorbatschow war aus dem Politbüro der Sowjetunion hervorgegangen», so Komarowa. «Und die Mitglieder des Politbüros hielten sich für allmächtig, für so etwas wie Halbgötter! Alles, was sie taten, war richtig. Gorbatschow hat wohl empfunden, dass die Rolle, die seine Frau spielte, ihm schaden kann. Aber er war ja ein Halbgott aus dem Politbüro, und deshalb machte er es so, wie es ihm passte.»

Von Beginn an hatte der neue Kremlchef sich eines politischen Rituals aus dem Westen bedient, des «Bades in der Menge». Die Sowjetbürger konnten es nicht glauben: Da stand doch tatsächlich ein Generalsekretär auf einem Marktplatz und diskutierte mit ihnen! Diskutierte? Nun, er redete auf die Menschen ein, versuchte sie von seinen Ideen zu überzeugen, er predigte, aber er war da – und vor lauter Begeisterung schienen die Menschen sich tatsächlich überreden zu lassen. Sie widersprachen jedenfalls nicht. Wie die Gleichberechtigung zwischen Mann und Frau, so standen auch mehr Eigenverantwortung des Einzelnen oder der Kampf gegen den Alkohol auf Gorbatschows persönlicher Agenda, die man dem Volk vermitteln musste. Zur Not mit Verordnungen, die ganz dem Führungsstil der alten Kader entsprachen.

Gorbatschow war von dem Gedanken beseelt, mit dem Ausrotten der Trunksucht nicht nur die Gesundheit, sondern auch die Lebensfreude und Leistungsbereitschaft seines Volkes zu steigern. Er ordnete Strafen für Trunkenheit in der Öffentlichkeit an, Läden und

Restaurants durften nur noch zu bestimmten Zeiten Alkohol verkaufen, und zahlreiche Schnapsbrennereien mussten auf Limonade umstellen. Es kam, wie es kommen musste: Zunächst verschwand selbst der billigste Fusel aus den Regalen und danach der Zucker, der zur Herstellung von schwarzgebranntem Alkohol verwendet wurde. Daraufhin wurde auch der Zucker rationiert, und bald starben Hunderte von Menschen an Vergiftungen: In dem verzweifelten Bedürfnis, ihrem trostlosen Alltag zu entfliehen, hatten sie Reinigungsmittel oder Haarwasser getrunken – alles, was Alkohol enthielt.

Sowenig es ihm gelang, die Menschen von der Abstinenz zu überzeugen, so wenig konnte man die Menschen zur Demokratie überreden. Nur die Verbesserung der Lebensumstände hätte Gorbatschow den nötigen Spielraum verschafft, die Werte, zu denen er sein Volk hatte bekehren wollen, auch wirklich zu verankern. Doch dazu hätte Gorbatschow ein Konzept für Wirtschaftsreformen haben müssen. Nun fehlte vor allem das Geld. Ohne Hilfe aus dem Ausland war der Umbau der Sowjetunion undenkbar.

Als die DDR am 7. Oktober 1989 ihr 40-jähriges Bestehen feierte, ahnte niemand dort, dass dies der letzte Geburtstag sein würde. Die Gorbatschows kamen nach Ostberlin. Von den Menschen auf der Straße wurde Michail Gorbatschow so laut und stürmisch gefeiert wie kein Genosse Generalsekretär vor ihm. Doch während er, inzwischen auch zum Präsidenten der Sowjetunion gewählt, in der westlichen Welt mit einer wahren «Gorbimanie» gefeiert wurde, wuchs der Unmut im eigenen Volk.

Im Juli 1990, als sich die Delegationen der Bundesrepublik und der Sowjetunion im Kaukasus trafen, um den Weg zur deutschen Einheit zu ebnen, war die Anspannung der Verhandlungspartner aus Moskau für Hans-Dietrich Genscher deutlich wahrnehmbar. «Frau Gorbatschow war dabei, und sie spürte wohl auch, wie wichtig die Entscheidungen waren. Und plötzlich nahm sie meine Hand, zog mich etwas zurück und sagte dann: ‹Sie sind sich hoffentlich bewusst, welche schwerwiegenden Entscheidungen mein Mann getroffen hat und was das für ihn bedeutet. Und für uns muss ganz sicher sein, dass Deutschland seine Verpflichtungen auch erfüllt.›» Raissa

sorgte sich um ihren Mann, denn ihr war bewusst, dass hier weitreichende Entwicklungen in Gang gesetzt wurden, die bei den Hardlinern in Moskau auf Widerstand stoßen würden.

Zu Hause verschärfte sich mittlerweile die innenpolitische Situation: Aus den traditionellen Paraden auf dem Roten Platz waren Demonstrationen geworden. Die einzelnen Republiken forderten Unabhängigkeit. Die Menschen wollten ein besseres Leben. Und manche sehnten sich nach der alten Zeit zurück, in der alles seine Ordnung hatte. «Man hat im Westen alles von Gorbatschow bekommen, und im Gegensatz dazu waren in Russland keine Hoffnungen des Volkes erfüllt worden, obwohl man so viel versprochen hatte», beschreibt Koltschanow die Stimmung.

Tausende von Menschen hielten Plakate hoch, schüttelten die Fäuste und schleuderten dem Generalsekretär ihre Wut entgegen. Lange harrte Gorbatschow mit eiserner Miene auf dem ihm so vertrauten Platz hoch oben auf dem Lenin-Mausoleum aus, dann sah er auf die Uhr, drehte sich um und ging. «Das alles war sehr schmerzhaft für ihn», erzählt Georgi Prjachin, es habe ihn und auch seine Frau sehr verbittert, dass die demokratische Bewegung, die sie ja erst ermöglicht hatten, sie nun förmlich überrollte. «Und mehr noch als die Unzufriedenheit der Leute verletzte sie, dass man sie nicht verstand.» Auch dass man ihn nicht mehr verehrte?

Hatte Gorbatschow noch zu Beginn seiner Amtszeit das Bad in der Menge gesucht, informierte er sich nun bei Prjachin darüber, was die Menschen dort unten auf dem Platz gesagt hatten und was sie bewegte. Das Verhältnis zwischen dem einst so beliebten Generalsekretär und seinem Volk war abgekühlt.

«Und als die Früchte der Perestroika absolut nicht das waren, was die Menschen erwartet haben», so Prjachin, «da fing man an, nach einem Schuldigen zu suchen. Aber mit dem Finger auf Gorbatschow zu zeigen, das hat sich das ‹Establishment› nicht getraut. Deshalb

Gorbatschow zu Besuch in der DDR – noch ahnt Honecker nicht, dass er bald gestürzt wird.

hat man begonnen, ganz delikat, hinter ihrem Rücken auf Raissa zu zeigen. Ich denke, dass diese Unzufriedenheit künstlich gesteuert wurde, vielleicht vom Geheimdienst. Es wurden Dokumente und Papiere über Raissa Maximowna geschrieben. Das Ziel war klar: Man kritisierte sie, um ihn zu treffen.»

Längst war Raissa zum Thema in öffentlichen Debatten des Obersten Sowjets geworden. Besonders der Abgeordnete Suchow verfolgte sie geradezu mit Angriffen. Regelmäßig nutzte er seine Redezeit, um sie zu traktieren: Sie würde sich ständig ins Staatsgeschehen einmischen, sie würde sich aufführen wie eine Zarin. Es gab Tumulte im Saal. Oft saß Raissa selbst in den Zuschauerrängen und schaute dem Spektakel ohnmächtig zu. Die Schriftstellerin Larissa Wassiljewa traf Raissa einmal nach einer solchen Sitzung. Sie war erschrocken, wie blass und krank Raissa ausgesehen habe. Was sollte sie tun?

«Es gab keine Lösung», meint Prjachin. «Es hätte nur eins gegeben, was sie in dieser Hinsicht hätte retten können: Gorbatschow hätte sich mit der Wirtschaft beschäftigen müssen. Aber die Sache lief schlechter und schlechter. Die Situation lief aus dem Ruder – es gab Chaos.» Beide seien damals schon erschöpft gewesen. «Sie hatten das Gerede satt! Sie hatten es satt, dass nichts gelingt. Und Raissa spürte diese Erschöpfung noch viel stärker als er.»

Bei ihrem vorletzten Urlaub auf der Krim, dem Feriendomizil der Regierung, wagte Raissa bei einem Abendessen im kleinen Kreis der Familie und engsten Mitarbeiter einen Vorstoß: «Michail Sergejewitsch, ich sage dir schon seit langem, dass du deine Sache gemacht hast. Es ist Zeit für uns beide, zu gehen und unsere Memoiren zu schreiben.» Aber Gorbatschow blieb stur, er ahnte zu diesem Zeitpunkt nicht, dass Mitarbeiter aus den eigenen Reihen ihn gewaltsam daran hindern sollten, seinen Weg bis zum Ende zu gehen.

Ein Jahr später, im Sommer 1991, kursierten Gerüchte im Kreml, dass etwas passieren würde. Die Signale drangen sogar bis ins Weiße Haus nach Washington – Präsident Bush warnte Gorbatschow. Doch der winkte ab. Er entschloss sich, mit seiner Familie auf die Krim zu fahren, um dort den Unionsvertrag vorzubereiten, der wenig später unterzeichnet werden sollte. Die Katastrophe ließ nicht lange auf sich warten.

Am Sonntag, dem 18. August, wurde die Familie unter Arrest gestellt. Die Datscha war zum Gefängnis geworden. Während die Familie auf der Krim verweilte, waren in der Hauptstadt Panzer aufgefahren – der Beginn eines Militärputsches. Die alten Mächte der Sowjetunion waren dem neuen Denken längst nicht alle gefolgt. KGB und konservative Parteifunktionäre wollten mit Gewalt die Herrschaft der Kommunistischen Partei wiederherstellen. Unter den Putschisten waren auch Freunde und Vertraute, die nun Gorbatschows Rücktritt forderten.

Der Überredungskünstler – doch die Menschen vertrauen ihm nicht mehr.

Gorbatschow war empört. «Wie können sie es wagen, die Hand gegen mich zu erheben? Niemals wäre es mir in den Sinn gekommen, dass sie gegen mich, den Generalsekretär, die Hand erheben. Der Generalsekretär ist unantastbar», schildert Tschernjajew Gorbatschows erste Reaktion. Die Gefahr, in der er sich befand, schien ihm zunächst nicht bewusst zu sein. Fast war es so, als nähme er die Putschisten gar nicht ernst: «Diese Idioten, die haben doch gar keine Ahnung von dem, was sie da vorhaben.»

Doch am Abend des zweiten Tages gelang es der Familie, eine Fernsehverbindung herzustellen, und zum ersten Mal sahen sie, was in Moskau geschehen war. Die Putschisten erklärten den Generalsekretär «aus Krankheitsgründen für handlungsunfähig» – Gorbatschow war alarmiert.

Er glaubte nun, dass sie ihre Behauptung wahr machen würden. «Es gibt Dinge, die ich einfach aus meinem Gedächtnis streichen möchte. Dies ist einer dieser Momente.» Irina fällt es noch heute schwer, über diese Tage der Angst zu sprechen. «Auf uns waren Maschinenpistolen gerichtet. Und wir waren nicht in der Lage, etwas zu unternehmen. Es gab keine Möglichkeit, jemanden zu kontaktieren oder irgendwie zu handeln. Wir hatten das erste Mal Angst um unser Leben. Am allermeisten haben wir befürchtet, dass man uns trennen würde, um mit dem Schicksal der Familie auf Papa Druck auszuüben.»

Irinas Sorge galt vor allem der Mutter. «Mama war die Verwundbarste von allen. Sie war ein sehr verletzlicher Mensch und sehr emotional.» – «Sie war sehr angespannt, fast panisch», erzählt Tschernjajew, «sie wirkte verwirrt, und es tat einem Leid, sie so zu sehen.» Raissas Angst, abgehört zu werden, sei geradezu zu einer Besessenheit geworden. Am meisten habe sie getroffen, dass unter den Verschwörern Menschen waren, denen sie vertraut hatte, die sich «Freunde» genannt hatten, die in ihrem Haus ein und aus gegangen waren. Raissa erlitt einen Zusammenbruch.

An diesem Abend schlug Gorbatschow Tschernjajew vor, seinen Protest auf Video aufzunehmen und das Band nach Moskau zu schaffen.

Das Video sollte die Insel nie verlassen. Und doch gab es Widerstand gegen die Putschisten. Die Menschen wehrten sich, angeführt vom russischen Präsidenten Boris Jelzin. Sie bauten Barrikaden vor dem Weißen Haus in Moskau, um ihn zu schützen, stellten sich den Panzern entgegen. Jelzin wurde zum Helden. Nach vier Tagen Gefangenschaft konnte die Familie nach Moskau zurückkehren.

Raissa sollte sich nie ganz von diesen Strapazen erholen, und mit nahezu tonloser Stimme berichtet Irina von der Zeit danach: «Sie erblindete fast und – ja, wahrscheinlich hat sie sich verändert. Sie traute danach den Menschen noch weniger als vorher. Nach dem Putsch hat sie alle persönlichen Aufzeichnungen vernichtet, alle Briefe von Papa, weil sie glaubte, dass so etwas noch einmal passieren könnte, dass fremde Hände und fremde Augen in ihren ganz persönlichen Sachen wühlen würden.»

Später wird Gorbatschow erklären, er sei in ein anderes Land zurückgekommen. Doch damals ahnte er noch nicht, dass ihm die Macht bereits entglitten war. «Man kam, um uns zu empfangen – es kamen die, die ihre Sünden gestehen wollten, und ein paar enge Freunde, nicht viele – vielleicht fünfzig Leute», erzählt Tschernjajew. Gorbatschow schritt langsam die Gangway hinab, in einer Freizeitjacke, sichtbar um Fassung bemüht. Hinter ihm folgten Raissa und ihre Enkelin, der eine Decke um die Schultern geschlungen war, und sie war diejenige, die Raissa Halt bot. Raissa wirkte krank, nahezu gebrochen. Gorbatschow gab ein paar Interviews, dann fuhr er nach Hause in seine Datscha.

Im Weißen Haus war ein Empfang für ihn vorbereitet worden, doch man hatte ihn darüber bewusst nicht informiert. Später sollte man darüber spekulieren, ob er damit seine letzte Chance verspielte, die Macht zu behalten und die weitere Entwicklung zu steuern. Doch schon am nächsten Tag wurde klar, dass Jelzin nicht für Gorbatschow gekämpft hatte, sondern für sich selbst.

Auf Gorbatschow wartete im Obersten Sowjet ein sorgsam inszeniertes Schmierentheater, und auf die ihm zugedachte Rolle war er nicht vorbereitet. Minuziös dokumentierten die Fernsehkameras die öffentliche Demütigung Gorbatschows: Der Oberste Sowjet war sehr gut gefüllt an diesem Tag. Die Abgeordneten schienen die Spannung, zwischen ihrem russischen Präsidenten Jelzin und Gorbatschow, dem Präsidenten der Sowjetunion, dort oben auf der Bühne des Plenarsaals zu spüren.

Plötzlich dröhnte Jelzins laute Stimme durch den Raum: «Ich habe Ihnen ein Protokoll geschickt mit den Beschlüssen, die während der Belagerung verabschiedet wurden ...» Abrupt verstummte das Gemurmel der Abgeordneten. Jelzin erhob sich und ging zu Gorbatschows Platz hinüber. Postierte sich neben dessen Stuhl. Mit einer nahezu hilflosen Geste wollte dieser abwehren: «Nicht, nicht ...», brach ab, besann sich. «Ich habe dieses Protokoll bekommen, aber ich habe es noch nicht gelesen ...» Jelzin fiel Gorbatschow ins Wort, rief: «Lesen Sie es, lesen Sie es jetzt!» Hämisches Lachen und tosender Beifall bei den Abgeordneten. Gorbatschow starrte in den Saal. Wächsern, steinern. Jelzin hatte ihm den Krieg erklärt.

Im Kampf gegen Jelzin wurde es einsam um Michail Gorbatschow. Er wollte den Zerfall der Sowjetunion verhindern, aber Boris Jelzin hintertrieb diese Politik. Zusammen mit anderen Republiken beschloss er die Gründung einer unabhängigen Staatengemeinschaft. Das war das Ende der Sowjetunion und das Ende der Ära Gorbatschow. Der Präsident der Sowjetunion musste gehen, denn sein Land gab es nicht mehr.

Am 25. Dezember 1991 versammelten sich Mitarbeiter und Journalisten in Gorbatschows Büro. Er würde an jenem Tag im Fernsehen seinen Rücktritt erklären. In den Fluren standen Papiertüten herum, hin und wieder sortierte noch irgendjemand geschäftig Akten hinein. Es war, als hätte man Michail Gorbatschow nicht einmal die Ruhe geben wollen, in Würde die Bühne zu verlassen. Erst nach Intervention eines Freundes hatte sich das russische Fernsehen dazu bereit erklärt, die Rede zu übertragen. Gorbatschow sollte gehen, möglichst lautlos.

Er selbst saß an seinem Tisch, blass, gefasst, schaute auf die Uhr und versuchte sogar ein Lächeln. «Na, wir haben ja noch eine Menge Zeit.» Es waren nur noch Minuten, bis er sich von seinem Volk verabschieden sollte. «Äußerlich war ich ruhig, aber in mir tobte ein Sturm, ich war am Rande eines Nervenzusammenbruchs.» Gorbatschow verabschiedete sich in freundlichen Worten: Er glaube an sein Volk und an dessen Weisheit. Dann nahm er seine Brille ab. Unmittelbar nach der Abdankung teilte man ihm telefonisch mit, dass die Möbelwagen bereits vor seiner Dienstwohnung warteten.

«Ich habe ihn am ersten Weihnachtsfeiertag 1991, das war der Tag, an dem er zurücktrat, angerufen», erzählt Hans-Dietrich Genscher, «und er hat mir dann gesagt: ‹Das ist das letzte Telefongespräch, das ich aus dem Kreml führe. Wenn ich jetzt den Hörer auflege, verlasse ich den Kreml.› Und sehr bald danach waren die beiden Gorbatschows hier bei uns. Und da ist doch sehr offen auch über viele menschliche Enttäuschungen, die sie erfahren haben, gesprochen worden.»

Die Jahre nach seinem Rücktritt waren schwer. Raissa lebte völlig zurückgezogen. Und Gorbatschow verlor in seinem Land rasch jeglichen politischen Einfluss. Jelzin hatte ihm sogar eine angemessene Rente verwehrt. Gorbatschow wollte so nicht abtreten. Er beschloss, bei den russischen Präsidentschaftswahlen 1996 noch einmal zu kandidieren. Raissa war entsetzt. Sie bat Freunde und ehemalige Berater ihres Mannes um Hilfe. Niemand konnte ihn davon abbringen. Das sei völlig unmöglich gewesen, erinnert sich Irina: «Wir haben diese Entscheidung nicht unterstützt, denn wir wussten um den hohen Preis, den er dafür bezahlen würde. Wir wollten nicht, dass er das alles durchmachen muss.» Gorbatschow zog also in den Wahlkampf, und obwohl Raissa diese Entscheidung für falsch hielt, stand es für sie außer Frage, dass sie ihn begleiten würde.

Gorbatschow hatte sein Charisma nicht verloren und auch nicht seinen Kampfgeist. Auf seiner Tour durch das Land hielt er Reden vor kleinen und großen Versammlungen, stellte sich den Bürgern auf der Straße, ließ sich unermüdlich auf nicht enden wollende Diskussionen ein – wieder war es, als wollte er jeden Einzelnen überzeugen. Vergeblich. «Hören Sie zu!», schrie ein Mann auf einer Versammlung. «Sie haben die Kommunistische Partei zerstört!» Der

Angegriffene entgegnete: «Wer hat wen im Stich gelassen? Gorbatschow die Partei oder die Partei Gorbatschow?» Aber die Menschen wollten ihm nicht mehr zuhören. Sein Name war unauslöschlich mit dem Untergang der Sowjetunion verbunden. Ohnmächtig verfolgte Raissa diese Szenen, in denen ihr Mann um sein Ansehen kämpfte. Auf einer der letzten Pressekonferenzen im Wahlkampf wirkte das Paar erschöpft. Matt erklärte Gorbatschow, dass er sich entschieden habe, bei diesen Wahlen zu kandidieren. Raissas Stimme war kaum zu verstehen, als sie hinzufügte: «Mein Mann hat sich dazu entschlossen. Und ich bin seine Frau. Und deshalb unterstütze ich ihn.»

Das Ergebnis dieser letzten Kraftanstrengung war niederschmetternd. Michail Gorbatschow erhielt nur 0,5 Prozent der Wählerstimmen. Die Russen hatten ihn vergessen.

«Raissa hat unter dem Unverständnis der Menschen für mich gelitten, das hat sie fertig gemacht», sagt Gorbatschow, «und ich denke, dass die Leukämie das Ergebnis des sich ständig wechselnden Stresses war.» Er selber sei immer davon überzeugt gewesen, dass das, was er getan habe, richtig und notwendig war, für Russland und für die Welt. «Ich habe am Anfang meiner Karriere darüber nachgedacht, aus der Politik wieder auszusteigen. Aber als ich dann immer weiter aufstieg, habe ich mich entschlossen weiterzumachen. Aus politischer Sicht bedaure ich das nicht, aber angesichts der Tatsache, dass Raissa so früh aus dem Leben geschieden ist, denke ich viel darüber nach und fühle mich irgendwie schuldig.»

Am 19. September 1999 verstarb Raissa Maximowna im Universitätsklinikum Münster. Zwei Jahre später besucht Hans-Dietrich Genscher den Freund für ein Fernsehinterview in seiner Datscha. Gorbatschow führt seinen Gast durch die Räume, auch in Raissas Zimmer. «Man hat den Eindruck, als könne sie jeden Augenblick eintreten. So sieht das hier aus», entfährt es Genscher. Gorbatschow antwortet: «Ich fasse nichts an, ich verändere nichts. So, wie sie es hingestellt hat, so bleibt es auch stehen.» Eine Strickjacke hängt über einem Stuhl, als sei sie gerade dort abgelegt worden, auf dem

Tisch liegen die Unterlagen für das Buch, das sie schreiben wollte. «Der Schmerz bleibt. Ich dachte, mit der Zeit würde der Schmerz nachlassen, aber er lässt nicht nach. Ich bin dankbar, dass ich meine Tochter und meine Enkel hier habe. Aber wenn es Nacht wird, dann gehen wir auseinander, sie ins Erdgeschoss und ich bleibe hier allein. Und hier habe ich die ganze Welt vor mir, die Raissa geschaffen hat, und ich will das nicht zerstören. Im Gegenteil, ich spüre, dass ich diese Welt brauche.»

In den Jahren nach Raissas Tod stürzte sich Michail Gorbatschow in Arbeit. Er rief die Gorbatschow-Stiftung ins Leben, ein Institut,

Abschied von Raissa – «der Schmerz bleibt».

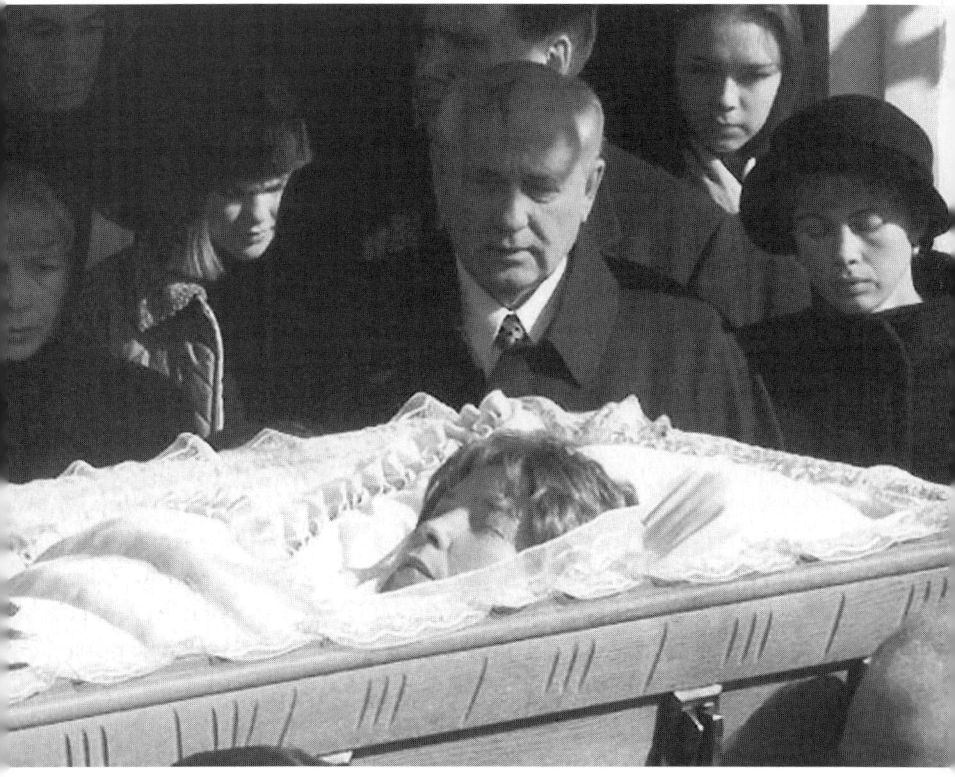

das sozialwissenschaftliche und politische Forschung unterstützt, und er gründete die Sozialdemokratische Partei Russlands. Jedes Jahr sieht man ihn am 1. Mai an der Spitze der Demonstrationen durch die Straßen Moskaus ziehen. Noch immer reist Gorbatschow durch die Welt, überall ist er als Redner gefragt; und oft warten vor den Sälen Menschen, die ihm für das, was er getan hat, danken wollen.

Er hat seine Rolle als Vater und Großvater, und manchmal ist er einfach nur ein älterer Herr, der sich wie Millionen anderer Großväter mit seiner Enkelin über deren Musikgeschmack streitet. «Er hat wieder seine Richtung gefunden», sagt seine Tochter Irina.

Raissas Tod hat die Russen wieder mit ihrem ehemaligen Generalsekretär versöhnt. Zu ihrer Beerdigung waren Tausende gekommen, in endlosen Schlangen standen die Menschen an, um ein letztes Mal von Raissa Abschied zu nehmen – die Anteilnahme war überwältigend. Mit einer berührenden Geste ehrlicher Trauer kondolierte sogar Naina Jelzina, die Gattin des russischen Präsidenten und Erzfeindes der Gorbatschows.

«Verzeih uns, Raissa» titelte die Moskauer Zeitung «Iswestija». «Das ist die russische Seele, oder das, was davon übrig ist», meint Koltschanow lakonisch. «Erst jagten sie sie mit Schimpf und Schande davon, und nach ihrem Tod weinte das ganze Land. Und die Tränen waren ehrlich: Alle wünschten, dass Raissa, diese schöne, kluge Frau, weiterleben möge.»

Und Gorbatschow, hat er Frieden geschlossen mit seinem Volk?

«Jeder Politiker muss etwas für das Volk tun, das er hat», beschreibt Irina seine Haltung, «ja, es tat weh, es war häufig beleidigend. Aber es handelt sich um unser Volk. Ein Volk, das sehr viele Schicksalsschläge ertragen musste und das mit einem sehr schweren Leben geschlagen war. Trotz aller Schmerzen und Sorgen musste man das Volk so nehmen, wie es war.»

Den größten Schmerz in seinem Leben, den Verlust Raissas, hat Michail Gorbatschow jedoch nie verwunden. «Ich habe ihn angerufen, an seinem Geburtstag», erinnert sich Georgi Prjachin. «Erst hab ich in der Stiftung angerufen, dann in der Datscha, lange ging niemand ans Telefon, dann war er plötzlich selber am Apparat. Ich hab ihn gefragt, wie es ihm geht, und er sagte: ‹Wozu lohnt es sich noch zu leben, es gibt niemanden, für den ich leben könnte.› Und er erzählte mir, dass er immer noch Zwiesprache führt, mit ihr.»

Ulrike Brincker

Die Rolle ihres Lebens

NANCY UND RONALD REAGAN

Die offizielle Geschichte von «Ronnie und Nancy», wie sich die beiden nannten, gleicht einem amerikanischen Märchen: «Mein Leben begann, als ich ihn kennen lernte», schrieb die First Lady. «Wir sind so sehr eins, dass ich dich für das Leben brauche wie mein Herz, nur dass du durch keine Transplantation ersetzt werden kannst», erwiderte ihr Mann. Die Briefe der beiden waren stets mit Herzen verziert. Auch in Interviews stellten die Reagans ihre Liebe mit geradezu messianischem Eifer zur Schau: «In all den Jahren, in denen wir verheiratet sind, hieß es immer *wir* und nicht *du und ich*», erzählte Ronald, «es wäre unvorstellbar für mich gewesen, meinen eigenen Weg zu gehen und etwas ohne sie zu tun. Und ich glaube, für sie gilt das Gleiche.» Das Paar hielt sich bei öffentlichen Auftritten an den Händen, und selbst nach einem halben Jahrhundert Ehe wirkten sie wie frisch verliebt. Die Frau aufopferungsvoll lächelnd, der Mann noch immer stattlich und voller Tatendrang. Eine Musterehe?

Nicht so sehr große Gefühle als Berechnung und Aufstiegswille führten zu ihrer ersten Begegnung 1949. Es war Nancy, die die Initiative ergriff. Die nur mäßig erfolgreiche Schauspielerin stand mit ihren 28 Jahren immer noch ohne Ehemann da, und so legte sie spaßeshalber eine Liste mit Hollywoods begehrtesten Junggesellen an. Reagan, damals Chef der Schauspielergewerkschaft, schien der viel-

Die starke Frau an seiner Seite. Von Anfang an verlor Nancy das große Ziel nicht aus den Augen.

versprechendste Kandidat. Um ihn kennen zu lernen, griff sie zu einem Trick. Wissend um seine tief verankerte Kommunisten-Furcht, gab sie vor, als Kommunistin verdächtigt zu werden, und wandte sich Hilfe suchend an die Gewerkschaft. Der Plan ging auf, denn Reagan fühlte sich in doppelter Hinsicht herausgefordert, als Kommunistenjäger und Beschützer. Auch das anschließende Blind Date wurde so anregend, dass die rote Gefahr kein Thema mehr war. Man traf sich, den Memoiren der First Lady zufolge, bald schon allabendlich, nicht etwa auf glamourösen Hollywoodpartys, sondern in Nancys Wohnung, um fernzusehen und Popcorn zu essen.

Ein perfektes Paar – auch wenn die beiden aus denkbar ungleichen Verhältnissen kamen. Ronalds Kindheit und Jugend waren das Musterbeispiel einer amerikanischen Selfmade-Story und wie geschaffen für die spätere Stilisierung als Präsidentenbiographie. Er wuchs in Dixon auf, einer Kleinstadt im Mittleren Westen: Man sieht förmlich die Milchflaschen vor der Tür und die raufenden Kinder im Hinterhof. Der Vater ein chronisch arbeitsloser Schuhverkäufer und Alkoholiker, die Mutter eine eifrige Kirchgängerin mit hohen moralischen Ansprüchen.

Wovon träumte ein Junge in solch einer Umgebung, wenn nicht von Hollywood? Und wie brach er ohne Geld und Beziehungen dort am schnellsten aus? Ronald wählte den Umweg über das Studium, das ihn schon bald nicht mehr interessierte. Stattdessen versuchte er sich als Footballspieler zu beweisen, doch auf diesem Feld war kein Ruhm zu erlangen, denn Ronald war kurzsichtig. Nur sein Ferienjob als Rettungsschwimmer in der örtlichen Badeanstalt gab ihm die Chance, Muskelkraft zu Geld zu machen. Siebenundsiebzig Menschen will er in sieben Jahren das Leben gerettet haben. Ein Foto aus dieser Zeit zeigt einen athletischen jungen Mann in Badehose, der um seine Wirkung weiß und herausfordernd in die Kamera blickt. Noch bis zu seinem Rückzug aus dem öffentlichen Leben hing dieses Bild in Reagans Arbeitszimmer.

Neben unerschütterlichem Selbstbewusstsein besaß der junge Ronald eine weitere Fähigkeit, die seine Karriere befördern sollte: Er konnte sich verkaufen. So landete er ohne jegliche Qualifikation beim Radio. Hier lernte er, dass die Illusion oft spannender sein kann als das Leben selbst. Bei vermeintlichen Live-Übertragungen von Football- und Baseballspielen saß er nicht etwa im Stadion, sondern im Studio, und verschaffte nüchternen Agenturmeldungen das nötige Drama.

Die nächste Station auf dem Weg zur perfekten Illusion hieß Hollywood, dort fanden 1936 die ersten Probeaufnahmen statt. Der Casting-Direktor soll ihn gefragt haben: «Sind das Ihre echten Schultern? Ist das Ihre echte Stimme?» Auch später in Reagans Karriere sollte noch oft die Frage nach der «Echtheit» gestellt werden: War er tatsächlich die richtige Besetzung für die Rolle des Präsidenten? Oder war er nur ein mittelmäßiger Schauspieler, der einen schlechten Präsidenten hervorragend spielen konnte?

Reagans Aussehen und vor allem auch seine Stimme gaben damals den Ausschlag, und so plante man, ihn als «Adonis des 20. Jahrhunderts» zu vermarkten. Er erhielt einen Siebenjahresvertrag und 200 Dollar die Woche. In den folgenden fünfzehn Jahren spielte er in fast sechzig Filmen mit, die meisten davon waren billig produziert und liefen im Beiprogramm. Die großen Starrollen, die er sich wünschte, bekam John Wayne.

Zwar war seine schauspielerische Bandbreite begrenzt, doch mit seiner athletischen Erscheinung war er wie geschaffen für die Rolle des Helden, der die Herzen erwärmte. Nur ein einziges Mal verkörperte er den Bösewicht. Das Melodram «King's Row» von 1941, in dem er die Hauptrolle spielte, gehörte zu Reagans Lieblingsfilmen: Drake McHugh alias Ronald Reagan ist der Prototyp des netten Mannes von nebenan. In der Wirtschaftskrise verliert er seinen Job und muss seinen Lebensunterhalt als Eisenbahnarbeiter bestreiten. Als er nach einem Unfall aus der Narkose aufwacht, entdeckt er, dass ihm ein rachsüchtiger Chirurg beide Beine amputiert hat. Drake blickt an seinem halben Körper herunter und schreit panisch nach seiner Frau: «Where's the rest of me!?» Dieselbe Textzeile verwendete Reagan 1965 als Titel für seine erste Autobiographie, die er zu Wahlkampfzwecken verfasste. Nachdem er im Laufe seines Lebens wechselnde Rollen übernommen hatte – vom Sportkommentator über den Schauspieler zum Funktionär –, wollte er den Wählern zeigen, wer er wirklich war: ein ganz normaler Kerl aus dem Mittleren Westen, der seine Wurzeln noch nicht verloren hatte.

Ein weiterer Film, «Knute Rockne – All American», gibt Auskunft über sein Selbstverständnis. Als er von dem geplanten Warner-Brothers-Projekt über die wahre Geschichte der beiden Football-Legenden Knute Rockne und George Gipp hörte, versuchte er den Produzenten mit einem Foto von sich im College-Football-Trikot davon zu überzeugen, dass er genau der richtige Mann für die Rolle des legendären Halfbacks Gipp sei. Trotz einer Lungenentzündung hatte Gipp in einem entscheidenden Spiel darauf bestanden, eingewechselt zu werden. Die Mannschaft gewann, Gipp starb kurze Zeit später im Alter von fünfundzwanzig Jahren.

Für Reagan war Footballspieler die Traumrolle seiner Jugend. Sicherlich hätten andere die Rolle besser spielen können, so erklärte er später, niemand aber habe sie so sehr gewollt wie er. George Gipp, genannt der Gipper, glaubte mit derselben Unbekümmertheit und demselben Optimismus an den amerikanischen Traum wie sein Darsteller. Auf dem Spielfeld wurden die wahren Helden geboren, die sich rückhaltlos in den Dienst der Mannschaft stellen. So wandte sich der todkranke Gipper an seinen Trainer mit den Worten: «Eines Tages, wenn die Zeiten hart sind und sich alles gegen die Jungen zu verschwören scheint, bitte sie, ein Spiel für den Gipper zu gewinnen. Ich weiß nicht, wo ich dann sein werde, aber ich werde es erfahren und glücklich sein.» Reagan lebte diese Rolle in der Politik weiter, und noch mehr als vierzig Jahre später appellierte er an seine Wähler: «Lasst uns für den Gipper gewinnen!»

Eine entscheidende Rolle fehlte in Reagans Leben: die des Soldaten. Ausgerechnet er, der in seinen Filmen immer den Helden gab, verpasste die Chance zu echten Heldentaten. Wegen seiner Kurzsichtigkeit musste er zu Hause bleiben. Dwight D. Eisenhower, John F. Kennedy und auch George Bush bauten ihre Karriere auf ihren Heldentaten im Krieg auf, Reagan hingegen war zwischen 1942 und 1945 an der Produktion von Schulungsfilmen für Bomberpiloten beteiligt. Im Laufe seiner Präsidentschaft behauptete er jedoch immer wieder, er sei an vorderster Front gewesen. Israels Premierminister Yitzhak Shamir ließ er 1983 wissen, er habe als Fotograf die Schrecken der Konzentrationslager dokumentiert. Eine Kopie des Films habe er aufgehoben, weil er glaube, dass eines Tages der Zeitpunkt kommen werde, an dem die Leute den Mord an sechs Millionen Juden bestreiten würden. Dies sei der Moment, so Reagan, in dem er die Fotos zeigen werde. Die Zeitung «Ma'ariv» berichtete, dass sich Reagan seit seinem Besuch im Konzentrationslager für das jüdische Volk interessiere.

Dieselbe Geschichte tischte er kurze Zeit später auch Simon Wiesenthal auf. Nachfragen von Journalisten beantwortete die Pressestelle des Weißen Hauses mit dem Hinweis, sowohl Shamir als auch Wiesenthal hätten aufgrund ihrer mangelnden Englischkenntnisse den Präsidenten missverstanden. Doch auch 1985, vor seiner umstrittenen Reise nach Bitburg, erzählte er ausländischen Journalisten, dass er über die Verbrechen der SS Bescheid wisse, denn schließlich sei er ja vier Jahre lang «selbst in Uniform» gewesen.

«Tatsächlich ist Mr. Reagan der einzige amerikanische Präsident, der während des Zweiten Weltkriegs im wehrfähigen Alter war und niemals in Übersee gedient hat», schrieb der ehemalige Kennedy-Berater und Historiker Arthur Schlesinger. «Er schlug seine Schlachten in den Studios von Hollywood, schlief jede Nacht in seinem eigenen Bett und bezog offensichtlich viele seiner Informationen über die wirklichen Ereignisse aus der Lektüre von ‹Reader's Digest›.»

Wo war der Rest von ihm? Im Krieg oder zu Hause? Waren die erfundenen Kriegsgeschichten bewusste Lügen aus politischem Kalkül oder deuten sie vielmehr auf ein gestörtes Verhältnis zur Realität hin? Sein Vater, sagt Reagans Sohn Michael, habe immer dazu geneigt, Dinge zu erfinden und an ihre Wirklichkeit zu glauben. Der «Washington Post»-Journalist und Reagan-Biograph Lou Cannon vertritt ebenfalls diese Ansicht. Für Reagan seien Filme und Bilder so real gewesen, dass sie in seiner Erinnerung mit einer Klarheit auftauchten, als seien es eigene Erfahrungen. Je mehr er emotional in seine Geschichten verstrickt gewesen sei, desto weniger sei es ihm gelungen, Grenzen zu ziehen. Und wie real waren seine Gefühle? Lebte er seine Ehe ebenfalls nach dem Vorbild der großen Hollywoodfilme?

Auch Nancy verbrachte seit frühester Kindheit ihr Leben in glänzenden Scheinwelten. So behauptete sie, 1923 als Tochter des Gebrauchtwagenhändlers Kenneth Robbins im Sloane Hospital in Manhattan geboren worden zu sein, der die Familie angeblich kurz nach ihrer Geburt im Stich ließ. In Wirklichkeit war ihr Geburtsort das weniger feine Queens, und ihr Geburtsdatum hatte sie um zwei Jahre nach vorne verlegt. Ihr Vater verkaufte Lebensversicherungen, kein wirklich ertragreiches Geschäft. Und so wohnte die Familie in einer ärmlichen Mietwohnung. Da Kenneth Robbins den Karriereplänen seiner Frau Edith, einer ehrgeizigen Schauspielerin, im Wege stand, ließ sie sich scheiden. Edith führte ein wildes Bohemeleben und tingelte von Bühne zu Bühne. Nancy, mit eigentlichem Namen Anne Frances, wurde in den Haushalt ihrer Tante abgeschoben, wo sie fünf Jahre verbrachte. Die lebenslustige Mutter bekam sie nur zu Gesicht, wenn die Truppe Gastspiele in New York hatte. Eine der wenigen Lektionen, die ihr Edith mit auf den Weg gab, prägte ihren weiteren Lebensweg: Schein ist wichtiger als Sein.

Als ihre Mutter 1929 den Neurochirurgen Loyal Davis heiratete, lohnte sich die Ehe für alle Beteiligten. Mit Hilfe ihres Mannes stieg Edith in die feineren Kreise von Chicago auf. Umgekehrt belebten ihre Kontakte zur Film- und Showwelt seine bis dahin eher bescheidene Karriere. Loyal Davis wurde ein hoch bezahlter Modearzt. Und Anne Frances Robbins verwandelte sich per Adoption in Nancy Davis, die von nun an das Leben einer höheren Tochter führte. Ihr gesellschaftlicher Ehrgeiz stand dem ihrer Mutter in nichts nach.

Nancy, spottet der Schriftsteller Gore Vidal, sei schon mit einer silbernen Leiter auf die Welt gekommen. Ebenso wie ihre Mutter begeisterte sie sich für die Schauspielerei. Und dank der mütterlichen Kontakte bekam Nancy in den vierziger Jahren erste Rollen in Hol-

Das MGM-Starlet Nancy Davis posiert für eines ihrer wenigen Glamourfotos.

lywood. Meist spielte sie den Typ der netten Frau von nebenan. Doch bald war sie es leid, mit einem Schwangerschaftskissen unter dem Kleid aufzutreten, etwas mondäner durfte es schon sein. Da sie ihre Talente jedoch realistisch einzuschätzen wusste, strebte sie eine Karriere als Ehefrau an. Als sie ihren ersten Vertrag bei MGM unterzeichnete, vermerkte sie in der Rubrik Berufsziel: «eine glückliche Ehe».

Auf diesen Wunsch reagierte Ronald nur zögerlich, schließlich hatte er bereits eine gescheiterte Ehe hinter sich – mit der Schauspielerin Jane Wyman, die ihn offenbar zu langweilig fand. Diese erste Ehe und die beiden daraus hervorgegangenen Kinder spielten im öffentlichen Leben des Politikers Ronald Reagan nur eine Statistenrolle. Aber 1940 galten Ronnie und Jane als das Traumpaar von Hollywood, ohne Starallüren und Skandale. Schon damals war es ihm wichtig, als Durchschnittsmann wahrgenommen zu werden. Für die Zeitschrift «Photoplay» schrieb er unter dem beziehungsreichen Titel «How to Make Yourself Important»: «Mein Lieblingsessen ist Steak mit Zwiebeln und Himbeerkekse. ‹Mr. Normal› ist mein Alias. Ich spiele ganz passabel Bridge, sammle Waffen, trage immer einen Penny als Glücksbringer mit mir herum und klopfe auf Holz, wenn ich mir etwas wünsche (...) Ich interessiere mich für Politik und die Probleme der Regierung. Meine Lieblingsschauspielerin ist meine Frau (...) Ich liebe meine Frau, mein Baby und mein Zuhause.»

Als Jane Wymans Karriere steil nach oben führte, während seine auf der Stelle trat, begann die Ehe zu kriseln, 1948 verlangte Jane gegen den Willen ihres Mannes die Scheidung. Ihr Mann habe nur noch über Gewerkschaften und Politik geredet. Für Ronald war das Modell zweier gleichberechtigter Partner gescheitert. In seinen knapp 800 Seiten umfassenden Erinnerungen widmete er seiner ersten Ehefrau ganze vier Zeilen.

Nancy musste vier Jahre warten, bis sie bekam, was sie wollte, eine Schwangerschaft verlieh den nötigen Nachdruck. Am 4. März 1952 wurde das Paar getraut. Da es mit der Karriere ohnehin bergab ging, löste sie ihren Siebenjahresvertrag bei MGM auf, mit der offiziellen Begründung, sie wolle nur noch für ihren Mann da sein.

Ronnies Frau zu sein, das war die Rolle, die sie sich am «meisten wünschte». In ihrer 52 Jahre währenden Ehe sollte sich an diesem Rollenverständnis nur wenig ändern. Sie kannte «den Rest» von ihm und zweifelte nicht einen Augenblick an seiner Zukunft. Und sie konnte zuhören.

In einem einzigen Kinofilm, «Hellcats of the Navy» (1957), trat das Paar Seite an Seite auf. Die Rollenverteilung war bezeichnend: Ronald spielte einen U-Boot-Kommandanten, Nancy eine verliebte Krankenschwester. Er gab die Richtung vor, sie sorgte für sein Wohlbefinden. Der Film endete als Kassenflop, die Kritik bescheinigte den beiden jedoch akzeptable schauspielerische Leistungen.

Nicht nur Nancys Karriere hatte bereits den Zenit überschritten, auch Ronald, inzwischen Anfang vierzig, wollte sich neu orientieren, denn seine Zeit als Leinwandheld war abgelaufen. In den wenigen Filmen, in denen er jetzt noch zu sehen war, musste er unter anderem Dialoge mit Schimpansen («Bedtime for Bonzo») und stummen Indianerhäuptlingen («The Last Outpost») führen. Noch verfolgte er angeblich keine politischen Ambitionen, aber als Chef der Schauspielergewerkschaft wusste er durchaus Politik zu machen. Er hatte ein erklärtes Ziel, das er später kurzerhand auf die gesamte Welt übertrug und das zu seinem politischen Credo wurde: Hollywood vor der roten Gefahr zu retten. Als Informant des FBI mit dem Codenamen T-10 beteiligte er sich auch aktiv an der «Säuberung» Hollywoods von Kommunisten. Dieser unrühmlichen Rolle sollte er sich auch später nie schämen.

Zunächst brauchte die schnell wachsende Familie Geld. Reagan nahm ein Angebot als Conférencier in Las Vegas an, wo er eine wenig glamouröse Show moderierte. Ein Tiefpunkt seiner Karriere, wenig später jedoch folgte ein neues Angebot als Werbemoderator und Kommunikationschef des Elektrokonzerns General Electric. Ab 1954 tingelte er übers Land, um den Mitarbeitern die Firmenphilosophie zu erklären. Bis zu vierzehn Reden musste er täglich halten. Auch Ehefrau Nancy wurde eingespannt. Sie führte Journalisten durch den Familienwohnsitz, der von General Electric für 100 000 Dollar zum «Showroom» umgerüstet worden war: Von der Licht-

In einem einzigen Film, «Hellcats of the Navy», spielen die Reagans Seite an Seite. Er stürzt sich in Abenteuer, sie übernimmt die Pflege.

orgel im Esszimmer über einen beheizten Pool mit Unterwasserbeleuchtung, Heckenscheren, Haartrockner bis zum Spion in der Einfahrt gab es im Hause Reagans nichts, was nicht elektrisch war – bis auf einen elektrischen Stuhl, wie der Hausherr nicht müde wurde zu betonen.

Nancy schien in ihrer Rolle als perfekte Hausfrau und selbstlose Ehefrau aufzugehen. Unter dem Motto «Fortschritt ist unser Hauptprodukt» verkaufte sie an der Seite ihres Mannes in einer

Fernsehshow General-Electric-Produkte – Teleshopping der frühen Fernsehjahre. Die beiden hatten auf das richtige Medium gesetzt, denn Mitte der fünfziger Jahre verbrachte die amerikanische Durchschnittsfamilie bereits vier bis fünf Stunden vor dem Fernseher, während immer weniger Menschen in die Kinos gingen. Ausgedienten Hollywood-Schauspielern bot das Fernsehen sowohl einen hohen Bekanntheitsgrad als auch eine gesicherte Existenz: «Mr. General Electric» kassierte 150 000 Dollar pro Jahr.

Da er sich nicht nur als Ansager verstand, wurden Reagans Auftritte mehr und mehr politisch. Er nahm Partei für das freie Unternehmertum, wetterte gegen den Kommunismus, überhöhte Steuern und den angeblich zu großen Einfluss der Regierung auf das Leben ihrer Bürger. Seine Zielgruppe war die weiße Mittelschicht der Vorstädte, die in ihren gepflegten Einfamilienhäuschen den amerikanischen Traum im Kleinformat kultivierte. Die Reagans, Herr und Frau Jedermann, lebten auch nicht viel anders, abgesehen davon, dass ihr Haus größer und ihre Freunde reicher waren. Wie schon sein Vater wählte auch Reagan zunächst die Demokraten, doch ab 1960 engagierte er sich für Nixon und trat 1962 der Republikanischen Partei bei.

Der «Rest von ihm» war nun rechts. Für diese politische Kehrtwende wird der Einfluss seines stramm konservativen Schwiegervaters Loyal Davis nicht unerheblich gewesen sein. So unterstützte Reagan während der Präsidentschaftswahlen 1964 Barry Goldwater, einen guten Freund der Familie Davis. Mit seiner Standardrede – genannt «The speech» – rührte er die Werbetrommel, und als er schließlich damit im Fernsehen landete, galt er als Hoffnungsträger der Republikaner. «Dieser Typ sah aus wie die Inkarnation von Hollywood», erinnert sich Michael Deaver, der ab 1967 in Reagans Wahlkampfteam arbeitete, «es war alles zu perfekt: die makellosen Haare, die kräftige Brust, die rosigen Wangen. Ich war mir sicher, dass er Make-up trug. Auch sein Gang war einstudiert ... Nichts von alldem deutete auf eine politische Zukunft, aber wenn ich all die Jahre zurückblicke, muss ich doch sagen, dass er schon damals Aura hatte.»

Für den Schriftsteller Gore Vidal war Reagan hingegen «Hollywoods größter Langweiler, der nie aufhörte zu reden, auch wenn er nichts zu sagen hatte, abgesehen von den Dingen, die er gerade in ‹Reader's Digest› gelesen hatte, das er auf dieselbe Weise studierte wie Jefferson die Werke von Montesqieu».

Politisch waren die Reagans einer Meinung: Sie galten als Verfechter von «law and order» und attackierten den von Präsident Lyndon Johnson geführten «Kampf gegen die Armut». Offiziell interessierte sich Nancy nicht für Politik, doch die Auftritte an der Seite ihres Mannes deuteten aufs Gegenteil: «Zuerst fiel mir ihr wütender Blick auf», schrieb Gore Vidal, der 1964 als Fernsehkommentator einen Parteitag der Republikaner besuchte, «mit ihren riesigen starren Augen, die vor Leidenschaft glühten, ließ sie keinen Zweifel daran, dass sie den Gegner am liebsten eigenhändig umbringen wolle – so sah es zumindest für mich aus. Aber vielleicht probierte sie auch nur neue Kontaktlinsen aus. Da steckte schon eine Menge Wut in dieser kleinen Dame.»

Von Anfang an sorgte sie im Hintergrund für die richtigen Beziehungen. In Los Angeles freundete sie sich mit einer Gruppe reicher Frauen an, genannt «The Girls», mit denen sie sich regelmäßig zum Essen traf und Wohltätigkeitsveranstaltungen sponserte. Deren Ehemänner, darunter Ölmagnaten und Autohändler, brachten Geld und Einfluss mit und nahmen Ronald in ihren Kreis auf. 1965 schlossen sich diese Selfmade-Millionäre zu den «Friends of Ronald Reagan» zusammen – unter ihnen auch Alfred Bloomingdale, Erfinder der «Diner's Club Card», gegen den wenig später wegen seiner Mafiaverbindungen ermittelt wurde.

Reagans neue Freunde waren keine Männer des Geistes, sondern des schnellen Geldes. Für 50 000 Dollar jährlich engagierte man eine Public-Relations-Firma, um Ronald nach vorne zu bringen. Im Gegenzug versprach man sich Einfluss auf die Regierungsgeschäfte. Als Ronald Reagan am 4. Januar 1966 im Fernsehen bekannt gab, dass er für den Gouverneursposten in Kalifornien kandidiere, stand Nancy wie selbstverständlich neben ihm. Im Wahlkampf wurde sie unentbehrlich, um die weiblichen Wähler zu mobilisieren. Die Abstimmung wurde zur «Hormon-Wahl», wie es bald hieß, denn Reagan gewann seine Wähler noch immer mit seinem guten Aussehen und seiner charmanten Art.

Derweil versuchten die politischen Gegner, aus Reagans Vergangenheit Kapital zu schlagen, und zeigten den Ex-Schauspieler in ihren Wahlspots im Zwiegespräch mit einem Affen. Vergeblich: Der Angegriffene profitierte von seinem Bekanntheitsgrad und unterhielt das Publikum mit Anekdoten aus seiner Hollywoodzeit. Er präsentierte sich als der Außenseiter, der nie zum Establishment gehört hatte. So nahm Reagan mit seinem personalisierten Wahlkampf schon in den sechziger Jahren vieles von dem vorweg, was heute unter dem Begriff «Politainment» selbstverständlich geworden ist.

«Das ist das erste Mal in meinem Leben», erklärte Reagan am Tag seines Wahlsiegs, «dass ich mich wirklich wie ein Star fühle.» Anders als zum Beispiel John F. Kennedy oder George Bush hatte er keinen Clan im Rücken, der ihn stützte. Die finanzielle Unterstützung übernahmen seine reichen Freunde, die seelische seine Frau. Die Reagans waren immer ein Zweierteam, und Bilder einer glücklichen Familie, ansonsten fester Bestandteil des amerikanischen Wahlkampfes, gab es nicht. Auch am Tag ihres bis dahin größten Triumphes feierten sie alleine. Maureen und Michael, die beiden Kinder aus erster Ehe, passten ohnehin nicht in das Bild des konservativen Politikers, und auch die beiden jüngeren, Patricia und Ronald, standen den politischen Ambitionen ihrer Eltern skeptisch gegenüber. Zu Hause drehte sich alles nur noch um die politische Karriere des Vaters, und für ein «normales» Familienleben hatten die Reagans keine Zeit mehr.

Die Rolle als Gouverneursgattin schien Nancy offenbar nicht auszufüllen – das Gouverneurshaus in Sacramento nannte sie eine unzumutbare Bruchbude, und den versammelten Journalisten erklärte sie, warum sie dort unter keinen Umständen wohnen wolle. Die Freunde von Ronald Reagan kauften schließlich in der näheren Umgebung von Sacramento eine «angemessene» Villa, die an die Reagans vermietet wurde. Darüber hinaus setzte sich Nancy für den Bau eines neuen Gouverneurssitzes ein, und wieder sprangen die «Freunde» ein: Man erwarb ein viereinhalb Hektar großes Grundstück mit Blick auf den American River. Die Gouverneursgattin plante bis ins letzte Detail das 1,4-Millionen-Dollar-Monument aus senfgelbem Beton. Der Klotz mit dem Charme eines Kongresszentrums umfasste 1100 m^2 Wohnfläche mit Ballsaal, diversen Suiten, Ankleidezimmern, Swimmingpool und Hausbar. «Und dann noch eine jener Küchen, die ausschließlich für das Auftauen von Tiefgefrorenem per Mikrowellen und für das Zerkleinern von Müll konstruiert zu sein scheinen. Es ist ein Haus, das für eine Familie errichtet wurde, die sich von Imbisshäppchen ernährt … kein Denkmal für ein kolossales Ego, sondern für das absonderliche Fehlen eines Egos», schrieb die Schriftstellerin Joan Didion in ihrem Buch «Das weiße Album».

Als dieser «Taj Mahal» 1974 fertig gestellt wurde, weigerte sich Reagans Nachfolger Jerry Brown, dort einzuziehen. Nancys Traumhaus wurde die nächsten zehn Jahre nur von Hausmeistern und ihren Wachhunden bewohnt, erst 1985 fand sich ein privater Investor, der es für 1,5 Millionen Dollar kaufte. Knapp zwanzig Jahre später geriet es erneut in die Schlagzeilen: Gouverneur Arnold Schwarzenegger brauchte einen repräsentativen Wohnsitz, und das Haus seines politischen Vorbilds erschien ihm als angemessene Unterkunft.

Sacramento war Nancy zu provinziell und das Leben als Gouverneursgattin zu langweilig. Auch die Repräsentationspflichten einer First Lady und den Smalltalk mit Abgeordneten-Frauen empfand sie als lästige Pflicht. Stattdessen forderte sie selbstverständlich Privilegien: der Anfang eines schwierigen Verhältnisses zur Presse. Ehemann Ronald hatte in seiner Zeit als Gewerkschaftsfunktionär gelernt, wie er mit Journalisten umzugehen hatte. Egal, ob er als Gouverneur Statistiken vertauschte, Zahlen vergaß oder Gesetzesvorlagen verwechselte, man verzieh ihm. Seine Schlagfertigkeit ließ Kritik schnell verstummen: «Es ist schon wahr, harte Arbeit hat noch nie jemanden umgebracht, aber warum sollte man es darauf ankommen lassen?», entgegnete er denen, die seinen mangelnden Arbeitseinsatz bemängelten. Als «großer Kommunikator», wie er später genannt wurde, beherrschte er das Timing für die richtige Textzeile wie kaum ein anderer.

Nancy hingegen, die kaum Erfahrungen im Umgang mit der Presse hatte, wurde zur leichten Beute. Ihr fehlte die Selbstironie und vor allem Selbstsicherheit ihres Mannes. Insbesondere ein Artikel von Joan Didion schürte Nancys lebenslangen Zorn gegenüber der Presse, und noch zwanzig Jahre später rechnete sie in ihrer Biographie mit Didion ab. Die Autorin, die 1968 einen Tag mit Nancy in Sacramento verbrachte und sie bei ihren alltäglichen Pflichten beobachtete, beschrieb Nancys Lächeln als «ein Bild eingefrorener Unaufrichtigkeit … das Lächeln einer Frau, die den Traum der amerikanischen Mittelschichtfrau verkörpert. Alle, die in diesem Traum mitspielen, sind tadellos gekleidet, jedes Detail stimmt … Und jeder lächelt – die Sekretärin, die Leibwächter, die Köchin, der Gärtner.» Auch wenn es durchaus positive Stimmen gab, fühlte sich Nancy unter Dauerbeschuss. Da ihr Selbstbild stark von der Wahrnehmung durch andere geprägt war, sollte Kritik sie stets verletzen.

Schnell wurde ihr verehrungsvoller Blick, der ständig auf ihren Mann geheftet war, von den Journalisten als «the Gaze», das Starren, bezeichnet. Negative Presse konterte sie stets mit dem Argument, die Journalistinnen seien nur neidisch auf ihr Aussehen. Auch als Gouverneursgattin wollte sie aussehen wie ein Filmstar, und jeder ihrer öffentlichen Auftritte sollte mit äußerster Professionalität über die Bühne gehen. «Nancy Reagan», spottete Didion, «sagt fast alles mit Elan, vielleicht weil sie früher Schauspielerin war und die Gewohnheit von Anfängern in diesem Metier hat, selbst den beiläufigsten Sätzen einen kräftigen Schuss Dramatik beizugeben, mehr als normalerweise an einem Dienstagmorgen in der 45. Straße in Sacramento angebracht ist.»

Während der Dreharbeiten zu einem Dokumentarfilm war Nancy unfähig zu jeglicher spontanen Äußerung. Produzent Warren Steibel sagte: «Sie benimmt sich immer wie vor der Kamera, immer zurechtgemacht, immer nach Drehbuch, immer in einer Rolle. Man stößt nie auf die wirkliche Person, denn es gibt keine.» Gleiches galt aber auch für ihren Ehemann, der trotz seines jovialen Auftretens für die meisten Leute, die ihn kannten, ein Rätsel blieb. Auch Helene von Damm, Reagans langjährige persönliche Sekretärin und spätere

Beraterin, fällt es schwer zu sagen, «wie Ronald Reagan wirklich war. Ich könnte ihn guten Gewissens als einen besonders gütigen, besonders warmherzigen, ausgeglichenen Menschen beschreiben, der einem sogleich die Furcht vor der Distanz nimmt. Aber ich müsste ihn doch gleichzeitig als einen Menschen beschreiben, der nichts und niemanden ganz an sich heranlässt – mit Ausnahme vielleicht seiner Frau.» Auch sein offizieller Biograph, der Historiker Edmund Morris, beschreibt Reagan als den seltsamsten Menschen, der ihm je begegnet sei, «bar jeden Innenlebens» und mit der «Aufmerksamkeitsspanne einer Fruchtfliege». Selbst nach vierzehn Jahren Recherche sei es ihm nicht gelungen, den Mann hinter dem Schauspieler zu entdecken. Vielleicht war die Charakterisierung seiner Frau die treffendste: «Ich habe immer gesagt, dass für Ronnie gilt: *What you see is what you get.* Er ist kein komplizierter Mann.» Und den Rest von ihm hat es nie gegeben?

In politischer Hinsicht mangelte es den Reagans nicht an Eindeutigkeit, und ihre Ziele waren alles andere als kompliziert. In einer Zeit des gesellschaftlichen Umbruchs verkörperten sie erzkonservative Werte. Sie engagierten sich für die Beibehaltung der Todesstrafe und befürworteten eine Bombardierung von Nordvietnam. «Wir könnten das ganze Land zubetonieren, einen Parkplatz daraus machen und Weihnachten wieder zu Hause sein», tönte der Gouverneur. Die Studentenproteste an der Universität Berkeley waren in seinen Augen Angriffe auf das Mainstream-Amerika, und schon im Wahlkampf machte er die «Schweinereien» auf dem Campusgelände zu seinem persönlichen Thema. Mit Sit-ins und Demonstrationen hatten die Studenten 1964 in Berkeley das Recht auf freie Meinungsäußerung durchgesetzt, was politische Aktivitäten auf dem Campusgelände ermöglichte. Seitdem galt Berkeley als Inbegriff von Utopie und Revolte.

Reagan inszenierte Berkeley zum Kriegsschauplatz, der ihm endlich Gelegenheit zu echten Heldentaten verschaffte. Nach gewaltsamen Ausschreitungen verhängte er das Kriegsrecht über die gesamte Stadt, die er 17 Tage lang von der Nationalgarde besetzen ließ. Zusammen mit dem FBI planten der Gouverneur und seine Mitarbeiter, wie man die Studenten «attackieren» könne, «jede nur denkbare Strafverfolgungsmethode» stand zur Debatte. Reagan, ein Mann ohne akademische Meriten, wurde für die intellektuellen Kreise in Berkeley zur willkommenen Zielscheibe. In Woodstock verspottete ihn Joan Baez als «Ronald Raygun».

Nancy war überzeugt, dass mit den Studentenprotesten die Welt aus den Fugen geraten sei. Sie bewunderte ihren Mann für seine Standfestigkeit und sorgte dafür, dass niemand seinen Interessen im Wege stand. Mitarbeiter, die ihr nicht passten, mussten gehen. «Nancy hatte ihren eigenen kleinen ‹secret service›, den wir NBI nannten – Nancy's Bureau of Investigation», so ein ehemaliger Angestellter. Zwar konnte sie unliebsame Kollegen nicht selbst feuern, aber in der Regel genügte ein energischer Telefonanruf bei Michael Deaver, einem der engsten Berater ihres Mannes, der ihre Forderungen in die Tat umsetzte. Der Gouverneur war zu konfliktscheu, als dass er sich mit Entlassungen unbeliebt gemacht hätte. Obwohl Nancy stets beteuerte, dass weder sie noch ihr Mann je an eine Präsidentschaftskandidatur gedacht hätten, behielt sie das große Ziel im Auge. «Nancy strahlt wie ein Leuchtturm», sang Frank Sinatra 1974 auf einer Veranstaltung der Republikaner, «sie sieht ihren Mann schon im Weißen Haus.»

1976 war er davon noch weit entfernt. In seinem ersten Anlauf als Präsidentschaftskandidat verlor er in den Vorwahlen sowohl Florida als auch seinen Heimatstaat Illinois. Sein Sohn Michael Reagan sagte später, Nancy habe sich für das Debakel persönlich verantwortlich gefühlt. «Sie entschuldigte sich dafür, dass sie ihn zu etwas gedrängt hatte, was ihm zum ersten Mal in seinem Leben eine politische Niederlage beschert hatte, aber sie habe es aus Liebe zu ihm getan.» Die Reagans aber gaben nicht auf.

Der Wahlkampf von 1980 verlief nach gewohntem Muster. Ronald stand im Rampenlicht, Nancy ließ sich in aufwendigen Abendroben als Star feiern und zog im Hintergrund die Fäden. Nach Hunderten von Wahlkampfauftritten, allein oder an der Seite ihres Mannes, hatte sie sich das nötige Vokabular längst zu Eigen gemacht. Wenn ihr Mann bei Interviews ins Straucheln geriet, griff sie selbst zum Mikrophon. Oft lieferte sie die vernünftigeren und auch politisch wirksameren Antworten. Als etwa Jimmy Carter ihren Mann attackierte, weil dieser das Schicksal der 52 amerikanischen Geiseln im Iran zum Wahlkampfthema machte, ging Nancy in die Offensive: «Carter führt einen boshaften, heimtückischen Wahlkampf. Es ist eine Beleidigung, wenn er meinem Mann unterstellt, er sei ein Kriegstreiber ... Als Ehefrau und Mutter finde ich das sehr grausam.» Da die Republikaner in ihrem Wahlprogramm von 1980 ein ausgesprochen konservatives Frauenbild vertraten, durfte Nancy nicht als Partnerin auftreten, sondern musste sich hinter der Rolle der Ehefrau verstecken.

Carter war im Gegensatz zu seinem Konkurrenten kein guter Redner, und der Reagan'sche Optimismus war ihm völlig fremd. Während er vor den Gefahren der Gegenwart warnte, versprach der

Auch im Wahlkampf von 1980 war Nancy die wichtigste Beraterin ihres Mannes. Denn nur sie kannte auch seine «menschlichen Bedürfnisse».

andere eine leuchtende Zukunft. Auch sein softes Gentleman-Image ließ Carter in Zeiten der Krise schwach erscheinen gegenüber dem Herausforderer. Noch immer war es dem amtierenden Präsidenten nicht gelungen, die Geiseln im Iran zu befreien, und die amerikanischen Fernsehzuschauer mussten mit ansehen, wie die US-Flagge von aufgebrachten Muslimen in Brand gesetzt wurde. Gefragt war nun ein starker Mann, der dem Land neues Selbstvertrauen gab. Einer wie Reagan, der angesichts der gescheiterten Befreiungsversuche der Geiseln tönte, er wolle nicht nur dasitzen und die Hände in den Schoß legen. «Es steht außer Zweifel», so Michael Deaver, «dass die Euphorie über die Geiselbefreiung das Land wie eine Flutwelle überschwemmt hätte. Carter wäre ein Held gewesen, er hätte überlegen gewonnen.» Bis heute wird spekuliert, inwieweit Reagans Mitarbeiter am Drehbuch für die Geiselbefreiuung schrieben. Hatte es tatsächlich geheime Treffen mit iranischen Kontaktleuten gegeben, damit die Geiseln erst nach der Wahl freigelassen würden?

Am 4. November 1980 gewann Ronald Reagan die Wahl mit überwältigender Mehrheit. Die Inaugurationsfeierlichkeiten – mit allein 103 extravaganten Galas – gerieten zum Schaulaufen des Geldadels, in Zeiten von Inflation und Arbeitslosigkeit amüsierte man sich im Glanz der Juwelen. Auch für die Vereidigungszeremonie hatten sich die Berater einen PR-Coup einfallen lassen: Sie wurde vom Ost- auf den Westbalkon verlegt, sein Blick schweifte nun über das Washington Monument und das Lincoln Memorial.

Am Morgen des 20. Januar 1981, dem Tag der Amtseinführung, wurde Reagan von Michael Deaver geweckt: «Guten Morgen, es ist Zeit aufzustehen, Gouverneur.» – «Aber warum sollte ich denn aufstehen?», war Reagans immer wieder gern zitierte Antwort. Die Präsidentschaft empfand er keineswegs als das schwierigste und einsamste Amt der Welt, wie viele seiner Vorgänger, sondern als einen Job, der ihm Spaß machen sollte.

So zweifelte er auch niemals an seiner Befähigung: «Er war kein Hamlet und auch kein Mann der Angst», erzählt Deaver, «Reagan besaß einen tief greifenden spirituellen Glauben, der ihn erdete und der ihn mit einem ständigen Seelenfrieden umgab. Das heißt nicht, dass es nicht auch Momente des Zweifels und des Ärgers gab, aber diese Momente waren selten.»

«Er war ein Präsident, der Ruhe ausstrahlte, und das war es, was die Leute damals wollten», glaubt Gore Vidal. «Der Job des Schauspielers beruht doch darauf, dass er Vertrauen in sich selbst und in seine Rolle vermittelt. Er spielte den Präsidenten, und das machte er besser als die meisten anderen Präsidenten. Aber er hatte keine einzige politische Idee, abgesehen davon, dass die Russen kommen und dass man den Kommunismus bekämpfen muss. Aber was man unter Kommunismus versteht, das wusste er nicht – nur, dass man ihn bekämpfen musste. Das war seine Mentalität, und den Leuten gefiel es.»

Während der Amtseinführung hielt Ronald die Bibel seiner Mutter in seiner linken Hand, Nancy trug ein rotes Designerkostüm und kämpfte mit den Tränen. Es wurden patriotische Lieder gespielt, Fähnchen geschwenkt, dann küsste Reagan seine Frau. Beim anschließenden Essen im Capitol konnte der Präsident verkünden, dass die Geiseln im Iran frei waren. Hollywood hätte es nicht besser inszenieren können.

Der 40. Präsident der Vereinigten Staaten triumphierte in seiner Lieblingsrolle: als ewiger Held und Retter der Nation. Mit Reagan bekamen die Amerikaner einen Präsidenten, der sich mühelos zwischen seinen unterschiedlichen Lebensrollen hin und her bewegen konnte und seinen Kritikern entgegenhielt: «Es gab Zeiten, da habe ich mich gefragt, wie man diesen Job überhaupt machen kann, ohne Schauspieler gewesen zu sein.» Die Politik imitierte die Kunst, und der Präsident wurde zum Gesamtkunstwerk.

Aber es war nicht allein sein telegenes Auftreten, mit dem er die Wähler für sich eingenommen hatte, sondern die noch immer vor Männlichkeit strotzende Erscheinung. Der athletisch gebaute Reagan sah aus, als ob er jederzeit in der Lage sei, den Zaun einer Ranch zu reparieren und nicht nur Nancy, sondern ein ganzes Land gegen den Feind zu verteidigen. Bei Amtsantritt war er zwar Amerikas ältester Präsident, trotzdem verkörperte er in den Augen seiner Wähler Wechsel und Aufbruch in ein besseres Amerika – nach seinem Tod im Juni 2004 übrigens mehr denn je zuvor. Obwohl die Amerikaner gerade erst Vietnam und Watergate zu verarbeiten hatten, appellierte er an den Stolz seiner Landsleute: «Dieses Land ist zu groß, um sich mit kleinen Träumen zufrieden zu geben.» Ein Zitat aus einem Western?

Für Eleanor Roosevelt, eine der stärksten und engagiertesten First Ladies der amerikanischen Geschichte, war die Zeit im Weißen Haus «die Hölle» gewesen, aber immerhin lernte sie sehr schnell, mit der Presse umzugehen. Die Rolle der First Lady ist in der Verfassung nicht definiert, sie bekommt kein Gehalt und muss sich ihre Spielräume selbst schaffen. Keine einfache Aufgabe für Nancy, die einerseits nicht nur Tee ausschenken wollte und andererseits ein konservatives Frauenbild verinnerlicht hatte. Zudem wollen die Amerikaner ihre First Lady zwar bewundern, aber ihr bitte nicht allzu viel Einfluss zugestehen.

Erst mit der Frauenbewegung der sechziger und siebziger Jahre tauchte der Begriff der Co-Präsidentschaft auf, der bis dahin nur im Zusammenhang mit den Roosevelts verwendet worden war. Das Ehepaar Johnson sprach von einer «Arbeits-Partnerschaft», und Betty Ford nahm in ihren Reden zu Drogen, Abtreibung und vorehelichem Sex so wenig Rücksicht auf die konservativen Unterstützer ihres Mannes, dass sie als feministische Ikone gefeiert wurde. «Betty Ford hatte eine gute Presse, aber Rosalynn Carter wurde verspottet, weil sie Interesse für politische Fragen entwickelte. Dennoch gewann ich den Unbeliebtsheitswettbewerb spielend. Ende 1981 war ich dermaßen unpopulär wie keine andere First Lady der Gegenwart», schrieb Nancy in ihrer Autobiographie.

In Mrs. Reagans Fall, spottete Gloria Steinem in der feministischen Zeitschrift «MS», handele es sich um eine der «seltenen Frauen, die das Wunder vollbringen, gar keine Interessen zu haben». Gleichzeitig witterten andere Kritiker in Nancy die Schattenpräsidentin, die ungeniert auf die Regierungsgeschäfte ihres Mannes einwirkte. Absurderweise nahmen nun Anti-Reagan-Feministinnen die First Lady gegen konservative Reagan-Anhänger in Schutz.

Die Angriffe auf Nancy waren allerdings nur ein Vorspiel für die Debatten, die ihre Nachfolgerin Hillary Rodham Clinton später auslösen sollte. Nancy entschied sich für einen moderaten Weg: Sie trat nicht offen als Mitstreiterin auf, sondern spielte die Rolle der besorgten Ehefrau, die anders als die offiziellen Berater auch die «menschlichen Bedürfnisse» ihres Mannes kannte. So konnte sie trotzdem auf ihrem Einfluss beharren: «Ich bin eine Frau, die ihren Mann liebt, und ich entschuldige mich nicht dafür, dass ich mich sowohl um sein persönliches als auch um sein politisches Wohlergehen kümmere. Wir stimmen zwar nicht immer überein, aber weder die Ehe noch die Politik sprechen dem Partner das Recht ab, eine eigene Meinung zu haben und sie auch auszudrücken.» Acht Jahre lang habe sie mit dem Präsidenten geschlafen, und wenn einem das keinen besonderen Zugang zu ihm verschaffe – was sonst?

In ihrer Anfangszeit im Weißen Haus war sie für den Präsidenten jedoch eher eine Belastung. Ihr Imponiergehabe stieß übel auf: So verkündete sie im Fernsehen, dass auch die Reagans in Zeiten der Inflation zwar sparen müssten und den «Gürtel in vielerlei Hinsicht enger geschnallt» hätten, aber «selbst das Jahreseinkommen meines Mannes in Höhe von 200 000 Dollar reicht uns nicht, um über die Runden zu kommen, obwohl wir durchaus sparsam sind». Das Jahreseinkommen eines Arbeiters betrug zu dieser Zeit im Durchschnitt kaum mehr als 10 000 Dollar. Auch das Weiße Haus war Nancy nicht repräsentativ genug. «Es war einfach nicht der Ort, der uns stolz gemacht hätte, unsere Freunde einzuladen», beschwerte sie sich in gewohnter Manier.

Während Barbara Bush, die Frau des Vizepräsidenten, ihre Kleider im Kaufhaus von der Stange kaufte, mit ihren Rundungen kokettierte und sich als «fette, weißhaarige, faltige Lady» bezeichnete, mangelte es Nancy sowohl an Selbstironie als auch an Wärme. Ebenso wie ihr Mann war sie davon überzeugt, dass der Staat den Armen keine Geschenke machen dürfe. Zugleich nahm sie in den acht Jahren im Weißen Haus neben Schmuck, Kosmetik und Handtaschen Designerware im Wert von einer Million Dollar entgegen. Gleichzeitig kürzte der Präsident die staatlichen Sozialprogramme um fast 50 Millarden Dollar, sodass 1984 schon jeder siebte Amerikaner unterhalb der Armutsgrenze lebte. Oliver Stones Kinoerfolg «Wall Street» mit Michael Douglas als raffgierigem Börsentycoon bringt die Stimmung der Reagan-Jahre auf die Leinwand: «Gier ist gut», doziert der Filmheld, «Gier hat uns groß gemacht …»

Auch wenn Jackie Kennedy, Nancys erklärtes Idol, kaum weniger Geld für ihre Garderobe ausgab, wurde sie dafür nie kritisiert. Doch Nancy, die sich erbittert um Stil und Klasse bemühte, mangelte es an Gefühl für soziale Verantwortung. Einen Tag nachdem ihr Mann die staatlich finanzierte Schulspeisung abschaffte und durchsetzte, dass

Der Präsident und seine Berater in der Air Force One: «Sie hat härter gearbeitet als ich.»

Sozialhilfeempfänger statt Gemüse Ketchup als gleichwertigen Ersatz auf den Teller bekommen durften, schaffte Nancy 4372 Teile Geschirr für 209 508 Dollar an. Dass das Geschirr – wie schon zuvor ein Teil der Renovierungsarbeiten – von den «Friends» bezahlt wurde, spielte keine Rolle mehr.

Reagan musste wie schon so oft seine Frau gegen Angriffe in Schutz nehmen. Je wütender Nancy auf ihren vermeintlichen Ansprüchen bestand, desto mehr geriet sie unter Beschuss. In einer Fernsehshow spottete die Talk-Legende Johnny Carson: «Ich habe in der Zeitung gelesen, dass Nancy Reagan eine Pressekonferenz gegeben hat, und obwohl den Reportern strikt verboten war, Fragen zu stellen, sind doch einige durchgekommen. Eine zielte auf Mrs. Reagans Religion, von der wir ja alle wissen, dass es Christian Dior ist, und ihren liebsten Snack, nämlich Kaviar. Jemand fragte sie nach Außenpolitik und was sie von Rot-China hielte, und sie sagte: Ja, aber nicht auf gelber Tischdekoration.»

Die Einladung zur Hochzeit von Prinz Charles und Lady Di sollte die Krönung ihrer eigenen Karriere werden. Nancy wollte königlicher auftreten als die Königin selbst und plante ihren Auftritt wie ein Hollywood-Spektakel. Zu einem Polospiel von Prinz Charles ließ sich Nancy von einer schwarzen Wagenkolonne samt Polizeieskorte und Hubschrauber begleiten, die Queen fuhr ihren Geländewagen selbst. Das «einstige Starlet» wurde nun auch von der britischen Presse durch den Kakao gezogen – angefangen von ihrer Weigerung, einen Hofknicks zu machen, über ihren vollen Terminkalender bis zu ihrem anmaßenden Auftreten.

Um ihr Image zu verbessern, rief Nancy die Antidro-

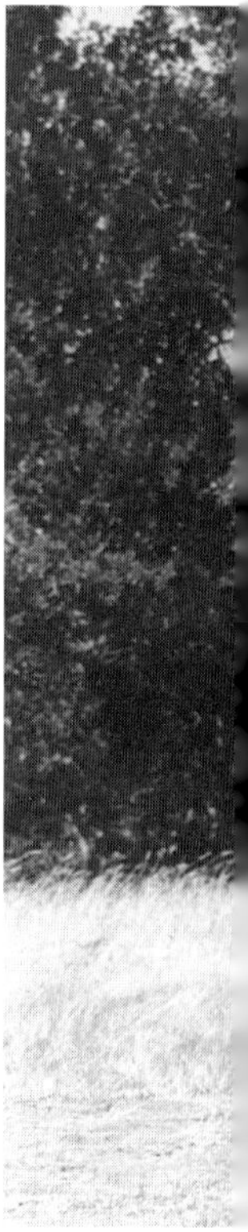

Auch auf ihrer Ranch wurden die Reagans von Fotografen belagert. Nancy nutzte die Gelegenheit und warb mit einem selbst gemalten Schild für ihre Anti-Drogenkampagne.

genkampagne «Just Say No» ins Leben. Die Fürsorge, die sonst nur ihrem Mann galt, wurde nun ebenso öffentlichkeitswirksam auf jugendliche Drogenopfer gelenkt. Die First Lady vergoss bei ihren Besuchen in Reha-Kliniken Tränen, klatschte Beifall nach den Erlebnisberichten von ehemaligen Drogenabhängigen und klärte im Fernsehen über die Gefahren des Drogenkonsums auf. Reagan bezeichnete den Einsatz seiner Frau als nationalen Kreuzzug für ein drogenfreies Amerika, strich jedoch zeitgleich Programme zur Drogenrehabilitation zusammen. Nancys Kampagne wurde trotzdem ein doppelter Erfolg: Nicht nur stiegen ihre Sympathiewerte, sondern auch der Drogenkonsum von Schülern und Studenten ging spürbar zurück.

Ihr Image verbesserte sich schlagartig nach einem Auftritt beim jährlich stattfindenden «Gridiron-Dinner» («Bratwurst-Dinner») im März 1982. Die Veranstaltung galt immer schon als eines der wichtigsten gesellschaftlichen Ereignisse Washingtons, zu dem neben Kabinettsmitgliedern und Beratern auch Richter vom Obersten Gerichtshof, Diplomaten, Journalisten, Verleger und Moderatoren eingeladen wurden. Unter dem Motto «Wenn es auch angesengt riecht, es brennt nie» verspotteten Journalisten in Sketchen die anwesenden Politiker. Dabei ging es zuweilen so derb zu, dass Reagan befand, es handele sich um «die eleganteste Art des Lynchens». In Anspielung auf Nancys Vorliebe für geliehene Designerkleider sang ein als First Lady verkleideter Journalist: «Wir leben wie die Könige. Was juckt's, wenn Ronnie die Sozialhilfe kürzt? Ich trage weiterhin ein Diadem in meinem frisierten Haar.» Als Nancy während der Vorführung den Saal verließ, glaubte jeder, sie sei verärgert. Doch wenige Minuten später tauchte sie wieder auf, trug einen alten Schlapphut, gelbe Donald-Duck-Stiefel und einen wild gemusterten Hawaiirock und sang zur selben Melodie: «Auch wenn man mir sagt, ich sei nicht mehr die Königin, musste Ronnie mir da gleich eine neue Nähmaschine kaufen?» Zum Abschluss ihrer Darbietung warf sie noch einen Teller über die Bühne.

Zum ersten Mal in ihrer Karriere bewies Nancy öffentlich Selbstironie und sprang über ihren eigenen Schatten. Mit ihrer Gesangs- und Tanznummer hatte sie zu ihrer Rolle als Schauspielerin zu-

Für ein «normales» Familienleben hatten die Reagans keine Zeit: das offizielle Familienfoto zum Amtsantritt, Januar 1981.

rückgefunden. Am nächsten Tag berichteten alle großen Zeitungen über die gelungene Einlage der First Lady.

Nancy und Ronnie versagten nicht etwa auf der politischen Bühne, sondern zu Hause. Sie, die angetreten waren, die traditionellen Werte der amerikanischen Familie zu stärken, mussten zusehen, wie ihnen ihre vier Kinder nicht nur entglitten, sondern zu Gegnern wurden, die in Talkshows und Büchern erbittert mit ihren Eltern ab-

rechneten. Nancy weigerte sich, mit Ronalds Kindern aus erster Ehe eine familiäre Beziehung aufzubauen. Sohn Michael wurde ebenso wie die anderen drei Kinder ins Internat abgeschoben und übernachtete bei seinen seltenen Besuchen auf der Gästecouch im Wohnzimmer. Mit Tochter Maureen wollte Nancy jahrelang nicht sprechen. Später wurde diese Tochter aus erster Ehe bei ihren Versuchen, eine eigene politische Karriere zu starten, sogar von ihrem Vater ausgebremst.

Aber auch den eigenen beiden Kindern erging es nicht viel besser. Die politische Karriere des Vaters gehe zu Lasten der Kinder, beklagte sich Sohn Ron. Gegen den Willen der Eltern entschied er sich für eine Karriere als Ballett-Tänzer, später arbeitete er als Journalist für den «Playboy». Patricia, genannt Patti, entsprach von Anfang an nicht den Erwartungen ihrer Mutter und rebellierte gegen deren konservatives Frauenbild. Mit 14 Jahren versuchte sie mit dem Tellerwäscher ihrer Schule durchzubrennen und engagierte sich in der Protestbewegung – als Vietnamkriegsgegnerin und Feministin. Abgesehen von politischen Meinungsverschiedenheiten bedauerte sie den fehlenden familiären Zusammenhalt. Um nicht mit der Politik ihres Vaters in Verbindung gebracht zu werden, nahm sie später den Mädchennamen ihrer Mutter an. Ihre Beziehung zu Patti, klagte wiederum Nancy, gehöre zu den schmerzlichsten und enttäuschendsten Erfahrungen in ihrem Leben.

Nancy wollte die Kontrolle behalten, nicht nur in ihrer Familie. Das Attentat auf Ronald bedeutete für sie die schlimmste aller nur denkbaren Erfahrungen: Am 30. März 1981 schoss John Hinckley auf den Präsidenten, eine der Kugeln verfehlte dessen Herz um wenige Zentimeter. Der 26-jährige Attentäter hatte sich nach dem Film «Taxi Driver» in die Hauptdarstellerin Jodie Foster verliebt und wollte ihr imponieren. Hollywood bestimmte einmal mehr die Politik. Der gerade angeschossene Präsident kämpfte um sein Leben und reagierte immer noch filmreif: «Honey, ich habe vergessen, mich zu ducken», ließ er seine Frau wissen. Die Sprüche des Präsidenten wurden kolportiert, um den Ernst der Lage herunterzuspielen. Ein angeschlagener Präsident im Rentenalter war ein schlechter Präsident, aber einer, der dem Tod mit Stärke und Humor entkam, konnte nur ein Held sein.

Die Ehefrau machte sich erneut Vorwürfe, dass sie nicht da war, um ihren Mann zu beschützen. Die Kontrolle, die sie über ihr gemeinsames Leben ausgeübt hatte, war ihr entglitten. Schon seit ihrer Zeit als Gouverneursgattin in Kalifornien ließ sich Nancy von Astrologen beraten, nach dem Attentat unternahm sie nichts mehr ohne den Beistand von Joan Quigley, die sich in ihrer Autobiographie als selbst ernannte Beraterin des Präsidenten darstellte und von Nancy ein monatliches Gehalt von 3000 Dollar bezog. Michael Deaver, der stellvertretende Stabschef im Weißen Haus, musste Reagans Terminplan mit Quigley abstimmen und sich immer neue Begründungen für Terminänderungen einfallen lassen – Hauptsache, Nancy war beruhigt. Selbst die genauen Zeitpunkte für Reagans zweite Vereidigung (11.57 Uhr), für den Staatsbesuch in Bitburg (14.45 Uhr) oder im Konzentrationslager Bergen-Belsen (11.45 Uhr) hatte die Astrologin Quigley nahe gelegt.

Um Ronnie zu schützen, kontrollierte sie misstrauisch, wer Zugang zu ihm hatte. Wie schon als Gouverneursgattin übernahm sie unliebsame Personalentscheidungen, die ihr konfliktscheuer Partner nicht fällen wollte. Um die Glaubwürdigkeit ihres Mannes zu retten, feuerte sie Don Regan, den Stabschef im Weißen Haus. Ihn machte sie für das Iran-Contra-Debakel verantwortlich, das ihrem Mann die schwersten Popularitätsverluste seiner Karriere bescherte. Außenminister Alexander Haigs Rücktrittsgesuch soll ebenso von Nancy verfasst worden sein. Der Präsident, der die Einmischung seiner Frau in der Regel hinnahm, konnte weiterhin sein Image als jovialer älterer Herr kultivieren, während seine Frau als Marie Antoinette des Ostflügels agierte. Nach Ansicht vieler Amerikaner war nicht etwa der Präsident, sondern dessen Frau an den Misserfolgen der Regierung schuld. War Reagan nur deshalb so populär, weil seine Frau die «Drecksarbeit» übernahm? War sie der unsympathische «Rest von ihm»?

Wenn sie überzeugt war, dass dies im Interesse ihres Mannes stand, dann konnte sie nötigenfalls auch einzelne Mitarbeiter mobben, wie Reagans Privatsekretärin Helene von Damm berichtet. Der Betroffene sei dann zu keinem Gespräch mehr eingeladen worden. Sobald sich der Gesellschaftsklatsch vom angeblich bevorstehenden Abstieg verbreitet habe, sei der gesellschaftlichen Abwertung automatisch die politische gefolgt. Nancy Reagan handelte – von Damm zufolge – in bester Absicht. Sie wollte das Beste für ihren Mann und damit auch das Beste für Amerika.

Das Beste für Amerika bedeutete für Reagan militärische Stärke. So schraubte er den Rüstungsetat von 130 Milliarden auf 282 Milliarden Dollar. Auf dem Höhepunkt des Rüstungswahns gaben die Streitkräfte jede Stunde 34 Millionen Dollar aus. Reagan, der sich außenpolitisch als starken Mann inszenierte, bewies nicht gerade politischen Feinsinn, als er die Sowjetunion als das «Reich des Bösen» bezeichnete und während einer Mikrophonprobe ankündigte, «in fünf Minuten» werde «mit der Bombardierung der Sowjetunion»

Nicht «Du und ich», sondern immer nur «wir»: Selbst während der Präsidentschaft betrug die längste Zeit, die Ronald und Nancy je getrennt waren, eine Woche.

begonnen. Doch dass seine filmreife Aufforderung, *Mr. Gorbatschov, tear down this wall!*, so schnell Realität würde, damit hatte er wohl selbst nicht gerechnet.

«Nancy blieb zwar im Hintergrund», erzählt Gore Vidal, «aber trotzdem war sie diejenige, die beschloss, den Kalten Krieg zu beenden, weil er nirgendwohin führte und sehr teuer für die Vereinigten Staaten wurde. Ich glaube, dass sie mehr Einfluss hatte, als man ihr zugestehen wollte. Sie erkannte nämlich, dass er als Präsident eine Null sein würde. Da er nicht Krieg führen konnte, hatte er nichts erreicht. Also musste er Frieden schließen.» Wollte Nancy verhindern, dass ihr Mann als Kriegstreiber in die Geschichte einging? Sie wusste, dass Reagans mangelnder Abrüstungswille auf Kosten seiner Sympathiewerte gehen würde. So achtete sie darauf, dass der militärbegeisterte Reagan nicht allzu oft auf Kriegsschiffen oder vor B-1-Bombern fotografiert wurde, und bekannte in ihrer Autobiographie: «Ich habe Ronnie ein wenig in die Richtung geschubst, besonders als ich herausfand, dass einige Mitglieder seiner Regierung solchen Gesprächen nicht gerade aufgeschlossen gegenüberstanden. Aber er hätte sich nie mit Gorbatschow getroffen, wenn er es nicht auch selbst gewollt hätte.»

Nancy handelte auch ganz pragmatisch, sie wählte das Haus aus, in dem sich Reagan und Gorbatschow zum ersten Mal in Genf zu Abrüstungsverhandlungen trafen. Und während ihrer ersten Moskaureise überredete sie ihn gegen den Willen von Secret Service und KGB zu einem imagefördernden Bad in der Menge auf Moskaus Einkaufsmeile. Auch dieses Mal machte nicht nur die Politik Schlagzeilen, sondern die First Lady. Jedes der vier Gipfeltreffen entwickelte sich zum Showdown mit Raissa Gorbatschowa. Während Nancy unverfänglich über Mann und Kinder reden wollte, hielt Raissa Vorträge über die «Segnungen des kommunistischen Systems».

In einem 450 000 Dollar teuren Werbefilm, der auf dem Parteitag der Republikaner gezeigt wurde, sagte der Präsident: «Wohin wir auch gehen, durch Nancy wird die Welt immer ein bisschen besser. Ohne sie zu leben, könnte ich mir nicht vorstellen.» Während das Paar auf der Leinwand im goldenen Licht dem Horizont entgegenschreitet, sieht man, wie Nancy ihrem Mann blitzschnell mit der Schuhspitze gen Hintern tritt. Eine Geste, die das «Machtgefüge» bei den Reagans deutlich zu erkennen gab? Zeigte Nancy, wo es langging, und gab die «Anstöße»? Oder durfte sie nur die Richtung vorgeben, um den Wählerinnen zu signalisieren, dass Gleichberechtigung auch im Hause Reagan ein Thema sei?

Auch Jane Wyman, Reagans erste Ehefrau, war eine starke Frau, die ihn erst beruflich überholte und anschließend sitzen ließ. Da er sich am Scheitern der ersten Ehe selbst die Schuld gab, wollte Reagan in seiner zweiten Ehe Frieden um jeden Preis. Er ließ Nancy gewähren. Den Erinnerungen der First Lady zufolge habe zwischen ihnen trotz verschiedener Ansichten niemals ein ernsthafter Streit stattgefunden – nur kleinere Auseinandersetzungen. «Irgendwo ist es eine Art von Ehe», schreibt Helene von Damm, «die vom Aussterben begriffen ist. Die totale Lebensgemeinschaft, in der Krisen gar nicht aufkommen können, weil die Zeit fehlt, nachzudenken und Fragen zu stellen.»

Eine Ehe, die fortbestand, weil der Terminkalender Krisen nicht zuließ? Mussten die Reagans ihre Zuneigung und Loyalität deshalb ständig in der Öffentlichkeit unter Beweis stellen, weil es sie in Wahrheit nicht mehr gab?

«Ein Angriff auf einen von uns», schrieb Ronald in seinen Memoiren, «ist ein Angriff auf uns beide.» Die Loyalität in der Reagan'schen Kampfgemeinschaft ging angeblich sogar so weit, dass der Vater in Streitfällen grundsätzlich gegen seine eigenen Kinder Partei nahm. Als Tochter Patti den Kontakt zu ihrer Mutter abgebrochen hatte und sich bemühte, wenigstens den zu ihrem Vater aufrechtzuerhalten, entgegnete der: «Solange du dich nicht bei deiner Mutter entschuldigt hast, können auch wir einander nicht treffen.»

Ein Foto aus dem Weißen Haus: Abendessen in Ronalds Arbeitszimmer. Das Ehepaar sitzt einträchtig in bequemen Fernsehsesseln. Nancy hat die Schuhe ausgezogen und die Beine untergeschlagen. Ihr Mann trägt ebenfalls Freizeitkleidung mit weißen Slippern. Beide strahlen sich an, die Anstrengungen des Tages haben keine Spuren hinterlassen. Vor ihnen, auf zwei kleinen Tischen, stehen Tabletts mit dem Abendessen. Der Fotograf hielt sie beim Fernseh-Dinner fest. Oft sahen die beiden sich ihre eigenen Filme an. Ein Bild ganz nach dem Geschmack der Reagans: vollkommen normal und vollkommen amerikanisch.

Sie waren nie Bestandteil der glamourösen Filmwelt, und auch in Washington blieben sie gesellschaftliche Außenseiter. Zu Hause fühlten sie sich am wohlsten. Und der Mann mit den weißen Hausschuhen war offensichtlich derselbe, der morgens ins Oval Office ging. Reagan blieb immer Reagan, ein unentwegt freundlich lächelnder älterer Herr, der während seiner Zeit im Weißen Haus den Amerikanern das Gefühl vermittelte «Daddy ist zu Hause».

Herr und Frau Jedermann entspannen sich beim Fernseh-Dinner.

Wie kaum eine andere First Lady kontrollierte Nancy die Bildproduktion des Weißen Hauses. Von den 300 Fotos, die täglich vom Präsidenten und seiner Frau geschossen wurden, ging jedes einzelne durch Nancys Hände. Nur mit ihrem Einverständnis durften die Fotos veröffentlicht werden. Krank, alt oder nur müde durfte der Präsident niemals aussehen. Ähnlich wie Kennedy, der seinen desolaten Gesundheitszustand verschwieg, um seine Präsidentschaft nicht zu gefährden, ließ auch Reagan seine Wähler im Unklaren über seine tatsächlichen Krankheiten.

Im fortgeschrittenen Alter wurde ausgerechnet sein Körper zur größten Belastung seiner Präsidentschaft. Die Ärzte diagnostizierten Haut-, Prostata- und Darmkrebs, aber die Worte «Krebs» und «bösartig» durften auf Anweisung von Nancy nicht erwähnt werden. Die First Lady, die bereits einer zweiten Amtszeit ihres Mannes skeptisch gegenübergestanden hatte, spielte dessen hohes Alter bzw. Gesundheitszustand immer wieder herunter und sorgte dafür, dass Reagan geschont wurde.

20. Januar 1989, der Tag des Abschieds aus dem Weißen Haus. Reagan wusste die Bühne mit Stil zu verlassen, seine Frau hingegen war in Tränen aufgelöst. Nach der Vereidigung des neuen Präsidenten kehrte das Paar nach Kalifornien zurück. Im Flugzeug erschienen sie in Trainingshosen und Windjacken – als Herr und Frau Jedermann. «Die beiden sind Bühnenkünstler, Theaterleute, Schauspieler», bemerkte ihr Sohn Ron, «eine bessere Rolle oder ein besseres Publikum hätten sie niemals bekommen können. Sie spielten stets vor brechend vollen Sälen. Und jetzt ist die Show vorbei.» Bei ihrer Ankunft in Los Angeles erklärte Reagan, er sei dankbar dafür, dass man die Vereinigten Staaten vorübergehend seiner Obhut anvertraut habe. Dann schaute er seine Frau an und sagte: «Sie hat härter gearbeitet als ich.» Die Show war zwar vorbei, aber nun folgte die Arbeit am Mythos. Nancy und Ronald ließen ihre Autobiographien schreiben. Für drei Millionen Dollar beauftragte Nancy einen weiteren Biographen, Edmund Morris, um die Lebensleistung ihres Mannes zu würdigen. Das Ergebnis war jedoch eine vernichtende Abrechnung.

Als im Sommer 1994 bei Ronald Reagan Alzheimer diagnostiziert wurde, bestand Nancy darauf, die Pflege zu übernehmen, und zog sich vollkommen aus dem gesellschaftlichen Leben zurück. Diese letzte Aufopferung für ihren Mann verschaffte ihr Respekt. Und als Beweis ihrer gegenseitigen Liebe veröffentlichte sie seine Liebesbriefe. Das ewige Paar stilisierte sich für die Nachwelt.

Noch einmal wandte sich Reagan an seine Landsleute: «Ich beginne nun die Reise, die mich in den Sonnenuntergang meines Lebens führt. Ich weiß, dass es für Amerika stets einen hellen Morgen gibt.» Sprach hier Filmheld Drake McHugh, der sich wehmütig an sein unversehrtes Leben erinnert? Oder war es die Football-Legende George Gipp, der auf dem Sterbebett an den Idealismus der Amerikaner appellierte? Ein Jahrzehnt lang dämmerte Reagan in seiner eigenen Welt dahin, sein lebenslanger Film war abgerissen. Jedes Jahr veröffentlichte die Familie ein Foto, auf dem er so alterslos in die Kamera blickte wie eh und je. «Unsere goldenen Jahre», sagte Nancy in einem CBS-Interview, «waren sehr kurz. Diese Jahre, in denen man sich zurücklehnt und Erinnerungen austauscht. Das Schlimmste an dieser Krankheit ist, dass niemand mehr da ist, um diese Erinnerungen auszutauschen.»

Vier Wochen vor seinem Tod richtete sich Nancy noch einmal an die Öffentlichkeit und setzte sich – unter dem Eindruck der Krankheit ihres Mannes – für Stammzellenforschung ein, im erklärten Gegensatz zum amtierenden Präsidenten. Als Ronald Reagan am 5. Juni 2004 starb, inszenierte Nancy die Trauerzeremonie. In einem dreihundert Seiten dicken Handbuch wurden die protokollarischen Einzelheiten aufgelistet, viertausend Teilnehmer standen auf der Gästeliste. Und seine Anhänger warteten acht Stunden, um am Sarg vorbeischreiten zu können. In seiner Trauerrede sagte George W. Bush: «Während seiner Karriere besuchte Reagan Tausende überfüllter Plätze. Aber er hat einmal gesagt, nur ein einziger Mensch auf der Welt könne ihn einsam werden lassen, wenn diese Person auch nur den Raum verließe.»

Über die Autoren

Werner Biermann, geboren 1945, ist Autor und Filmemacher. Er realisierte etwa fünfzig lange Dokumentarfilme, vor allem zu historischen Themen, zuletzt «Der Erste Weltkrieg – Alptraum Verdun» (2004) und «Liebe an der Macht – Marianne und Franz Josef Strauß» (2005). Für seine Arbeiten wurde er u. a. mit dem Adolf-Grimme-Preis ausgezeichnet.

Ulrike Brincker, geboren 1963, arbeitet als freie Autorin im Bereich Kultur für den Westdeutschen Rundfunk. Ihr Schwerpunkt sind Biographien. Zahlreiche Filme, u. a. in der ARD-Reihe «Legenden»: «Marilyn Monroe» (2003) und «John F. Kennedy» (2003), sowie «Moderne Monarchien: Juan Carlos» (2000), «Das Bernsteinzimmer und die Jäger des verlorenen Schatzes» (2001) und «Liebe an der Macht – Nancy und Ronald Reagan» (mit Barbara Biemann, 2005).

Marcel Kolvenbach, geboren 1969, ist freier Autor und Filmemacher aus Köln. Zahlreiche Dokumentationen, zuletzt «Das Geheimnis der Fledermaus. Bacardi zwischen Rum und Revolution» (mit Ekkehard Sieker, 2003), «Der Fall Dutroux» (2004) und «Liebe an der Macht – Hillary und Bill Clinton» (mit Barbara Biemann, 2004). Weitere Informationen unter www.publicnomad.net.

Petra Nagel, geboren 1966, ist Redakteurin und Autorin beim Westdeutschen Rundfunk. Sie ist Autorin zahlreicher Dokumentationen mit politischem Hintergrund, u. a. «Der Engel und der General. Petra Kelly und Gert Bastian – eine tragische Liebe» (mit Annette Zinkant, 2002), «Schröder. Der Kanzler im Wahlkampf» (mit Werner Sonne, 2002), «Liebe an der Macht – Raissa und Michail Gorbatschow und «Liebe an der Macht – Denis und Margaret Thatcher» (2005), beide gemeinsam mit Annette Zinkant.

Florian von Stetten, geboren 1968, arbeitet als freier Journalist und Filmemacher in Köln. Zahlreiche Produktionen für ARD, ARTE, WDR und NDR, u. a. «Helden im All» (1999), «Kirchenasyl – Das Selbstverständliche tun» (2000), «Ich ist ein anderer – Doppelleben» (2001), «Mach mich glücklich! – Von der Anziehung der Unschuld» (2001), «Glück auf! – Drei Leben auf Zeche» (2003) und «Liebe an der Macht – Margot und Erich Honecker» (2004).

Annette Zinkant, geboren 1966, lebt als freie Journalistin und Filmemacherin in Berlin. Sie hat mehrere Dokumentationen für die Reihe «Menschen hautnah» des Westdeutschen Rundfunks gedreht sowie «Der Engel und der General. Petra Kelly und Gert Bastian – eine tragische Liebe» (2002), «Liebe an der Macht – Raissa und Michail Gorbatschow» (2004) und «Liebe an der Macht – Denis und Margaret Thatcher» (2005), alle gemeinsam mit Petra Nagel.

Weiterführende Literatur

ZU HILLARY UND BILL CLINTON

Anonymous: *Mit aller Macht*, München 1998.
Bill Clinton: *Mein Leben*, Berlin 2004.
Hillary Rodham Clinton: *Gelebte Geschichte*, München 2003.
Gail Sheehy: *Hillary*, Reinbek 2000.
Filme:
«Mit aller Macht – Primary Colors», Regie: Mike Nichols, 1998.
«Wag the dog», Regie: Barry Levinson, 1997.
«The War Room/Die Kommandozentrale», Dokumentation von Donn Alan Pennebaker, 1993.

ZU MARIANNE UND FRANZ JOSEF STRAUSS

Augstein, Rudolf: *Überlebensgroß Herr Strauß*, Reinbek 1980.
Bickerich, Wolfram: *Franz Josef Strauß. Die Biographie*, Düsseldorf 1996.
Braun, Luitpold: *Der unbekannte Strauß – die Schongauer Jahre*, Schongau 1992.
Scharnagl, Wilfried (Hg.): *Marianne Strauß. Ein Buch der Erinnerung*, Percha 1985.
Schöll, Walter & Scharnagl, Wilfried: *FJS. Der Mensch und der Staatsmann*, Percha 1984.
Strauß, Franz Josef: *Die Erinnerungen*, Berlin 1989.

ZU DENIS UND MARGARET THATCHER

Margaret Thatcher: *Downing Street No.10*, München 1995.
Margaret Thatcher: *Die Erinnerungen 1925–1979*, München 1995.
Dominic Geppert: *Maggie Thatchers Rosskur – Ein Rezept für Deutschland?*, Berlin 2002.
Klaus-Rainer Jackisch: *Eisern gegen die Einheit – Margaret Thatcher und die deutsche Wiedervereinigung*, Frankfurt a. M. 2004.
John Campbell: *Margaret Thatcher*, Vol. I: The Gocer's daughter; Vol. II: The Iron Lady, London 2003.
Carol Thatcher: *Below the Parapet – The Biography of Denis Thatcher*, London 1997.

ZU MARGOT UND ERICH HONECKER

Andert, Reinhold/Herzberg, Wolfgang: *Der Sturz*, Berlin/Weimar 1991.

Herrmann, Frank-Joachim: *Der Sekretär des Generalsekretärs. Honeckers persönlicher Mitarbeiter über seinen Chef.* Ein Gespräch mit Brigitte Zimmermann und Rainer Oschmann. Berlin 1996.

Honecker, Erich: *Aus meinem Leben*, Berlin 1980.

Honecker, Erich: *Moabiter Notizen*, Berlin 1994.

Lorenzen, Jan N.: *Erich Honecker. Eine Biographie*, Hamburg 1992.

Maaz, Hans-Joachim: *Der Gefühlsstau*, München 1992.

Pötzl, Norbert F.: *Erich Honecker. Eine deutsche Biographie*, Stuttgart/München 2002.

Schabowski, Günter: *Der Absturz*, Berlin 1991.

Stuhler, Ed: *Margot Honecker. Eine Biographie*, Wien 2003.

Wolle, Stefan: *Die heile Welt der Diktatur*, Berlin 1998.

ZU RAISSA UND MICHAIL GORBATSCHOW

Klaus Bednarz: *Michail Gorbatschow: Sein Leben, seine Ideen, seine Visionen*, Hamburg 1990.

Michail Gorbatschow: *Erinnerungen*, Berlin 1995.

Michail Gorbatschow: *Wie es war: die deutsche Wiedervereinigung*, Berlin 1999.

Michail Gorbatschow: *Über mein Land: Russlands Weg ins 21. Jahrhundert*, München 2000.

Urda Jürgens: *Raissa Gorbatschowa*, Düsseldorf 1990.

Gerd Ruge: *Michail Gorbatschow. Biographie*, Frankfurt a. M. 1991.

Gail Sheehy: *Gorbatschow: der Mann, der die Welt verändert hat*, München 1991.

ZU NANCY UND RONALD REAGAN

Lou Cannon: *Governor Reagan*, New York 2003.

Lou Cannon: *President Reagan. The Role of a Lifetime*, New York 1991.

Nancy Reagan: *Jetzt kann ich reden. My Turn*, München 1989.

Ronald Reagan: *Erinnerungen. Ein amerikanisches Leben*, Berlin 1990.

Anne Edwards: *The Reagans. Portrait of a Marriage*, New York 2003.

Anne Edwards: *Early Reagan*, New York 1987.

Kitty Kelley: *Nancy Reagan. Die Skandalbiografie*, München 1992.

Helene von Damm: *Wirf die Angst weg, Helene. Die Erinnerungen der Helene von Damm*, Rastatt 1987.

Michael K. Deaver: *A Different Drummer. My Thirty Years With Ronald Reagan*, New York 2001.

Ronald D. Gerste: *Die First Ladies der USA*, Regensburg 2000.

Joan Didion: *Das weiße Album. Eine Kalifornische Geisterbeschwörung*, Köln 1983.

Bildnachweis

Bildarchiv Preußischer Kulturbesitz 44, 65; Bundesarchiv Koblenz 116, 136; Corbis 28; Enrico Ferorelli / Agentur Focus 13; Burt Glinn / Magnum / Agentur Focus 50; Peter Marlow / Magnum / Agentur Focus 95, 109, 214; Gilles Peress / Magnum / Agentur Focus 202; Fotex 9; Heinz Gebhardt, München 60f.; Murray Garrett / Getty Images 184; Douglas Miller / Getty Images 78; Gorbatschow-Stiftung, Moskau 152, 154, 157, 160, 162, 165; picture-alliance / dpa 99, 104, 114; Ronald Reagan Presidential Library 207, 208f., 210f., 217; Bilderdienst Süddeutscher Verlag 10, 20, 38, 71, 103; Ullstein Bilderdienst 23, 33, 66, 118, 122, 125, 132, 140f., 145, 149, 167, 172, 175, 181, 191, 194; William J. Clinton Library and Museum 6